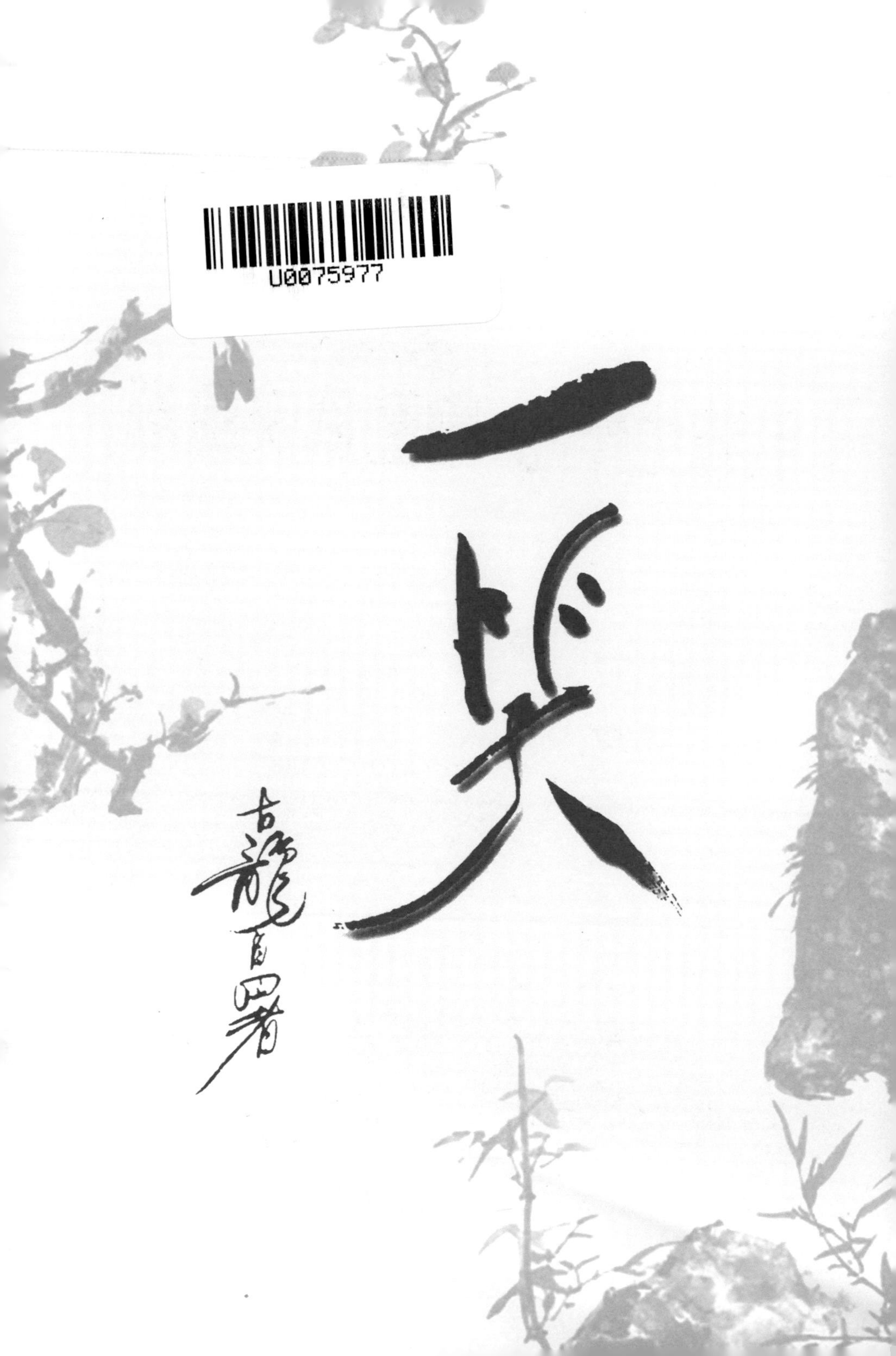

盛期之風貌

臥龍生作品　帶動武俠風潮

《飛燕驚龍》開一代武俠新風

《飛燕驚龍》(1958)爲臥龍生成名作，共48回，約120萬言。此書承《風塵俠隱》之餘烈，首倡「武林九大門派」及「江湖大一統」之說，更早於香港武俠巨匠金庸撰《笑傲江湖》(1967)所稱「千秋萬世，一統」達九年以上。流風所及，臺、港武俠作家無不效尤；而所謂「武林盟主」、「江湖霸業」等新提法，竟成爲社會大眾耳熟能詳的流行術語了。

《飛燕》一書可讀性高，格局甚大。主要是寫江湖群雄爲覬覦傳說中的武林奇書《歸元秘笈》而引起一連串的明爭暗鬥；再以一部假秘笈和萬年火龜爲餌，交插敘述武林九大門派（代表正派）彼此之間的爾虞我詐，以及天龍幫（代表反方）網羅天下奇人異士而與九大門派的對立衝突。其中崑崙派弟子楊夢寰偕師妹沈霞琳行道江湖，卻如夢似幻地成爲巾幗奇人朱若蘭、趙小蝶之絕世武功技驚天龍幫，而海天一叟李滄瀾復接連敗於沈霞琳、楊夢寰之手；致令其爭霸江湖之雄心盡泯，始化解了一場武林浩劫云。

在故事佈局上，本書以「懷璧其罪」（與真、假《歸元秘笈》有關）的楊夢寰屢遭險難，卻每獲武林紅妝垂青爲書膽（明），又以金環二郎陶玉之嫉才害能，專與楊夢寰作對(暗)爲反派人物總代表。由是一明一暗交織成章，一波未平，一波又起，極盡波譎雲詭之能事。最後天龍幫冰消瓦解，陶玉帶著偷搶來的《歸元秘笈》跳下萬丈懸崖，生死不明，卻予人留下無窮想像空間。三年後，作者再續寫《風雨燕歸來》以交代陶玉重出江湖，爲惡世間，則力不從心，當屬狗尾續貂之作。

在人物塑造方面，臥龍生寫男主角楊夢寰中看不中用，固然乏善可陳，徹底失敗；但寫其他三名女主角如「天使的化身」沈霞琳聖潔無瑕，至情至性，處處惹人憐愛；「正義的女神」朱若蘭氣質高華，冷若冰霜，凜然不可犯；「無影女」李瑤紅則刁蠻任性，甘爲情死等等，均各擅勝場。乃至寫次要人物如「賓中之主」海天一叟李滄瀾之雄才大略，豪邁氣派；玉簫仙子之放蕩不羈，爲愛痴狂；以及八臂神翁聞公泰之老奸巨猾，天龍幫軍師王寒湘之冷傲自負等，亦多有可觀。

與

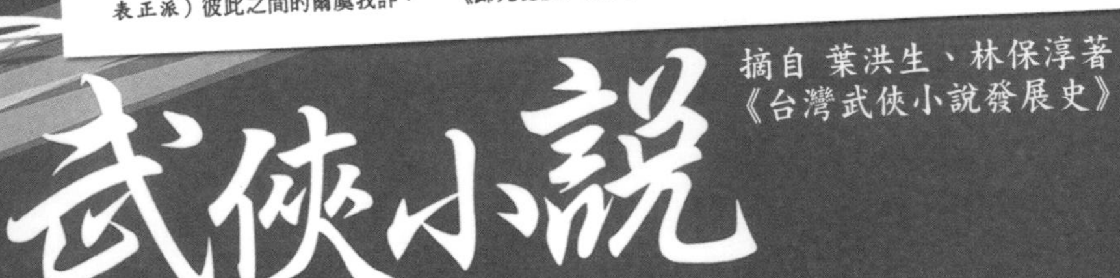

摘自 葉洪生、林保淳著《台灣武俠小說發展史》

台港武俠文學

流行天王

臥龍生

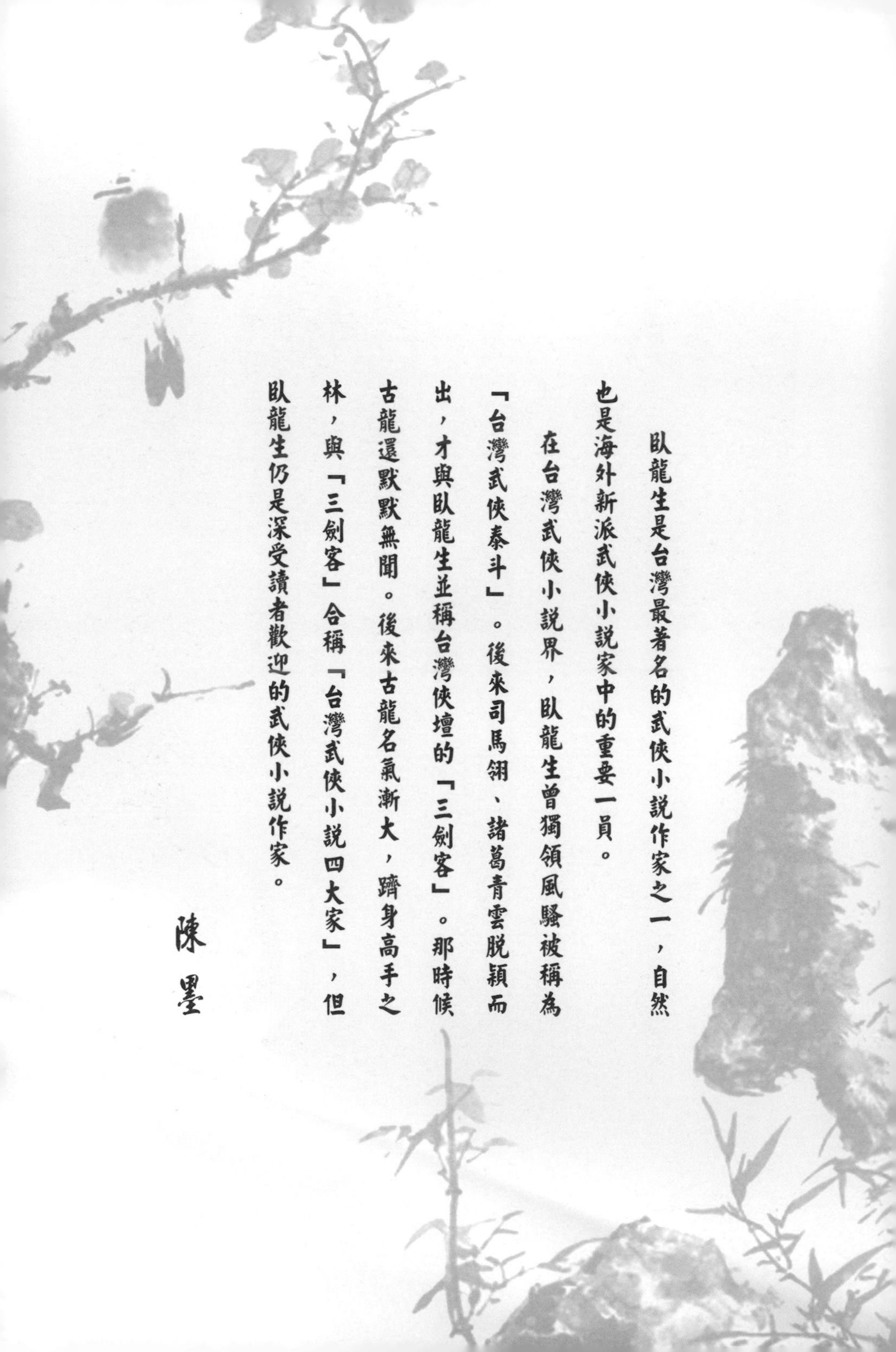

臥龍生是台灣最著名的武俠小說作家之一，自然也是海外新派武俠小說家中的重要一員。

在台灣武俠小說界，臥龍生曾獨領風騷被稱為「台灣武俠泰斗」。後來司馬翎、諸葛青雲脫穎而出，才與臥龍生並稱台灣俠壇的「三劍客」。那時候古龍還默默無聞。後來古龍名氣漸大，躋身高手之林，與「三劍客」合稱「台灣武俠小說四大家」，但臥龍生仍是深受讀者歡迎的武俠小說作家。

陳墨

臥龍生
精品集
54
春秋筆
(二)

臥龍生精品集 54

春秋筆(二)

十一　詐降老魔

楚小楓心念一轉，又想到了五毒玉女，終於又落到了池天化的手中。

可惜，喬飛娘說得不太清楚，無法聽出個所以然來。

歐陽嵩和喬飛娘去了一天，直到天色入夜才回來。

楚小楓也受到了相當的優待，一個垂髫女婢，送上了豐盛菜、飯，可惜的是沒有酒。

那女婢似是對楚小楓很巴結，這就使得楚小楓更加謹慎。

歐陽嵩一回來，立時把楚小楓叫到身側，道：「林玉，今晚上，我就開始傳你武功。」

楚小楓道：「多謝師父。」

放低了聲音，歐陽嵩緩緩說道：「玉兒，你要知道，這些年來，很多人想拜入我的門下，但我一直沒有答允，你可知道為什麼？」

楚小楓道：「弟子不知。」

歐陽嵩道：「第一，良材難尋，我一直沒有遇到一個可以傳我衣缽的人。」

楚小楓道：「弟子萬幸，得蒙師父垂青。」

歐陽嵩笑一笑，道：「可惜的是，咱們目前的處境不太安定，你一面練武，一面還要應付很多的麻煩。」

楚小楓故作不懂，道：「麻煩，可是丐幫追我的事？」

歐陽嵩道：「那只是麻煩之一，但更難應付的是池天化。」

楚小楓道：「他不是師父的朋友嗎？」

歐陽嵩道：「表面上是，但他的內心之中，卻沒有把我當朋友看待。」

楚小楓打蛇順棍上，冷哼一聲，道：「師父在江湖之上，德高望重，池天化這小子，吃了熊心豹膽，敢和師父作對，徒兒不才，願鬥鬥他。」

歐陽嵩低聲說道：「玉兒，不要這樣衝動，池天化武功不弱，你現在還不是他的敵手……」

楚小楓接道：「師父呢？」

歐陽嵩道：「師父自然可以勝他。」

楚小楓道：「好！弟子一定苦心學武，希望在一年之內，能勝了他。」

歐陽嵩微微一笑，道：「玉兒，你有很大的潛力，也有很好的基礎，如是肯用心學，我想三、五個月內，就可以勝過他了。」

楚小楓道：「哦！」

歐陽嵩道：「其實，對付池天化，並非難事，那小子武功不錯，心機也夠深，只是他還

無法逃過我的掌握，問題在他的背後……」

楚小楓道：「背後，怎麼樣？」

歐陽嵩兩道精厲的目光，凝注在楚小楓的臉上。

楚小楓靜靜地站著，臉上神情肅然，一派鎮靜。

良久之後，歐陽嵩才緩緩說道：「林玉，你可知道丐幫的幫規嗎？」

楚小楓道：「忠義自持。」

歐陽嵩道：「所以，丐幫中弟子，很少有背叛幫規的人。」

楚小楓道：「陳長老說得不錯，丐幫弟子，如若叛離了丐幫，天下就無他立足之地，師父如是對弟子心存懷疑，弟子就此告別了。」

歐陽嵩道：「哦！你要到哪裡去？」

楚小楓搖搖頭，道：「不知道，我目下脫離丐幫，還沒有背叛行跡，他們也不會大舉搜殺於我。」

歐陽嵩點點頭，道：「林玉，你已經是我門下弟子了。」

楚小楓道：「弟子知道。」

歐陽嵩道：「君命臣死，臣不死，為之不忠，師命徒呢……」

楚小楓道：「師父吩咐，弟子如若能夠辦到，決不推辭。」

歐陽嵩道：「去給我拿兩個人頭回來，不拘身分，只要是丐幫弟子就行。」

楚小楓道：「此事不難，也可一表弟子忠誠，不過，師父要準備好一件事情！」

春秋筆

歐陽嵩道：「什麼事？」

楚小楓道：「離開襄陽。殺了兩個丐幫弟子，很難不被發覺，丐幫必會全力追蹤。」

歐陽嵩道：「以你之見呢？」

楚小楓道：「弟子只能提供一得之愚，恭候師父裁決。」

歐陽嵩沉吟了一陣，突然放聲而笑，道：「走！咱們到庭院中去。」

楚小楓一時間倒是捉摸不出他心中之意，但卻沒敢多問，跟在歐陽嵩身後，行入了庭院之中。

歐陽嵩開始指點他武功，但是只傳一招。

那是變化很緊的一招，只是一招，但卻花了歐陽嵩一個時辰之久。

其實，楚小楓早已學會，但他不敢太露鋒芒，磨去了一個時辰之久，才算學會。

很意外的是，居然得到了歐陽嵩的大加讚賞，認為這是天才，當今之世，能在一個時辰之內，學會這一招變化的人，應該不多，除非那人的武功造詣，已到了某一種至高的境界。

他沒有說這是一招什麼樣的手法，楚小楓也沒有多問，但他心中明白，這就是歐陽嵩稱絕武林的搜魂七招中的第一招了。

楚小楓心中明白，卻未點破。

歐陽嵩很滿意楚小楓的成就，點點頭，道：「林玉，你很有斷事才智，想不到你對習武方面，也有著驚人的才華，如若長期埋沒在丐幫襄陽分舵中，實在可惜。」

楚小楓道：「師父垂青，弟子感激不盡。」

歐陽嵩神情肅然地說道，「你好好地練吧！要看你幾時把這一招練得純熟，我才能傳你第二招的手法。」

楚小楓道：「弟子遵命。」

歐陽嵩轉回內室。楚小楓卻獨自跑到小花園，又演練了一會兒。

這一次，他用出了真實本領，這一招搜魂手法，實已學到了十分精妙之境。

時光匆匆，轉眼間，時過三日。

這三日之中，楚小楓又得到了第二招的傳授。

歐陽嵩對他超越的進步，簡直驚奇到無以復加，督促的也更嚴厲。

楚小楓暗暗心中叫苦，也提高了警覺，太快速的成就，只怕會引起歐陽嵩的懷疑。

他心中明白，歐陽嵩、喬飛娘，都是久走江湖的老狐狸，稍一不慎，就會被他們瞧出破綻，露出馬腳。此後，不但要盡量隱蔽武功上的成就，而且還要盡量掩飾起心中的躁急。

心中主意暗定，開始盡量避免留給別人懷疑機會。

又過了三日，龍翔布莊，仍然和過去一樣的平靜，歐陽嵩也很少外出，倒是喬飛娘，常常出出進進。

第五天晚飯時刻，喬飛娘匆匆由外面歸來，神色間一片緊張。

歐陽嵩坐在右廳中，正在垂詢楚小楓的武功，現在，楚小楓已學會了第三招。

一見喬飛娘的神色，歐陽嵩立時警覺到事非尋常，站起身子，道：「飛娘，有什麼大事

嗎？」

喬飛娘神情嚴肅，喘了一口氣，道：「這幾天，襄陽府發生了很重大的事，丐幫的幫主、排教教主，都已經到了襄陽，這兩個武林中最大的門戶主腦人物，帶來了他們的精銳屬下，他們似乎已經決心要追查無極門的事了。」

楚小楓一低頭，舉步向外行去。

歐陽嵩低聲道：「站住，你要到哪裡去？」

楚小楓道：「兩位談論江湖大事，弟子不便多問。」

歐陽嵩道：「你要聽下去，這些江湖大事，對每一個武林人，都有影響。」

楚小楓道：「弟子遵命。」又緩緩行了回來。

歐陽嵩道：「玉兒，你出身丐幫，對丐幫中的事，比旁人瞭解些，我還要聽聽你對此事的看法。」

楚小楓道：「弟子知無不言。」

歐陽嵩回顧了喬飛娘一眼，道：「說下去，排教和丐幫，會有些什麼行動，池天化對此事，看法如何？」

喬飛娘道：「丐幫和排教採取些什麼行動，目下我還沒有辦法知曉，但以他們帶來的眾多人手，以及兩大門戶首腦的親自駕臨，這一次的行動，必將是排山倒海，石破天驚，我相信，他們總會有查明內情的一天。」

歐陽嵩道：「池天化呢？他怎麼說？」

喬飛娘道：「他還在和五毒玉女僵持不下，不知道這件事情。」

歐陽嵩道：「兩個人都沒有死？」

喬飛娘道：「是！五毒玉女給了他延時的解藥，使他仍然維持著性命，他也沒有殺害五毒玉女，雙方就這樣僵持下去。」

歐陽嵩道：「池天化的什麼手法，傷害了五毒玉女？」

喬飛娘道：「聽說是一種封穴的手法，每過上四個時辰，池天化就替五毒玉女換兩個被封穴道。」

歐陽嵩道：「封穴手法？」

喬飛娘道：「不錯，那是一種獨門手法，如若超過了四個時辰，傷穴就要發作，八個時辰內嘔血而亡。」

歐陽嵩道：「所以，兩個就這樣挺了下去，誰也不肯認輸，誰也害怕死亡。」

喬飛娘道：「情形正是如此。」

歐陽嵩道：「飛娘，這件事，要想法子告訴池天化，聽聽他的說法，唉！如若咱們未和陳長青、海若望、白梅等照面，這件事，確然是神不知，鬼不覺，至少，咱們還可以搪塞一段時間，可惜，咱們太過莽撞，竟然露了面，而且，還認下了這件事……」

喬飛娘接道：「所以說，目下這件事，正危險四伏，你得快些想個法子。」

這時，一個店伙計，匆匆行了進來，道：「外面來了兩個叫化子，指名要找喬姑娘……」

喬飛娘臉色一變，接道：「丐幫的人……」

歐陽嵩接道：「你們怎麼說？」

店伙計道：「二掌櫃在應付他們，說這裡沒有喬姑娘這個人，但兩個叫化子不肯相信，硬說他們瞧到了喬飛娘進入這裡。」

歐陽嵩回顧喬飛娘一眼，道：「你被他們盯上了。」

喬飛娘道：「我已經很小心了。」

楚小楓道：「師父，這也不能怪喬前輩，丐幫無孔不入，他們尋人之能，天下無出其右。」

歐陽嵩略一沉吟，回顧店伙計，道：「告訴他們，沒有喬姑娘，不信，可以讓他們進來搜查，但千萬不能和他們動手。」

店伙計應了一聲，轉身而去。

歐陽嵩道：「林玉，你會不會水？」

楚小楓道：「弟子不會。」

歐陽嵩道：「閉住一口氣潛進去。」

楚小楓心中覺著奇怪，但卻沒有多問。

歐陽嵩行到了花園中一口水井前面，笑一笑，跳了下去。

楚小楓皺皺眉頭，也跳了下去。

井中的水，相當深，落入水中之後，直沒及頂。

楚小楓確然不會水。落入了水中之後，立時嗆得連聲咳嗽。
水中伸過來一雙手，抓住了楚小楓的右腕，向一側拖去。
楚小楓沒有掙扎，其實，他人在水中，也無法掙扎。
那雙手力量很大，把他向下拖去。
忽然間，楚小楓感覺到脫離了水域，耳際間響起了歐陽嵩的聲音，道：「林玉，可以睜開眼睛了。」
楚小楓依言睜開了雙目，只見自己停身之處，竟是一條黑暗的甬道。
楚小楓吁一口氣，四面打量了一眼，道：「師父，這是什麼地方？」
歐陽嵩微微一笑，道：「這是一處密室，就算是丐幫幫主親身臨此，只怕也無法查出我們的存身之處。」
楚小楓長長吁一口氣，只覺空氣十分流暢，心中微微一動，忖道：「這又是怎麼回事，看來，這地方通風很好，空氣才會如此流暢。」
歐陽嵩道：「這是一處特別設計的地方，丐幫中人絕對想不到咱們在水井之中。」
楚小楓道：「師父，這地方沒有別的通路嗎？」
歐陽嵩笑一笑，道：「沒有，如若有通路，以丐幫之能，豈不是很快地會找到了嗎？」
楚小楓點點頭，道：「師父說得是。」
片刻之後，喬飛娘匆匆行了過來。
這時，楚小楓已看清了這裡的形勢。

原來，這口水井，在水深八尺之內，有一向上曲轉的甬道，高過井水。眼下，他們正行入一間小室之中。

通風孔就開在井水上面的空間，而且四處之多，隱隱有光亮透入，目力已可以適應，看得到景物。

歐陽嵩伸手取過一個紙煤，用火石打燃，點起了燈火。

盈盈燈光，照亮了全室。只見小室中有衣箱，和可以久存的食用之物，還有兩罈酒。

歐陽嵩笑一笑，道：「林玉，那木箱之中有衣服，自己取來換過吧！」

楚小楓心中暗道：「這地方，衣、食之物，看樣子躲上個三、五日不出去，也不是什麼難事。」

喬飛娘一面用手濾下頭髮上的積水，一面說道：「咱們總不能長住這裡呀……」

歐陽嵩笑一笑，接道：「沒有人要你長住在這裡，但是為了要保命，只有委屈一下了。」

喬飛娘道：「哼！你認為這地方很安全嗎？」

歐陽嵩怔了一怔，道：「難道還有人會找到這地方？」

喬飛娘道：「很可能，尤其點著燈火。」隨即一張口，吹熄了燈火。

只聽一個尖厲的聲音，喝道：「你們講不講理，這地方是內宅，怎麼可以亂闖。」

歐陽嵩臉色一變，凝神聽去。

喬飛娘輕輕吁一口氣，道：「丐幫耳目，果然厲害，再晚一步，就要被他們瞧到了。」

歐陽嵩道：「希望你沒有在井口處留下痕跡。」

但聽一個威重的聲音喝道：「喬飛娘，歐陽嵩，兩位都是成名的人物，躲著不出來，不怕落人話柄嗎？」

喬飛娘道：「看來，他們是早已經摸清楚了咱們的底子。」

歐陽嵩道：「丐幫耳目，何等靈敏，咱們能在此地，躲了如此之久，才被發覺，那已是有些意外了……」

語聲一頓，接著又道：「現在被他們發覺了也好。」

喬飛娘道：「發覺了也好？你好像一點也不緊張的樣子，難道……」

歐陽嵩微微一笑，接道：「只要你未在井口處留下痕跡，我相信他們不會找到這裡。」

輕輕吁一口氣，接道：「以後，要如何發展，倒要全看你的了。」

喬飛娘道：「看我的，這話什麼意思？」

歐陽嵩道：「咱們本來就沒有抗拒丐幫的能力，如何對付丐幫，這似乎是要看池天化的了。」

喬飛娘道：「哼！池天化和五毒玉女還在那山下小屋之中僵持不下，他有什麼能力，來解咱們之危險？」

歐陽嵩笑一笑，道：「就算池天化沒有遇上五毒玉女，他也一樣無法抗拒。」

喬飛娘點點頭，道：「你要他傳出求救信號？」

歐陽嵩道：「不錯。」

語聲一頓，接道：「飛娘，你和池天化混了很久，難道還沒有把事情問清楚嗎？」

喬飛娘道：「你認為池天化那小子是容易對付的人麼，那小子滑得像泥鰍似的，我已經用盡了心機，仍然套不出一點口風。」

楚小楓道：「師父，池天化既然狡猾十分，咱們何不先行想個法子，把他制服，再逼他說出實情。」

喬飛娘冷冷笑一笑，道：「你想的比你師父還美啊！」

楚小楓故作茫然說道：「喬前輩，晚輩說的哪裡不對了？」

喬飛娘道：「你師父是何等人物，如是能把池天化抓來逼問，還用得著你出主意嗎？」

楚小楓道：「怎麼？難道他的武功，還強過師父不成？」

口中說話，暗中卻十分留心兩人的反應。

歐陽嵩繃著臉，一語不發，喬飛娘卻帶著冷冷的笑意。

但雙方面，都未再為這件事爭辯什麼。

楚小楓也未再多開口。

沉默足足過了一盞熱茶工夫之久，歐陽嵩才輕輕吁一口氣，道：「好啦，丐幫中人，都已經走了。」

喬飛娘道：「我已經盡到了最大的心力，探不出他的口風，沒有法子的事。」

歐陽嵩道：「飛娘，我看這件事，已經到了非要解決不可的時候了，咱們也總不能就這樣拖下去。」

楚小楓心中忖道：「原來，夜襲無極門的主持人物，竟然是池天化。」

他發覺了這裡面有著太多的隱秘，以歐陽嵩這等身分的人，似只是被人利用的人，不但被人利用了，而且，又好像被人利用後，予以遺棄。

楚小楓心中既覺著有些好笑，但也有些震驚。

能使歐陽嵩這等凶狠人物俯首聽命的，自然不是池天化，而是他背後的一些人！

那些人是誰？看來，連歐陽嵩也一樣不知內情，池天化是他們之間的橋梁。

這個人絕不能死，一死，就完全斷了線。

可惜的是，楚小楓卻沒有法子把目前這個消息傳出去。

只聽歐陽嵩緩緩說道：「飛娘，是不是池天化給了你什麼好處？」

喬飛娘道：「你胡說什麼？他能給我什麼好處？」

歐陽嵩笑一笑，道：「這麼說來，咱們仍然是生死同命了。」

喬飛娘道：「不錯啊！」

歐陽嵩道：「唉！這個……」

突然一伸手，抓住了喬飛娘的右腕穴，冷冷接道：「這個，不見得吧！你這臭婊子……」

喬飛娘尖聲叫道：「你這是幹什麼？你瘋了是不是？」

歐陽嵩道：「我沒有瘋，而且，一直很清醒，飛娘，咱們十年的交情了，想不到你竟出賣了我！」

喬飛娘道：「放開我……」

歐陽嵩冷冷說道：「飛娘，你今天如若不給我一個滿意的說明，我就立刻斃了你。」語氣冷厲，神情肅然。

喬飛娘呆了一呆，道：「歐陽嵩，你……」

歐陽嵩接道：「我說得很認真，你如是不相信我的話，咱們不妨試試？」

喬飛娘冷笑一聲，道：「歐陽嵩，你不能含血噴人，你說我出賣了你，那得有證明……」

歐陽嵩接道：「證明，你每天和池天化那小子混在一起，不知道已經替我戴了多少頂綠帽子，但你挖出了什麼？」

喬飛娘道：「池天化那小子口風奇緊，我用盡了心機，仍然挖不出一點內情，我有什麼法子。」

歐陽嵩道：「這麼說來，你算是白白地陪他睡了。」

喬飛娘望了楚小楓一眼，道：「當著你徒弟之面，說出此等之言，你也不覺著羞恥。」

歐陽嵩哈哈一笑，道：「飛娘，你既然不吃敬酒，那就只好給你一點罰酒吃了。」左手抓住了喬飛娘的右手小指，但聞格登一聲，喬飛娘一根手指，已生生被扭斷。

喬飛娘尖叫一聲，疼出了一身冷汗。

歐陽嵩冷然說道：「喬飛娘，這不過只是開始，我要錯開你四肢的關節，折磨你個三、五天，再讓你死。」

說幹就幹，雙手一錯，又是一聲骨折脆響，喬飛娘右臂肘間關節，硬被錯開。一聲淒厲的慘嚎，疼得喬飛娘雙目淚水奪眶而出。

耳際響起了喬飛娘悲痛的哀叫，道：「歐陽嵩，你不能這樣整我。」

歐陽嵩突然放開了喬飛娘右腕脈穴，但卻右手一揮，一個大耳光甩了過去。

喬飛娘被打得身子轉了一個大圈，坐在地上。

歐陽嵩淡淡一笑，道：「飛娘，說不說？」

喬飛娘頭髮散披，黯然說道：「你好狠的心啊！」

歐陽嵩一腳踏在喬飛娘左腿之上，道：「再不說，我就踏碎你的左腿腿骨。」

喬飛娘臉上流現出驚嘆之色，道：「我說，我說……」

歐陽嵩道：「好！我洗耳恭聽。」

喬飛娘道：「池天化只對我提過他的師父……」

歐陽嵩接道：「什麼名字？現在何處？」

喬飛娘道：「他確實沒說，他警覺之心很高，我費盡心機鬥他，但他也只說出一句、半句，就立刻住口。」

歐陽嵩道：「那晚上，夜襲『迎月山莊』的人，都是哪裡來的？」

喬飛娘道：「這個，我問過池天化。」

歐陽嵩道：「他怎麼說？」

喬飛娘道：「他說，那些人，都是藍帶武士。」

歐陽嵩沉吟一陣，道：「藍帶武士，是什麼組合中人？」
喬飛娘道：「這個，他一直不肯說。」
楚小楓低聲道：「師父，也許喬前輩說的是實話，此時此刻，她似乎用不著替池天化掩遮什麼。」
喬飛娘道：「我說的是真話。」
歐陽嵩輕輕嘆息一聲，道：「林玉，你不知道這個女人，她號稱滿口飛花，是一個騙死人不償命的人，我對她太瞭解了。」
喬飛娘道：「歐陽嵩，你也是老江湖了，也和池天化相處數月之久，但你聽到過什麼隱秘，從他口中挖出來什麼消息？」
歐陽嵩怔了一怔，沉吟不語。
喬飛娘道：「他根本就對我們有著防備，咱們都受了他的利用。」
楚小楓道：「師父，那池天化現在何處，咱們想法子把他抓來，逼問一下，豈不就可以明白嗎？」
喬飛娘道：「林玉說得不錯，這是咱們唯一的機會。」
歐陽嵩道：「我們要如何對付他？」
喬飛娘道：「怎麼對付他都好，不要再對我多心。」
歐陽嵩接上她被錯開的關節，卻順手點了她兩處穴道。
喬飛娘疼苦大減，聲音也恢復了清脆，但仍然充滿著恐懼，道：「想法子保存下五毒玉

女，你們殺死池天化之前，先要想法子逼出他特殊的解穴手法。」
歐陽嵩道：「你放心，我們不會殺死池天化。」
回顧了楚小楓一眼，接道：「咱們走吧！」
喬飛娘吃了一驚，道：「歐陽嵩，你要把我丟在這裡！」
歐陽嵩道：「是！你好好地想想，這些年來，我對你如何？」
喬飛娘道：「你對我不錯，就是太多疑，唉！你既要我替你辦事，又對我十分多心。」
歐陽嵩冷冷說道：「喬飛娘，你乖乖地給我在這裡休息，我去生擒池天化之後，再回來，林玉，咱們走。」
喬飛娘看得出來，歐陽嵩已經鐵了心，再多說話，可能會自找苦吃。
歐陽嵩帶著楚小楓登上井口，立刻更衣，借一片夜色，趕到了那懸崖之下。
小屋中雖然已拉上了窗帷，但隱隱間，仍可現出燈火。
歐陽嵩四顧了一眼，低聲道：「林玉，咱們摸上去。」
楚小楓心中一動，暗道：「五毒玉女見過我，驟然見我，必露出愕然之色，以這歐陽嵩的多疑，必然會瞧出破綻。」
心中念轉，低聲說道：「師父，咱們要不要蒙上臉？」
歐陽嵩道：「對！池天化這小子十分狡猾，他如若發覺了我的身分，只怕不會說實話，咱們給他個莫測高深……」

語聲一頓，接道：「林玉，等一會兒，由你問他。」

楚小楓道：「弟子遵命。」

歐陽嵩取出一方絹帕，包在了臉上。

楚小楓更是早已有備，包得只露出一對眼睛。

歐陽嵩突然轉過頭來，雙目凝注在楚小楓的臉上瞧了一陣，伸出手去，拍拍楚小楓的肩膀，道：「孩子，為師的還沒有教好你的武功，已經要你辦事了。」

楚小楓道：「師父有事，弟子理當效勞。」

歐陽嵩道：「好！小心一些，跟在我後面。」

一長身，飛去了一丈多遠。

楚小楓凝神傾聽，只覺他身輕如葉，未發出任何聲息，心中暗道：「這歐陽嵩的輕功造詣不錯。」輕步追了過去。

他為人小心謹慎，不敢炫露輕功，以免露出了馬腳。

兩人一先一後，行到了小屋外面。

室中雖有燈火，但只是一些窗隙、門縫中透出來的，卻無法瞧清楚室中的景物。

歐陽嵩皺皺眉頭，凝神聽去。

只聽一個人說道：「解姑娘，你想通了沒有？」

正是池天化的聲音。

解語花道：「想通了什麼？」

池天化道：「我雖然中了毒，但我還有力量奪了你的解藥。」

解語花道：「哼！五毒門有很多種毒藥，有一種，中人之後，立刻死亡，你只要碰到我，你就會死了。」

池天化道：「你不是嚇唬我吧！」

解語花道：「千真萬確，不信，你就試試看。」

池天化道：「姑娘，在下如若死了，你也活不成。」

解語花道：「彼此，彼此。」

池天化道：「解姑娘，咱們為什麼要鬧到那樣你死我活的境地呢？」

解語花道：「本來不會，你只要把銀菊交給我帶走，我可以不究既往。」

池天化道：「在下身受之毒呢？」

解語花道：「我自然會替你解除，不過，你要先解去我受制的穴道。」

池天化道：「解姑娘，咱們之間的事，就有這一點距離，看來，永遠是講不通了。」

解語花道：「你這人狡猾得很，我不能先解你身上之毒。」

池天化道：「解姑娘，我雖然身中奇毒，但還有足夠的能力殺死你。」

解語花道：「你太低估五毒門了，你身中之毒，不但會定時發作，而且，也影響了你的功力，只怕你也無法殺得了我。」

歐陽嵩低聲道：「林玉，看來，他們兩人都已經失去了拒敵之能，咱們衝進去。」

楚小楓道：「聽那丫頭口氣，似乎是還有用毒之能，咱們是否要出手制住她？」

歐陽嵩道：「五毒門很可怕，不能大意……」

語聲一頓，接道：「一入室中，咱們分撲兩人，你對付五毒玉女，我對付池天化，務求一擊而中，不要給他們反擊機會。」

楚小楓道：「制住兩人之後呢？」

歐陽嵩道：「留下五毒玉女，帶走池天化。」

楚小楓道：「弟子明白了。」

歐陽嵩估量了一下四周形勢，暗運功力，蓬然一掌，擊在了木窗之上。

他掌力雄渾，這一掌，只打得木窗碎裂，木屑橫飛。

歐陽嵩當先而入，楚小楓緊隨跟進。

兩個人動作都很快速。

只見池天化和解語花分坐在兩張籐椅上，相距約五尺左右。

歐陽嵩撲向池天化，楚小楓撲向解語花。

池天化霍然站起身子，道：「你們……」

歐陽嵩的右手指勁，已然點上了池天化的啞穴，左手一探，拉腰抱起，穿窗而去。

楚小楓也出手點了五毒玉女的睡穴，放好了她的身軀，轉身越窗而去。

歐陽嵩的動作相當快，楚小楓略一遲疑，他已經在數十丈外。

楚小楓一提氣追了上去。

歐陽嵩折向一座山坡處奔去，一口氣奔出了六、七里路，才停了下來。
歐陽嵩出手點了池天化雙臂、雙腿的穴道，才一掌拍活了池天化的啞穴。
池天化雙腿、雙臂不能移動，整個人，就像是癱瘓了。
歐陽嵩卻隱在池天化的身後，一雙手，按在池天化的頭上。
那是說，池天化唯一能夠轉動的脖子，也無法轉動。
池天化卻也有臨危不亂的鎮靜，吁一口氣，道：「你是誰，不殺我，卻把我帶到此地，想是有求於我了？」
歐陽嵩冷冷說道：「不是求你，而是逼問你。」
池天化道：「逼問我？」
歐陽嵩道：「不錯，我問你一句，你回答一句。」
池天化道：「如是我不回答呢？」
歐陽嵩道：「你會立刻心脈崩斷而死。」
池天化心頭震動，閉口不言。
歐陽嵩道：「先說你的名字？」
池天化道：「姓池，名叫天化。」
歐陽嵩道：「你來自何處？師承何人？」
池天化道：「我說了，只怕你也不會知道。」
歐陽嵩道：「不用管我是否知道，我只要你據實說出。」

池天化道：「我來自天池無憂島……」

歐陽嵩接道：「天池無憂島，在什麼地方？」

池天化道：「你是什麼人？」

歐陽嵩五指加力，池天化驟然間感覺頭疼欲裂，不禁失聲而叫。

鬆開五指，歐陽嵩冷冷說道：「你聽著，我不願多問，你再敢節外生枝，我就捏碎你的腦袋。」

池天化很用心在聽那說話的聲音，楚小楓也很用心地聽。

但歐陽嵩有雙音之能，聽起來，完全是一個陌生的聲音。

這不但使池天化心中震動不已，而且，也使得楚小楓大感震駭，這歐陽嵩是個奸狡百出的人物，這等雙音之術，雖非太難的事，也絕不是一朝一夕所能有此成就，沒有個三、五年的練習功夫，很難說得這樣不著痕跡。

一個完全陌生的聲音，使得池天化生出了極大的畏懼，但他表面上，仍然保持了十分鎮靜，冷冷一笑，道：「告訴我，你究竟是什麼人？」

歐陽嵩道：「你還在囉嗦什麼？」

池天化道：「至少，我要先弄清楚你的身分。」

歐陽嵩道：「用不著，我只要你回答我的問話。」

池天化道：「朋友是受人之托而來？」

歐陽嵩道：「也可以這麼說吧？」

池天化道：「你可知道殺死我的後果嗎？」
歐陽嵩道：「這個，我倒是有些不信，殺了你還有後果？」
楚小楓還真的擔心歐陽嵩在急怒之下，一下子殺死了池天化，急急伸手，輕輕撞了歐陽嵩一下。
歐陽嵩心生警覺，冷冷說道：「好吧！我倒要聽聽，殺了你有些什麼後果。」
池天化道：「第一，殺了我，也等於殺了五毒玉女，她是湘西五毒門主的唯一掌珠！」
歐陽嵩道：「你們是兩個人，為什麼殺了你，就等於殺了她呢？」
池天化道：「我點了她身上三處大穴……」
歐陽嵩接道：「那容易，咱們去幫她解了。」
池天化道：「那是獨門點穴手法，不解內情的人，不但無法解開她的穴道，而且，妄自動手，會使行血逆行，立刻致命。」
歐陽嵩冷冷說道：「咱們不動她就是……」
池天化接道：「不動她也會死，時辰一到，如若無人替她變換穴道……」
歐陽嵩道：「那也容易，你如若想救她，那就把你獨門解穴手法告訴我。」
池天化道：「朋友，你不覺著說得太輕鬆了嗎？」
歐陽嵩道：「傳不傳你的事，咱們決不會強迫閣下。」
池天化道：「對！你們可以殺我，但卻無法逼我傳你們解穴手法。」
歐陽嵩道：「冤有頭，債有主，我不相信那獨門點穴手法是你自己創出來的，五毒玉女死了，五毒門自會從那特異的點穴手法找出殺他女兒的凶手。」

池天化輕輕吁一口氣，道：「看來，這個原因，不會使閣下改變心意了？」

歐陽嵩道：「自然不會。」

池天化道：「好！第二個原因，就和閣下有關了！」

歐陽嵩道：「請說。」

池天化道：「不論你是什麼人？什麼身分？但你如殺害了我，必會遭到報復。」

歐陽嵩道：「我殺了你，又沒有人知道，就算他們要報復，也不知我是何人？」

池天化道：「閣下不覺著太過自信了嗎？」

歐陽嵩道：「姓池的，你在拖時間嗎？」

池天化道：「事實上，我已經想通了，就算在下說了實話，閣下一樣不會留下活口。」

歐陽嵩道：「那倒未必，咱們只不過是想問出你的來歷罷了。」

池天化道：「哦！你要幹什麼？」

歐陽嵩道：「救人。」

池天化道：「救什麼人？」

歐陽嵩呆了一呆，暗道：「救什麼人，心中全無計劃……。」

心中一急，衝口說道：「宗一志。」

池天化道：「你是丐幫中人？」

歐陽嵩冷冷說道：「老夫是在問你的話。」

池天化道：「我知道。」
歐陽嵩道：「知道就好，答覆老夫的問話吧。」
池天化道：「我來自天池無憂島，這一點，我已經說得非常清楚了。」
歐陽嵩道：「令師是什麼人？」
池天化道：「說了你也不會知道，不說也罷！」
歐陽嵩道：「不說，你就別想活著離開此地。」
池天化道：「說了也是死，不說也是死，而且，說了還可能會死得快一點。」
歐陽嵩道：「這麼說來，你是不怕死了？」
池天化道：「怕！不過，如是非死不可，那就不如死得光彩一些了，朋友出手吧！」
歐陽嵩怔了一怔，道：「姓池的，一個人不管有多大的本領，多大的能耐，多大的靠山，要是死了，也如常人一樣，人死如燈滅……」
池天化接道：「剛剛我還真被你嚇住了，沒有仔細想過，可惜，你給了我考慮的時間，我想通了這中間的道理，所以，我不會再被你嚇住了。」
歐陽嵩冷冷說道：「好！那咱們就試試看，老夫走了數十年江湖，我不信，我沒有法子整服你。」
忽然抓住了池天化的右臂，格登一聲，錯開了池天化的右肘關節。
錯骨分筋之疼，椎心刺骨，池天化身上幾處穴道被點，無法運功抗拒，這一陣巨疼，直疼的他出了一身冷汗。

他盡力忍耐著，但仍是忍不住呻吟出聲。

歐陽嵩實也夠心狠手辣，立時又抓起了池天化的左臂。

只聽一個冷冷的聲音，道：「放手。」

聲音就起自身後不遠的地方。

歐陽嵩一語不發地放開了池天化的左臂，右手護身，左手一揚，疾向池天化的頭上劈去。

一股暗勁，忽然湧了過來，直襲向歐陽嵩身上大穴。

歐陽嵩固然可以一掌擊斃了池天化，但也無法避開那襲來的一擊。

那人選擇的角度，十分微妙，不是歐陽嵩右掌能及之處，就算他想用右手硬接一擊，也是有所不能。這就逼得他只有閃避一途。

歐陽嵩身軀疾閃，避開了兩步。

一條人影，疾掠而到，揮掌如風，直撲歐陽嵩。

是陳長青，丐幫的長老。

歐陽嵩心頭震動了一下，忖道：「難道，他已經認出我是誰了？」

陳長青沒有揭穿他的身分，沒有喝問一聲，只是拳腳如雨，攻了過來。

歐陽嵩無心戀戰，接了幾招疾奔而去。

陳長青沒有追趕，卻行到了池天化的身側，先接上他右肘關節，冷冷說道：「池天化，你還清醒得很呢？」

池天化長長吁一口氣，道：「我知道，你救了我。」

陳長青道：「老叫化不該救你的。」

池天化道：「你要我如何報答？」

陳長青道：「我想知道什麼人暗襲『迎月山莊』，什麼人擄走了宗一志！」

池天化道：「這件事，恕在下無法回答。」

陳長青：「你敢不說？」

池天化道：「我只能告訴你，那晚上，我也是夜襲迎月山莊的凶手之一。」

陳長青道：「哦！」

池天化道：「別的事，恕我無法奉告。」

陳長青沉吟了一陣，突然舉手一抬，兩個中年叫化子應手行了過來。

陳長青低聲吩咐了兩個中年叫化子幾句，兩人取出一方黑帕，蒙上了池天化的眼睛，裝入一個麻袋，扛了起來，快步而去。

目睹兩人去遠，陳長青才低聲說道：「楚公子，請出來吧！」

原來，楚小楓並沒有跟著歐陽嵩一起離去，歐陽嵩轉身奔逃時，楚小楓卻借機躲入了一塊山岩之後。

應聲行了出來，笑一笑，道：「見過陳老前輩。」

陳長青嘆口氣，道：「小楓，你師娘思念一志，又擔心你的安危，她已經和我提過兩次，希望你回去。」

楚小楓沉吟了一陣，道：「老前輩，就目下看來，歐陽嵩確然已沒有什麼價值，他對池天化瞭解的太少，也不知道一志師弟現在藏身何處。」

陳長青道：「池天化呢？他是不是知道內情？」

楚小楓道：「現在看起來，他好像是唯一知曉內情的人，歐陽嵩、喬飛娘等，都不過是受他的利用罷了。」

陳長青道：「歐陽嵩也是老江湖了，江湖上出了名的狡猾人物，怎麼會受人利用呢？」

楚小楓道：「池天化也許能回答這個問題，……」語聲微微一頓，接道：「池天化很怕死，但也很狡猾，除非，你能使他相信，對他確有好處、保障，他才會說出一些內情。」

陳長青點點頭，道：「我明白了，咱們走吧！」

楚小楓道：「不！我還要回到歐陽嵩的身邊去。」

陳長青道：「為什麼？你不是說他沒有什麼價值嗎？」

楚小楓道：「喬飛娘也許會知道一點蛛絲馬跡，不知道歐陽嵩會用什麼手段逼她說出來，我得聽聽去，這幾天，別再去打攪龍翔布莊，如果發現不出什麼新線索，三、兩天我就回去。」也不容陳長老再說話，轉身疾奔而去。

他故意繞了一些路，而且，作下了不少的記號，以備需要。

回到龍翔布莊，歐陽嵩早已把喬飛娘給撈了起來。

兩個人對坐在廳中。

楚小楓氣喘不息，閃身入廳。

歐陽嵩道：「林玉，你怎麼逃出來的？丐幫去了不少的人吧？」

楚小楓道：「不少人，我看到他們把池天化裝入一個麻袋中帶走了。」

歐陽嵩道：「那你怎麼跑出來的？」

楚小楓道：「弟子沒有跑，我一跑準被他追上。」

歐陽嵩道：「那你是……」

楚小楓道：「弟子就地躲了起來，等他們離去了之後，我才走的。」

歐陽嵩道：「不錯，這也是一個辦法。」

目光轉到喬飛娘的臉上，冷冷說道：「你沒有說對，林玉沒有背叛我，背叛我的是你。」

喬飛娘抬頭望了楚小楓一眼，欲言又止。

楚小楓道：「喬老前輩，有什麼儘管請說，我來自丐幫，難免你心中有些多疑，不過，我可以解說清楚。」

喬飛娘笑一笑，道：「林玉，你剛才沒有回來，我是說了你兩句，那證明我的看法錯了。」

歐陽嵩冷笑一聲，道：「飛娘，你可是看我收了一個好徒弟，內心中，一直有些不舒服，千方百計的，想使我們師徒分開，是嗎？」

楚小楓嘆息一聲，道：「師父，可否讓弟子說幾句話？」

歐陽嵩道：「好！你說吧。」

楚小楓道：「師父，喬前輩，弟子覺著目下情形，已不是兩位意氣之爭的時候了。」

喬飛娘道：「說得是啊！這時候，什麼辰光了，你師父還是一個勁的跟我過不去。」

楚小楓道：「師父，不論喬前輩和池天化之間，有些什麼交往，但她和師父相處，已經近十年了，池天化小子精的像兔一樣，如何會信得過她？」

歐陽嵩道：「林玉，你不知道這位喬姑娘，滿口飛花，能把死人說活。」

楚小楓道：「喬前輩雖然極善口才，但池天化不是輕易說動的人，師父今天動了他，他一定會懷疑你是和喬前輩聯手而為。」

歐陽嵩接道：「林玉，你……」

喬飛娘霍然站起身子，接道：「你們殺了池天化？」

歐陽嵩本來想喝止楚小楓不要他說下去，他相信池天化絕對聽不出他的聲音。

但他聽到了喬飛娘的驚呼之聲，立時住口不言。

他久走江湖的人，一聽之下，已然明白了楚小楓的設計，發生了很大的作用，可能會套出喬飛娘內心中很多的隱秘。

果然，喬飛娘急急接道：「糟了，糟了……」

歐陽嵩道：「什麼事情糟了？」

喬飛娘道：「你是不是殺了池天化啦……」

楚小楓道：「師父本來想殺死池天化的，但他卻被丐幫中人及時救走。」
喬飛娘道：「及時救走，那就更糟了。」
歐陽嵩道：「為什麼？」
喬飛娘嘆息一聲，道：「你認為，襄陽城中，只有池天化一個人嗎？」
歐陽嵩道：「他們的人，都已離去，眼下，不是只有他一個人嗎？」
喬飛娘搖搖頭，道：「你不知道，他們還有一些人，留在襄陽。」
歐陽嵩道：「在哪裡，都是些什麼人？」
這正是楚小楓要知道的事，凝神傾聽。
只聽喬飛娘說道：「我不知道。」
歐陽嵩道：「你不知道……」
喬飛娘接道：「不錯，池天化這小子口風之緊，就算是久走江湖的人，也無法比，我知襄陽城中，仍有他們的人，還是由他一句無意之言中所得，但他立刻警覺，就沒有再說下去。」
楚小楓道：「這個，只怕是他故弄玄虛吧。」
喬飛娘道：「你憑什麼作此推斷？」
楚小楓道：「我憑兩件事，一是，池天化身中毒傷，竟無人趕去助他，第二是丐幫中人，把他劫走，也沒有見人出手救他。」
喬飛娘道：「你怎知那些丐幫中人，不是他的人改扮的？」

歐陽嵩道：「那人是陳長青，丐幫中長老。」

楚小楓道：「我可以為師父作證，那人是陳長老。」

喬飛娘道：「唉！丐幫擒去了池天化，那是非引到他們出手。」

楚小楓心中一動，回頭望著歐陽嵩，道：「師父，江湖之上，哪來的這一股神秘的勢力，連師父和喬前輩都不知道。」

歐陽嵩道：「這等隱秘的行蹤，江湖上也是絕少見聞，除了池天化這小子之外，都不肯露出本來面目。」

楚小楓道：「他們在逃避什麼？」

喬飛娘道：「他們在逃避春秋筆。」

歐陽嵩道：「春秋筆？」

楚小楓曾聽師父談過春秋筆，但他知道的太少，忍不住問道：「春秋筆，那是什麼人？」

歐陽嵩道：「是一支筆，一支普通的毛筆。」

楚小楓接道：「那有什麼可怕？」

歐陽嵩道：「可怕得很，一支劍，可以取人性命，但春秋筆殺死的，卻是一個人的聲譽，一個人的靈魂。」

楚小楓心中暗道：「看來，就算是很壞的人，也有羞恥之心！」

口中卻說道：「有這麼厲害？」

歐陽嵩道：「林玉，一個人死了，那就一了百了，但春秋筆卻不會要你的命，他把你公諸武林，一筆記下，那就百口莫辯，春秋筆下的壞人，不但好人要殺你，壞人也要逃避你，那等於在你臉上刻了一個招牌，一個洗不去、抹不掉的招牌，使你有著生不如死的感覺。」

楚小楓道：「哦！春秋筆不過是一支筆罷了，但弟子相信，一支筆不會自己寫字，應該是有一個執筆人？」

歐陽嵩道：「這是武林之中，百年以來，一直無法解開的隱秘，春秋筆十年出現一次，記下了江湖上十年的事情，一秉大公，絲毫不苟，屈指數來，已然八次，還有兩年，就是春秋筆第九次出現的時間，八十多年，春秋筆出現了八次，每一次出現，江湖上就會有一次變動……」

楚小楓道：「什麼變動？」

歐陽嵩道：「沒有人知道春秋筆來自何處，但它卻如萬目、萬手，詳細地記述了十年來各種事情。」

楚小楓道：「師父，那春秋筆既有執筆人，為何不把他找出來呢？」

喬飛娘突然接口說道：「找出來，談何容易，如是能夠找出那個執筆的人，豈不是天下太平了。」

楚小楓道：「其實，也不用太重視那春秋筆的作用。」

喬飛娘道：「怎麼說？」

楚小楓道：「一個人，既然敢殺人，難道，還怕人家叫他凶手嗎？」

歐陽嵩道：「孩子，你不懂，這種事，很奇怪，江湖罪惡，就像隱藏在黑暗中的垃圾，它不怕髒，就怕太陽一照。孩子，真正惡名四播的惡人，那就算不得真正的惡人，隱在暗中作惡的人，表面上，卻又是堂堂正正的大好人，那才是真正的惡人。八十多年來，春秋筆出現了八次，一次比一次震動人心，遠的不說了，八年前春秋筆第八次出現，揭開了十件江湖大惡，事實經過，寫得歷歷如繪，逼死兩個大門派的掌門人，使江湖上七個俠名卓著的人，暴露了本來面目，無顏見人，一死了之，另外卻使一個名不見經傳的年輕人，一夕成名，成了江湖上人人敬重的大俠。」

楚小楓道：「弟子在丐幫中，也聽到了不少江湖事，那個一夕成名的是什麼人，怎麼弟子沒有聽過呢？」

歐陽嵩道：「薛山嵐，天心劍薛山嵐。」

楚小楓道：「哦？原來是他。」

喬飛娘道：「薛山嵐一夕成名，事情不大，但卻招惹起了很多人群起效尤，都希望能夠學他，一夕間，成名武林，名利雙收。」

楚小楓道：「這個，倒也難怪……」

喬飛娘接道：「哼！這就弄得不少小伙子，苦練武功，練成了專門和綠林道上的人作對。」

楚小楓輕輕吁一口氣，欲言又止。

歐陽嵩冷冷說道：「孩子，你在嘆什麼氣？」

楚小楓道：「我在想，既然有春秋筆這樣的人物，為什麼還有池天化這樣的人。」

歐陽嵩道：「這就叫道高一尺，魔高一丈，有了春秋筆揭發了罪惡，卻把罪惡逼到了更隱秘的環境中去。」

楚小楓突然笑一笑，道：「師父，咱們怕不怕春秋筆？」

歐陽嵩怔了一怔，道：「這個，這個，咱們談不上怕，但如被春秋筆在上面記了一筆，那倒也是一件很煩惱的事。」

楚小楓道：「師父，你看弟子背叛丐幫這件事，將來會不會落在春秋筆的手中？」

歐陽嵩笑一笑，道：「我這身分，春秋筆都找不上，何況是你，不過，這種事，要是被春秋筆碰上了，也許會順手記上一筆。」

楚小楓道：「那豈不是要被人所不齒了。」

喬飛娘道：「春秋筆可怕之處，也就在此了。」

楚小楓道：「唉！這支春秋筆實在討厭，江湖中那樣多豪傑英雄，為什麼沒有人找出來把他殺了？」

喬飛娘道：「哼！殺了，你說得倒是容易，八十多年來，不知道有多少人想找春秋筆，但卻從來沒有一個找到過他。」

楚小楓道：「這春秋筆，既是如此的愛管閑事，難道還不好找嗎？」

喬飛娘道：「可怕的，也就在此了，那春秋筆雖然是記述了江湖上的善惡，但那執筆人，從來不捲入江湖的恩怨之中，他可能就在你的身側，但他隱藏的太好，沒有人能發覺

他。」

楚小楓道：「唉！這麼說來，這個人很神秘了。」

喬飛娘道：「神秘極了，百年之中，從沒有一個人，發覺春秋筆是個什麼樣子的人物？」

楚小楓沉思不語。

喬飛娘道：「林玉，你這小子很機靈……」

楚小楓接道：「喬前輩，你誇獎了，我現在，就有一件事想不明白。」

歐陽嵩道：「哦！什麼事？」

楚小楓道：「那春秋筆，已經在江湖上出現了八十多年，難道那執筆的人，已經活了一百多歲？」

歐陽嵩道：「這件事，我倒是沒有想過。」

喬飛娘道：「我想，這不會是一個人，大概，他也有傳人吧。」

歐陽嵩點點頭，目光轉到喬飛娘的身上，道：「飛娘，咱們不談春秋筆的事了，武林中只有這一支筆，未必就會叫咱們那麼巧的碰上……」

語聲一頓，接道：「還是談談池天化吧！你對池天化還知道好多？」

喬飛娘道：「唉！你一定要信任我，池天化這小子，雖然很狡猾，但我相信，我還能鬥得了他的……」

歐陽嵩接道：「那是說，你花的工夫還不夠了，難道要老子多戴幾次綠帽子才行？」

喬飛娘對歐陽嵩心中似是已經生出了畏懼，不敢再出言頂撞，吁一口氣，道：「別說得這樣難聽，我套不出池天化心中之秘，可能不是他不肯說……」

歐陽嵩接道：「那又是為了什麼？」

喬飛娘道：「好像有一種力量束縛著他，使他不敢說。」

歐陽嵩道：「哦？」

楚小楓突然接道：「師父，弟子有一種奇怪的想法，不知道該不該說？」

歐陽嵩道：「你說吧。」

楚小楓道：「是不是池天化也不知道太多的內情？」

歐陽嵩怔了一怔，道：「這個，不太可能吧！那晚上攻襲迎月山莊一批人，大都是他帶來的。」

楚小楓道：「師父，那些隱在暗中的人，如是有意地逃避春秋筆，自然是盡量不讓人知道他們的真正身分，池天化公開活動，也許，他們不會讓他知道的太多。」

歐陽嵩道：「這也有理。」

喬飛娘道：「林玉這麼一說，連我也有些懷疑了，如是他知道的很多，相信我會多套出一些內情。」

楚小楓道：「師父，聽你和喬前輩的口氣，兩位都被他利用了？」

歐陽嵩道：「這才叫陰溝裡翻船，唉！我走了數十年的老江湖，想不到栽到一個後生小子手裡。」

楚小楓道：「師父，丐幫是個很龐大的組合，聽說丐幫幫主，已然親到襄陽，必然會帶來文丐任奇……」

歐陽嵩接道：「文丐任奇，聽說這個人，博古通今，是丐幫中運籌帷幄的人物。」

楚小楓道：「是！」

歐陽嵩道：「你是說文丐任奇，能夠查出那池天化的來路？」

楚小楓道：「這個，我就不知道了，我從來沒有見過文丐任奇，也沒有見過幫主，我只是聽人說過，他是丐幫中才慧最高之人。」

歐陽嵩道：「不錯，這個人在江湖上的名氣很大，但他卻少在江湖上走動，武林中人，有很多人知道他的大名，但卻大都沒有見到過他。」

楚小楓道：「師父說得是，就是丐幫中人，也很少見到任長老。」

歐陽嵩道：「聽說他不會武功？」

楚小楓道：「弟子在幫中職位卑小，對於任長老的事知曉不多，這些都是聽人說的。」

喬飛娘道：「也不要太高估那位文丐任奇的能耐，我滿口飛花，飛不出池天化那小子的底細，只怕，文丐任奇，也一樣問不出什麼名堂。」

楚小楓沉吟了一陣，道：「師父，其實，這件事發展到現在的境界，池天化的底細，用不著咱們再費心了。」

歐陽嵩道：「這小子許給了咱們很多願，一個也沒有還，偷雞不著蝕把米，不但被他騙了，而且，還被他把咱們都玩在股掌之上，挖不出他的底子，實在叫人不甘心。」

楚小楓道：「師父，如若那池天化很重要，自然會有人救他，如是沒有人救他，那就說明了，池天化也不過是一個微不足道的腳色。」

歐陽嵩道：「是啊！這一點，我倒沒有想到。」

喬飛娘道：「對啊，這襄陽城中，既然留有他們的人，池天化落在丐幫手中一事，他們自然早知道了。」

歐陽嵩哈哈一笑，伸手拍拍楚小楓的肩頭，笑道：「林玉，看來三、五年後，你就青出於藍了。」

喬飛娘道：「這小子，如若真是虛晃的一招，那可就把咱們騙苦了。」

歐陽嵩道：「飛娘，你一向自信口能飛花，騙術高明，這一次，真是把跟頭栽到家了，真是周郎妙計安天下，賠了夫人又折兵。」

喬飛娘臉色漲紅，但似又不敢發作。

楚小楓低聲道：「師父，喬前輩還有穴道沒解麼？」

歐陽嵩道：「不錯啊！她如是沒有穴道被點，早就撒起潑來。」

楚小楓道：「師父，應該解了喬前輩的穴道。」

歐陽嵩道：「為什麼？這女人的厲害，你還沒有見過，要是師父落在她的手中，至少，要把我整得慘過十倍。」

喬飛娘道：「我幾時整過你了？」

歐陽嵩道：「還不夠？池天化那小子不是你給引見的麼？你賠上了身體，給老子弄了一

頂綠帽子戴，但你問出了什麼？」

喬飛娘閉上嘴巴，不敢多言。

楚小楓道：「師父，照弟子的看法，喬前輩還是向著你的，她對付池天化不過是權宜之計，何苦為這一點事，鬧得翻臉絕交呢？」

歐陽嵩怔了一怔，道：「倒也有理。」

突然哈哈一笑，接道：「飛娘，我想通了，我認識你時，你已經不是好人，自然，不能要求你三貞九烈……」

掌指揮動，解了喬飛娘身上的穴道。

喬飛娘伸展了一下雙臂，道：「歐陽嵩，這一次，你整得我很夠瞧的。」

歐陽嵩道：「你心中記恨了？」

喬飛娘笑一笑，道：「沒有，我心中反而很高興，我沒有想到你還有這樣大的醋勁，那是證明對我挺認真的。」

歐陽嵩哈哈一笑，道：「難道這十多年來，我對你都是假的嗎？」

喬飛娘道：「是真是假，我不知道，不過，現在我知道了，你這樣妒忌我和池天化的來往，好像是很認真了。」

歐陽嵩道：「過去的事，不用談了，今後，你要學著守些婦道。」

喬飛娘點點頭，道：「以後，我會去學著遵守三從四德。」

歐陽嵩道：「我只要你遵守一德就行了。」

喬飛娘道：「我知道，我會改過來，綠帽子雖不壓人，但對一對有情的男女，卻是一個很沉重的負擔。」

歐陽嵩道：「飛娘，想不到你還知道這麼多事！」

楚小楓心中暗道：「這一對無恥男女，談得倒是津津有味，也不怕別人聽得噁心。」

心中念轉，口中卻緩緩說道：「師父，眼下最重要的事，好像是應該設法去探聽一下丐幫的行動，是不是真有人去救池天化？」

歐陽嵩道：「對！咱們應該想法子探聽一下。」

楚小楓道：「問題是，咱們要如何探聽？」

歐陽嵩道：「這個，實在是一件很為難的事。」

喬飛娘道：「林玉，我和你師父，如若失去了池天化的支持，絕無法和丐幫對抗，何況，還有排教中人。」

楚小楓道：「師父、喬前輩，我想一想，池天化也許真的有一股隱秘的力量在支持著他，像夜襲無極門那批人……」

歐陽嵩接道：「說來，也是奇怪，那麼多的人手，還帶了幾個無極門的人，怎麼一下子就失去了蹤影。」

楚小楓心中暗道：「打到點子上了。」

但他不敢多問，歐陽嵩、喬飛娘，都是老江湖，欲速則不達，只要稍微一露急像，就可能會使兩人動疑，所以，他在靜靜地等著。

果然，喬飛娘說道：「他們如若在陸路上走，很可能逃不過丐幫的耳目，水路上有排教中的人，這水、陸上兩個最大的江湖組合，耳目遍布，那些人又怎能逃過監視。」

楚小楓道：「莫不是他們還留在襄陽城中？」

歐陽嵩道：「這個，也並非全無可能。」

楚小楓道：「弟子覺著，他們如若還留在襄陽城內，池天化也許知道，這就有兩個可能了。」

喬飛娘道：「林玉，你說說看，哪兩個可能？」

楚小楓道：「一個是，他們會想法子搭救池天化，一個是殺他滅口，那就要看池天化在他們心目中的份量了。」

喬飛娘目光一掠歐陽嵩，道：「我瞧，這件事，咱們不用管了？」

歐陽嵩道：「你覺著咱們應該如何？」

喬飛娘道：「三十六計，走為上策，咱們惹不起丐幫，也惹不起排教，不論那一方面找到咱們，都是個難了之局。」

歐陽嵩道：「嗯！說得也是。」

目光轉到楚小楓的身上，接道：「林玉，你看，咱們走得了嗎？」

楚小楓道：「機會不大，丐幫襄陽分舵，已經全數出動，分守在各處要道之上，水路上更是嚴密無比，生翼難渡……」

歐陽嵩接道：「難道咱們就這樣坐以待斃不成？」

楚小楓嘆口氣，道：「除非，咱們能把自己改扮得叫他們完全認不出來。」
歐陽嵩沉吟了一陣，道：「這個機會不大。」
喬飛娘沉吟了一陣，道：「我倒有一個主意，不知是否能行得通？」
歐陽嵩道：「說說看。」
喬飛娘道：「用棺材，咱們躲到棺材裡去……」
楚小楓心中一動：「這倒是一記絕招，丐幫中人，絕不會打開棺材瞧著。」口中卻說道：「買棺材來，也不是一件容易的事，而且，還要有孝子隨行。」
喬飛娘道：「不是買，咱們找一個人，真的混入棺材中和死人躺在一起，另外兩人，混入孝子行列之中。」
楚小楓忖道：「這辦法真還不錯。」
他想著，口中卻說道：「這要得先找到死人，而且，還要在近日出殯。」
喬飛娘道：「襄陽城這麼大，怎麼會找不到一個死人？」
楚小楓道：「問題是丐幫中的耳目，他們在城中怕布有不少耳目，咱們如何找到有死人的地方，而又不為丐幫中人發覺，只怕是一件不太容易的事。」
喬飛娘道：「就算是要冒險吧，也冒得很值得。」
歐陽嵩道：「林玉，這法子不錯。目下丐幫、排教，在水、旱兩路，布下了天羅地網，咱們要離開襄陽府，只有用飛娘這個辦法，才有離開這裡的希望。」
楚小楓道：「師父，難道咱們不要打聽池天化的隱秘了？」

歐陽嵩道：「現在，顧不得這件事了，池天化不可信任，咱們又無法和丐幫及排教中人對抗，只有一個辦法，那就是早些離開這裡。」

楚小楓道：「師父說得是……」

喬飛娘接道：「林玉，你想想看，咱們這三個人，誰應該去找找哪一家死了人？」

楚小楓苦笑一下，道：「自然應該弟子去了，我在這裡住了很久，容易辦事。」

喬飛娘回頭望了歐陽嵩一眼，看他沒有反應，緩緩接道：「對！林玉，這件事應該你去，但不知你要幾時動身？」

楚小楓道：「好像現在就應該去了。」

喬飛娘道：「林玉啊！你要小心一些。」

楚小楓道：「好！我會小心，絕不會連累到師父跟喬前輩。」

歐陽嵩輕輕吁一口氣，道：「林玉，你有把握嗎？」

楚小楓道：「有事弟子服其勞，沒有把握也得去一趟。」

喬飛娘道：「歐陽兄，看來，你收這個徒弟實在是不錯。」

楚小楓道：「喬前輩誇獎了。」

喬飛娘道：「林玉，來！我替你改扮一下，不能讓他們瞧出你來。」

楚小楓很隨和，點點頭行了過去。

喬飛娘帶著楚小楓行入了一間雅室，狗不改吃屎，雙手抱住了楚小楓的臉，親了一下，才動手替他改裝易容。

楚小楓出來時，完全改變了一副模樣，原來紅裡透白的一張臉，現在變成了一片淡黃，看上去約三十左右。

喬飛娘笑一笑，道：「完全變成了另一個人，就算襄陽分舵主看見你，也不會認識。」

楚小楓笑一笑，道：「喬前輩的易容之術，晚輩自然信得過。」一抱拳，轉身而去。

望著楚小楓的背影，喬飛娘輕輕吁一口氣，道：「你這個徒弟，實在不錯，小小年紀，卻有著一種久歷滄桑的沉著，唉！看他那種輕淡生死、舉重若輕的神情，實在叫人羨慕。」

歐陽嵩道：「說得也是，他那份臨危不亂的沉著，似乎連我們都得遜他三分……」

喬飛娘道：「你對他動了懷疑？」

歐陽嵩道：「事出常情之外，自然是值得懷疑。」

喬飛娘道：「我看法倒是和你有些不同了。」

歐陽嵩道：「怎麼說呢？」

喬飛娘道：「他初來之時，我是對他有些懷疑，但現在，我倒覺著他……」

歐陽嵩接道：「怎麼樣？」

喬飛娘道：「用不著懷疑他什麼了。」

歐陽嵩道：「為什麼？」

喬飛娘道：「你想想看，他如是丐幫派來這裡的人，你剛才就逃不回來，他如果要出賣咱們，似乎是早就出賣了，用不著再等下去。」

歐陽嵩點點頭，嗯了一聲。

十二　玉女之危

且說楚小楓離開了龍翔布莊之後，一路上仔細觀察，發覺已有不少人，在暗中包圍了布莊。

包圍的人，不全是丐幫中人，這顯然，另有人加了進來。

但這包圍的人很有技巧，都還在數十丈之外，布莊中人，很難感覺出來。

這些人，楚小楓一個也不認識。

很快地，楚小楓發覺有人盯了上來，立時折轉入一條巷子之中。

那是個身著青衣、頭戴瓜皮帽子的年輕人，一看楚小楓折入一條小巷中，快走直衝上來。

楚小楓一提氣，飛上了一座屋脊之後，眼看那人，快步奔出小巷。

擺脫了追蹤之人，楚小楓折回原路，但卻未料到，巷口處早已站了兩個叫化子。

一個四十多些的叫化子，打量了楚小楓兩眼，道：「朋友是龍翔布莊的人？」

楚小楓點點頭，道：「是！」

中年叫化子道：「你是想在大街上眾目睽睽之下，和咱們動手呢？還是準備跟我們離開這裡？」

楚小楓道：「我跟兩位走！」

兩個叫化子一前一後，把楚小楓夾在中間，向前行去。

楚小楓被帶入了不遠處一座宅院中，兩個叫化子突然出手，一左一右地抓住了楚小楓，行入大廳。

楚小楓沒有掙扎，也沒有抗議，被拉入大廳。

大廳中坐著三個人，陳長青、白梅，和一個身體枯瘦的老叫化子。

三個人中，兩個熟人，楚小楓的心定了下來。

只聽那中年叫化子沉聲說道：「回報長老，這小子是龍翔布莊中出來的。」

陳長青哦了一聲，道：「放開他，你們快去守住原來的位置，歐陽嵩、喬飛娘奸猾得很，稍有疏忽，就可能被他們溜了。」

兩個叫化子放開楚小楓，轉身而去。

望望楚小楓，陳長青輕輕說道：「說吧！你叫什麼名字？」

楚小楓道：「晚輩楚小楓。」

白梅一怔，道：「小楓，是你？」

他已聽出了楚小楓的聲音。

陳長青道：「咱們昨夜才分手，怎麼改了樣子？」

楚小楓道：「他們要我出來，勘查和安排一下逃走的路線、方法。」

陳長青道：「那龍翔布莊中，都還有些什麼人？」

楚小楓道：「歐陽嵩和喬飛娘……」

語聲一頓，接道：「陳前輩，那池天化招了什麼沒有？」

陳長青道：「這小子口緊得很，問不出一句話。」

楚小楓這才回過頭，對白梅躬身一禮。

那身體枯瘦的老叫化子，輕輕咳了一聲，道：「這一個，就是你們說的楚小楓了？」

白梅道：「是啊！小楓，快去見過皇甫前輩。」

楚小楓急急轉過身子，撩衣拜倒，道：「末學晚進楚小楓，拜見前輩。」

陳長青沒有阻止楚小楓的大禮拜見，白梅也沒有阻止，皇甫度只好揮揮手，道：「起來，起來。」

楚小楓站起身子，不待陳長青等問話，就把歐陽嵩和喬飛娘的計劃說了一遍。

陳長青道：「這麼說來，重要人物，還是池天化了。」

楚小楓道：「歐陽嵩和喬飛娘不似裝作，看來，他們都是被池天化所玩弄，這個人年紀不大，但卻是個很厲害的腳色。」

陳長青回顧了皇甫度一眼，道：「皇甫兄，你看這件事應該如何？」

皇甫度沉吟了一陣，道：「歐陽嵩和喬飛娘，既然沒有再留下的價值，乾脆把他們抓來算了。」

陳長青道：「說得也是，可笑兩個老江湖，竟然被一個名不見經傳的年輕小伙子給耍了。」

楚小楓道：「老前輩，晚輩覺著池天化的啞謎，必須要揭穿不可。」

陳長青道：「事情發展到今天，所有的線索，都已經集中在池天化這小子的身上，咱們必須要從他的口中挖出內情……」

語聲一頓，接道：「但這小子不好應付，老叫化子自覺對付不了，幸好咱們丐幫中來了一位專門對付奸狡之徒的高手，老叫化子只好交給他了。」

楚小楓道：「那位老人家是不是任老前輩？」

皇甫度道：「你聽誰說的？」

楚小楓道：「歐陽嵩和喬飛娘談過，他們說任前輩一直跟在幫主身側，幫主到了，任前輩一定會跟來。」

皇甫度緩緩站起身子，道：「老陳，歐陽嵩和喬飛娘這兩個人，似乎是不用再留下來，我去收拾了他們。」

對皇甫度，陳長青似乎是保持一分相當的敬重，笑一笑，道：「皇甫兄，這兩個人，雖然不是什麼好人，但他們卻是參與夜襲迎月山莊的凶手，留下他們的活口，說不定，日後還有用處。」

皇甫度笑一笑，道：「我跟志海一塊兒去，只要他們識相，我留下兩個活口就是，我去了。」說走就走，話落口，人已不見。

楚小楓一直很留心著皇甫度，但卻沒有看清楚他怎麼走的，只見著身子一動，人已經走的不見影兒。

這等卓絕的輕功，只看得楚小楓瞠目結舌，一時講不出話來。

陳長青笑一笑，道：「小楓，你發什麼愣？」

楚小楓道：「這位老前輩好高明的輕功！」

陳長青道：「皇甫老叫化子的輕功，不但在我們丐幫是首屈一指，就是放眼當今武林之世，也是排名一、二的高手。」

楚小楓道：「好快，好快，快得人目不暇接。」

陳長青道：「那是遁形八步，絕佳輕功，再加上一種奇奧絕倫的身法，就會給人一種突然而逝的感覺。」

白梅道：「這老叫化子好像有十幾年沒有在江湖上走動了吧？」

陳長青道：「不錯，他坐關五年，失蹤五年，剛回到丐幫總壇，不過一個月，這十幾年來，我也是第一次見他。」

白梅道：「和過去有什麼不同？」

陳長青道：「他好像比過去更瘦一些，輕功也更高一些，遁形八步，似乎神奇了一些。」

白梅道：「老叫化不是喜歡賣弄的人，今日這一手，卻是叫我們開了眼界。」

陳長青笑一笑，道：「他的脾氣很怪，身在丐幫，卻沒有收過一個丐幫弟子……」

言未盡意，但卻突然打住。

白梅也未再多問，一轉話題，道：「陳兄，你看，歐陽嵩和喬飛娘會不會逃出皇甫兄的手下。」

陳長青道：「機會不大，我擔心的是，怕他殺了兩個人。」

言下之意，對皇甫度的武功，充滿著信心。

楚小楓心神靜了下來，緩緩說道：「陳前輩，五毒玉女的傷勢如何？」

陳長青道：「池天化的點穴手法，確很特殊，我和老海費了半天心思，仍是無法解開穴道，只好還利用池天化了，兩個人仍然在僵持之中。」

楚小楓道：「為了五毒玉女的生死之事，咱們也無法嚴刑逼問池天化。」

陳長青道：「丐幫雖然不怕五毒門，但也不願結下這份仇恨。」

白梅道：「貴幫主，博學多才，浩瀚如海，陳兄沒有問問他嗎？」

陳長青道：「這是唯一的希望了，不過，我和老海說過，這件事不宜正面去問幫主，因為池天化那手法特別怪異……」

白梅接道：「說得也是，萬一貴幫主也無法解得……」

陳長青嘆口氣，接道：「幫主年事過高，有些事，我們都不願太麻煩他，所以，敝幫中幾位長老，近來，都常集總壇，替他分擔一些事務。」

白梅道：「論目下武林，貴幫主應是聲譽最隆的一位……」

只聽一個低沉聲音，接道：「老了，老了，白老弟，太過獎老朽了。」

楚小楓轉頭看去，只見一個身著灰布長衫，身上打著十塊補丁，鬚眉皆白的老者，手執竹杖，緩步行了進來。

不用白梅和陳長青引見，楚小楓已知道這老者是丐幫幫主，當下一躬身，道：「無極門待罪弟子楚小楓，叩見幫主。」撩衣跪倒，拜了下去。

灰衣老者伸出左手，扶起了楚小楓，道：「孩子，快起來，對令師含冤泉下，老朽心中有著無比的歉意，這件事，敝幫一定要盡全力，查個水落石出。」

楚小楓道：「小楓萬分感激幫主。」

這時，陳長青、白梅都站了起來，躬身作禮。

灰衣老者一掌當胸，道：「白老弟，請坐吧……」

緩步行到一張木椅前面，坐了下去，道：「長青，你剛才說，什麼點穴手法？」

陳長青一躬身，道：「是一種很奇怪的點穴手法，我和老海，都解它不了。」

灰衣老者道：「好吧！帶我去看看，武功一道，博大如海，我就是解不了，也不算什麼丟人的事。」

這是丐幫自創幫以來，任期最久一代幫主，年近九旬，連任幫主五十六年。

也是最受幫中弟子愛戴的一位人物，所以，丐幫弟子，都不讓他退休，又怕他太過勞累，把幫中長老，都集中於總壇，代他分勞。

對這位老幫主，陳長青也執禮甚恭。

所以，目睹老幫主站起身子之後，立刻站了起來，道：「弟子給老幫主帶路。」

楚小楓低聲對白梅說道：「老前輩，我可不可以跟去瞧瞧？」

白梅點點頭，道：「走！咱們也去看看。」

五毒玉女和池天化，都被關在一個密室之中。室外面，由四個丐幫弟子守著。

四個中年叫化子，一見老幫主，立刻躬身行禮。

陳長青搶前一步，道：「打開室門。」

四個丐幫弟子應了一聲，打開木門。

楚小楓緊隨老幫主身後而入。

抬頭看去，只見五毒玉女仰臥在一張木榻之上。

池天化卻坐在一張太師椅上。

老幫主行到了池天化的身前，笑一笑，道：「年輕人，認識老叫化子麼？」

池天化目光轉動了老者一眼，道：「我沒有見過你，但我知道你是什麼人。」

老幫主道：「哦！」

池天化道：「像丐幫的黃老幫主？」

黃老幫主道：「不錯，老叫化正是丐幫幫主。」

池天化道：「你找我，有什麼事？」

黃老幫主笑一笑，道：「聽說你會一種很特殊的點穴手法？」

池天化道：「不錯，那是武林中獨步手法。」

黃老幫主道：「能不能讓老叫化子開開眼界？」

池天化道：「你自己去看吧！五毒玉女的穴道，就是被我獨門手法所點。」

黃老幫主緩步行了過來，走到五毒玉女的身旁。

陳長青冷冷地望了池天化一眼，欲言又止。

五毒玉女目光轉動，打量了黃老幫主一眼，道：「你是黃老幫主？」

黃老幫主點點頭，道：「孩子，你也知道我？」

五毒玉女道：「我娘說，你是天下最值得敬重的人。」

黃老幫主道：「那是你娘太過獎老叫化子……」

語聲一頓，接道：「孩子，你哪一處穴道被點了？」

五毒玉女道：「好像是在『神封』、『鳳府』兩處穴道之上。」

黃老幫主點點頭，道：「孩子，你現在，有些什麼感覺？」

五毒玉女道：「一半身子，麻木難動，好像已經不是我所有了。」

黃老幫主點點頭，道：「對！兩處穴道，制住了你身上一半經脈，使你感覺到，只餘下了一半的身軀，對麼？」

五毒玉女道：「對！」

黃老幫主道：「孩子，傷穴快要發作之時，又是個什麼樣子？」

五毒玉女道：「經脈隱隱作疼，有如蟻行內體。」

黃老幫主道：「哦！孩子，現在距離傷穴發作的時間，還有多久？」

五毒玉女道：「大約兩個時辰。」

黃老幫主道：「我明白了，要不要我試試解你的穴道？」

五毒玉女道：「老幫主，你老人家，可是叫黃天斗。」

黃老幫主點點頭，道：「不錯，你娘可是常常提到我的名字？」

五毒玉女道：「是！我娘常提的人名，只有五個，你老人家是其中一人，也是我娘最敬佩的人。」

黃天斗道：「昔年，老叫化子和你娘見過幾次面，有一次，天下大雨，我們在一座小廟中避雨，談了一夜……」

笑一笑，接道：「老了，我一扯就扯個沒完了，你娘另外常提的四個名字，能不能告訴我？」

五毒玉女道：「我娘說，你是武林中的泰山、北斗，絕對可以信賴，如果我有機會見著你，千萬不能騙你。」

黃天斗手拂長髯，連連點頭，道：「你娘果然是很瞧得起老叫化子。」

五毒玉女道：「我娘常提的另外四人，其中一個也姓黃，叫做拐仙黃侗，我這一次遠來襄陽，就是赴他之約。」

黃天斗道：「他已經很多年未在江湖上出現了，連敝幫也不知道他藏身何處，你怎麼會到襄陽城中找他呢？」

五毒玉女道：「很多年前，他定下了和我娘在這裡見面之約，我是代娘赴約而來。」

她沒有說出為何赴約，黃天斗也未多問，話題一轉，道：「孩子，另外三個人，又是什麼人？」

五毒玉女道：「一個是無極門的掌門人宗領剛，我娘本來要我前去見見他的，可惜，我路上貪玩山水，到襄陽城，已經到了約會之期，沒有時間去拜望他了。」

白梅、楚小楓心頭都震動了一下，但卻沒有接口。

黃天斗點點頭，道：「還有兩個是什麼人？」

五毒玉女道：「一個是歐陽有方，還有一個名字很奇怪，不像是名字，倒像是一個人的外號一樣，他叫獨無影。」

黃天斗道：「歐陽有方，這個人，老叫化子倒是聽過，只可惜一時間，想不起了。」

五毒玉女道：「獨無影呢？老幫主是否聽人說過？」

黃天斗道：「沒有……」

五毒玉女道：「那你們聽說過池天化麼？」

陳長青回顧了池天化一眼，道：「沒有，咱們這一次才見到他。」

黃天斗道：「孩子，我想，你可能是被封穴手法所傷，那是比點穴更進一步的手法，老叫化試試看，如能解了你的穴道，咱們可以好好地談談。」

五毒玉女一閉雙目，道：「老前輩，請下手吧！」

黃天斗笑一笑，正要出手，池天化突然大聲叫道：「不要動她。」

陳長青冷哼一聲，道：「姓池的，咱們對閣下已經夠客氣，不過，很快就有你的罪受，

宗夫人就要來了，我們要把你交給無極門，你骨頭有多硬，很快就可以證明了。」

池天化呆了一呆，道：「你們……」

陳長青接道：「冤有頭，債有主，無極門會在你身上，討回一筆血債。」

黃天斗卻轉過頭來，笑道：「池天化，為什麼不要老叫化子出手？」

池天化道：「為她好，也為你好，她不是傷在封穴手法之下。」

黃天斗道：「那你能不能說說看，她是傷在什麼手法之下？」

池天化道：「一種很特殊的點穴手法之下。」

陳長青道：「哼！幫主，這小子陰險得很，不要信他的話。」

池天化道：「你們用錯了手法，那就會要她的命，她如不幸而逝，我也會有罪受了。」

陳長青道：「你小子說了半天，說來說去，還是為自己。」

池天化道：「在下如網中之魚，砧上之肉，能有一線保護自己的方法，我就不會放棄。」

黃天斗笑道：「池少兄，就算你拖著這個姑娘，也是一樣無法保住你自己，無極門那一筆血債……」

池天化接道：「我明白自己的處境。所以，我才把生命和解姑娘連在一起，你們處死了我，就等於處死了她。」

黃天斗點點頭，道：「如是我們能解開了這位姑娘的穴道，你就沒有依靠了，對嗎？」

池天化道：「可是，沒有人能解開我這獨門點穴手法。」

黃天斗道：「點穴手法雖然各家不同，但也不會差得太遠，老叫化子也許不能解你獨門的點穴手法，不過，我可以試試。」

池天化接道：「你可知道，用錯了手法，那會給姑娘帶來無比的痛苦。」

五毒玉女突然接口說道：「我不怕，黃老幫主儘管出手。」

池天化道：「不行，解姑娘，逆血上行，那是一個很難忍的痛苦。」

五毒玉女道：「哼！池天化，我現在才明白，你還是在利用我。」

池天化道：「我一直有殺死你的機會，但我卻一直忍耐著沒有出手。」

五毒玉女道：「只要你存心奪我身上的解藥，你就會見識到五毒門立刻要人死亡的奇毒藥物。」

黃天斗嘆息一聲，道：「解姑娘，如若叫化子無法解開你的穴道，你必會身受痛苦，所以，你可以拒絕，老叫化子決不勉強。」

五毒玉女道：「我不怕，這種不死不活的日子，我早已過得不耐煩了，死亡對我不成威脅，黃幫主，請出手吧！」

黃天斗嘆一口氣，道：「好！姑娘的勇氣，我敬佩。」

突然，右手一揮，拍出兩掌。

緊接著左手也開始揮動，一剎那間，連用了五種解穴手法。

但見五毒玉女緊皺眉頭，似乎是有些不能忍受模樣。

她臉上流現出的神色，痛苦無比，但她卻咬著牙，沒有出聲。

得。

黃天斗臉上也見了汗水。

池天化說得不錯，這是一種極為奇異的獨門點穴手法，以黃天斗見識之博，竟然無法解

黃天斗輕輕吁一口氣，道：「孩子，你……」

五毒玉女黯然接道：「老前輩，我很痛苦，你老人家就成全我吧！」

陳長青、白梅，都看得變了臉色，他們江湖閱歷豐富，心中明白，一種獨門點穴手法，如是用錯了解法，對人是一種莫可抗拒的痛苦，五毒玉女卻無法抗拒這種痛苦。

五毒玉女雖然盡了最大的忍耐之力，但仍然無法忍住那種行血回聚內腑的痛苦，哀聲說道：「老幫主，成全我吧！」

楚小楓望著五毒玉女臉上的痛苦之色，心中突然想到了，看馬老陸給自己的那本書上，雖然是以幾招劍法為主，但卻提到了一種怪異的解穴手法，那書上字字句句，都已深印在楚小楓的心中，一旦想到，立刻浮現腦際。

那只是一種解穴的手法，卻沒有說清楚出處、來歷，也不知道是否能解得五毒玉女的穴道。

但看她強行忍耐著無比痛苦，楚小楓不由動了出手一試的念頭。

他本是極有判斷的人，心中想到，這時伸手在五毒玉女傷穴上撫摸了一下。

衣袖掩住了他的手指，其實，他已在衣袖掩遮下，點出了三指，推拿了兩把，口中卻說道：「老幫主，何不再試一種手法？」

白梅冷冷地看了楚小楓，心中不悅，形諸神色，暗道：「這孩子一向很穩重，今怎麼竟然如此放肆了。」

好在黃天斗是個很慈和的人，老來更是已到了無物不容的境界，嘆口氣，又拍出了兩掌。

這兩掌落下，五毒玉女忽然挺身坐了起來，舉起衣袖，拭去了臉上的汗水，目光一掠楚小楓，轉注到黃天斗的臉上，道：「多謝老前輩，晚輩傷穴已解了。」

黃天斗點點頭，道：「姑娘你好好休息一會兒吧！」轉身緩步而去。

陳長青皺皺眉頭，低聲道：「姑娘，真的穴道解了麼？」

五毒玉女道：「真的！我只是被人點了穴道，如今穴道已解，人也覺著完好如初了。」

陳長青輕輕吁一口氣，道：「姑娘，穴道已解，不便再委屈於此，快些請到靜室中休息去吧！」

五毒玉女道：「多謝老前輩。」

陳長青道：「姑娘的女婢，也被本幫中人救來，姑娘請隨老叫化子來吧。」

五毒玉女回顧了楚小楓一眼，只覺此人面目陌生，素不相識，口齒啟動，欲言又止。

隨在陳長青身後行去。

陳長青回到了大門口處，突然回過頭來，道：「白梅，你可以問問這姓池的了？」

白梅點點頭，道：「多謝陳兄！」

緩步行到池天化的身側，冷冷說道：「小子，你認識老夫嗎？」

池天化道：「不認識。」
白梅道：「不認識？老夫可以告訴你，我叫白梅，你帶人夜襲迎月山莊，擄走的宗一志，就是老夫的外孫，現在，你知道了吧？」
池天化道：「在下聽過。」
白梅道：「好！現在，你知道老夫的身分了，該老夫問問你話了。」
池天化失去了五毒玉女這個要挾敵人的條件，人也變得和氣了很多，緩緩說道：「你要問什麼？」
白梅道：「宗一志，現在何處？」
池天化道：「不知道。」
白梅道：「好！你可以不回答老夫的問話，但你卻必須要能忍受老夫的整人手段。」緩步行近到池天化的身側，冷冷說道：「你試試老夫手段如何？」
落指如風，點了池天化兩處穴道。
池天化身上既中了五毒玉女之毒，又被人點了腳上兩處穴道，對白梅的落指點穴，完全沒有防守的機會。
白梅冷冷說道：「池天化，我不信你是鐵打金剛，真能忍受行血回集的痛苦。」
池天化道：「我不是鐵打金剛，我也忍受不了這種痛苦，不過，我真的不知道宗一志現在何處。」
白梅道：「你總應該知道些什麼。」

池天化道：「是！我知道很多事，但那些事，都已成為過去了。」
白梅道：「溫故知新，你能說說過去的事情也好。」
楚小楓就站在池天化的身側，他默然而立，一語不發。
池天化道：「好！你先解開逼我行血逆集的穴道。」
白梅點點頭，道：「你聽著，姓池的，你再敢耍什麼花招，我會叫你吃到加倍的苦頭。」
池天化輕輕吁一口氣，道：「那晚上夜襲迎月山莊，我也參與其事，但我並非主謀……」
白梅接道：「說下去，不用解釋。」
池天化道：「除了我之外，還有很多的人，歐陽嵩、喬飛娘，和十八個黑豹劍士……」
白梅接道：「黑豹劍士，來自何處？」
池天化道：「我只知道，他們來自黑豹谷。」
白梅道：「黑豹谷，老夫走了大半輩子江湖，怎麼沒有聽說過這個地方？」
池天化道：「這地方當然很隱秘，我是他們口中的朋友，一樣不知道黑豹谷在何處。」
白梅道：「什麼人殺了迎月山莊中無極門下弟子？」
池天化道：「他們大部分死於黑豹劍士之手，自然，歐陽嵩和我都有一份。」
白梅道：「宗一志呢？」
池天化道：「被黑豹劍士帶走！」

白梅道：「帶回去黑豹谷中？」
池天化道：「是！」
白梅道：「好！再說下去。」
池天化道：「只有這些了。」
白梅冷笑一聲，道：「黑豹劍士和你之間，有些什麼關係？」
池天化道：「我是他們派來的耳目，專門偵察無極門的動靜而來。」
白梅道：「他們為何要夜襲無極門？」
池天化道：「不知道。」
白梅沉吟了一陣，道：「好！咱們今天就談到這裡為止。」
回顧了楚小楓一眼，接過：「咱們走吧！」
楚小楓緊隨在白梅的身後，行入了一間小室之中。
白梅輕輕吁一口氣，道：「小楓，我一向都很看重你，想不到，你今天，竟然做出了一件很叫我失望的事。」
楚小楓仍然是易過客的形貌，易容術，不但掩去了他的俊秀之氣，同時，也掩去了他那股與生俱來的溫雅可親。
外形的改變，卻無法改變他的沉靜氣質，笑一笑，道：「老前輩是說……」
白梅道：「五毒玉女是一個姑娘家，你在人家的身上亂摸些什麼？」

神色之間顯得十分嚴厲。

楚小楓道：「老前輩，你想晚輩會是這樣的人麼？」

白梅道：「哦！你不是把手按在人家姑娘的身上，衣袖掩遮住手指，難道老夫就瞧不出來嗎？」

楚小楓道：「老前輩，如若我不說實話，只怕很難使老前輩瞭解了！」

白梅道：「唉！孩子，你知道，黃老幫主修養已到了爐火純青之境，他心中縱有話，也不會形諸於色，陳長老雖然忍下去了，沒有說話，但我已經看出他臉上的怒意。」

楚小楓道：「晚輩不忍心看到她身受的痛苦，所以，想幫助黃幫主，解開她的穴道。」

白梅怔了一怔，道：「你說什麼？你要幫黃幫主解她穴道？」

他太瞭解楚小楓，這等獨門點穴手法，楚小楓絕對無法解得。

楚小楓道：「是！晚輩是在幫她解開穴道。」

白梅道：「這是獨門點穴手法，以黃老幫主的淵博，就花了很大的氣力才解開她的穴道，你又怎麼知道？」

楚小楓自然不能說出老陸贈書的事，只好說道：「晚輩有些奇遇，老前輩又並非不知。」

白梅道：「難道是拐仙傳給你的……」

只見白髯飄動，黃天斗緩步行了過來，道：「白兄，是他解開五毒玉女的穴道。」

白梅一抱拳，道：「黃幫主……」

黃天斗笑一笑，道：「英雄出少年，孩子，你就是楚小楓？」
楚小楓一個長揖，道：「正是晚輩，放肆之處，還望前輩海涵。」
黃天斗道：「你臉上有易容藥物？」
楚小楓道：「是！」
白梅道：「小楓，你還要去見歐陽嵩麼？」
楚小楓道：「不用去了。」
白梅道：「那就快去洗個臉，恢復本來面目，這樣子看著好彆扭。」
楚小楓應了一聲，出門而去。
洗去了臉上的易容藥物之後，完全變了一個人，黃天斗很仔細地打量了楚小楓一陣，點點頭，道：「孩子，好自為之，老朽希望能盡快找出殺害你們無極門的仇人，辦完了這檔子事，老叫化子也該退休了。」
楚小楓道：「多謝老幫主，無極門存、逝均感。」
黃天斗笑一笑，道：「白兄，池天化招出了一些內情嗎？」
白梅道：「說了也等於沒有說，他提到黑豹劍士，黑豹谷，江湖上從沒聽到過這個地方。」
黃天斗皺了皺眉頭，道：「這個可惡得很，等一會兒交給無極門時，不妨，追問他幾句。」
白梅道：「是！」

黃天斗點點頭，緩步出室而去。

目睹黃老幫主的背影消失之後，白梅低聲說道：「小楓，老夫也不能不服你了，你肚子究竟記下了多少東西，好像是有無窮無盡的潛力。」

楚小楓微微一笑，道：「老前輩，我不過是碰巧罷了……」

語聲一頓，接道：「我想回去看看師娘。」

白梅道：「不錯，該去看看你的師母了，她一直很想念你。」

楚小楓道：「師母慈愛，待小楓一向恩情深重。」

白梅道：「丐幫出動了不少高手，歐陽嵩、喬飛娘都逃不掉的，你放心回去吧！」

楚小楓道：「黃幫主、陳長老那裡，請老前輩代我致意一聲，晚輩不去辭行了。」

回到了白鳳住處，才發覺這座宅院中，仍然有著不少丐幫中人，戒備宅院前後，第二進院子中，都是無極門中的人。

白鳳、成中岳、董川，正坐在廳中研商什麼，目睹楚小楓歸來，三人都有些意外的驚喜。

楚小楓快步行了過去，拜伏於地，道：「小楓見過師母。」

白鳳扶起了楚小楓，雙目中滿含淚水，嘴角間卻泛起微微的笑意，道：「孩子，你沒有受苦吧？」

楚小楓道：「小楓沒有受苦，這兩天反而長了不少見識。」

回頭又對成中岳、董川，各自行了一禮。

不論在如何情形之下，楚小楓總是保持了相當的禮貌。

不待白鳳等人問話，楚小楓就說明了經過的情形。

董川道：「如若丐幫真肯把池天化交給咱們，必得問他個清清楚楚才行。」

就在幾個人說話之間，丐幫已派人送來了池天化。

池天化仍有四處穴道被點，白鳳強忍心中的激動，要董川把池天化放在廳中一張木椅上。

送走了丐幫押送之人，才冷冷地回顧了池天化一眼，道：「我是宗夫人，身上擔負著滅門、擄子之恨。」

似乎是，池天化也早知道這是一場很難應付的關口，黯然一嘆，道：「我知道的，都已經告訴了白梅，事實上，我也只是一個受人利用的人，我知道的，有限得很，你們如若用嚴刑逼供，那只是逼我胡說八道罷了。」

成中岳冷冷說道：「池天化，你聽著，我們不是用刑逼供，而是不會計較你的生死，我們也許會失手把你殺掉。」

池天化道：「我知道，你們心中充滿著仇恨。」

成中岳道：「不錯，一股刺骨銘心、無法忘記的仇恨。」

董川已大步行了過去，一掌按在池天化的肩頭之上，道：「先說出你知道的事情。」

眼看著幾雙仇恨的眼睛，池天化心頭震動不已，果然說出了自己知道的內情。

楚小楓靜靜地聽著，果然，說得和丐幫聽到的一樣。

白鳳道：「你如何能和他們取上聯絡？」

池天化接道：「我說了會怎麼樣？」

白鳳道：「那你就有了活命的機會。」

池天化道：「如何使我相信，你們真的會放了我？」

白鳳道：「好！你提個條件，不過，你要明白，我是宗領剛的妻子，宗領剛一生一世，從沒有說過一句謊言，只要他答應的事情，那就一言如山，決不更改，我雖然不是宗領剛，但我和他做了幾十年夫妻，我不能使我死去的丈夫，盛名玷污。」

一番話充滿著感情，也充滿著嚴正。

池天化輕輕吁一口氣，道：「夫人的意思，可是要我信任你。」

白鳳道：「你是毀去無極門的凶手之一，老實說，不但擄去了我的兒子，也殺死了數十個無辜的人命，我心中恨透了你，激怒我，我會把你碎屍萬段，所以，你最好打消耍花樣的準備。」

池天化道：「夫人，我是在問你，你還沒有回答，如何保證我的安全？」

白鳳道：「你如真心合作，我答應放了你！」

池天化道：「好！我願意試試，現在，我要先解去身中之毒，這毒性可能使我在兩個時辰內死去。」

白鳳點點頭，道：「還有什麼？」

池天化道：「解去身上之毒，我說出聯絡的方法，你們跟著我。」

白鳳回顧了董川一眼，道：「去！找丐幫向五毒玉女討取解藥。」

董川轉身而去。

成中岳輕輕咳了一聲，道：「池天化，你和無極門有仇？」

池天化道：「沒有。」

成中岳道：「既然沒有仇恨，為什麼要幫助他們對付無極門？」

池天化淡淡一笑，道：「你們問得太多了，我可不可以不回答？」

成中岳道：「可以，不過，你要記著，無法和你們的人取上聯絡時，你將嘗試到求生不能、求死不得的痛苦。」

廳中突然平靜了下來，沒有人再問池天化。

楚小楓一直沒有開過口，靜靜地站在一旁。

但他兩道目光，卻不停地在池天化的臉上掃射，似是要看透池天化的肺腑。

冷肅沉默中，董川取來了解藥。

那是一粒白色的丹丸。

董川緩緩行到池天化的身前，道：「吞下去。」

池天化望了丹丸一眼，吞了下去。

十三 黑豹劍士

等了足足有一盞熱茶工夫之久，白鳳才冷冷說道：「是不是解藥？」

池天化道：「是！」

白鳳道：「你準備幾時開始？」

池天化道：「我雙腿、雙臂穴道受制，夫人可否替在下解開？」

白鳳道：「好！董川，解開他的穴道。」

董川應了一聲，雙手連揮，拍活他四處穴道。

池天化緩緩站起身子，活動了一下雙臂、雙腿，長長吁一口氣，道：「夫人，在下有一個不情之要求！」

白鳳道：「說吧！」

池天化道：「我要飽餐一頓。」

白鳳立刻吩咐送上酒、飯。

池天化坐下就大吃大喝，直吃個杯盤狼藉，才站起身子，道：「夫人，你如何調配人

手？」

白鳳道：「你準備怎麼和他們聯絡？」

池天化道：「很簡單，我們有約定的信號，放出信號，他們就會來找我。」

白鳳道：「在什麼地方？」

池天化道：「地方由夫人選吧！希望你們部署一下，不過，盡量不要露出痕跡。」

白鳳道：「如是他們不來呢？」

池天化道：「我盡心盡力而為，但能夠做到什麼程度，我就無法預料了！」

白鳳道：「只要你真的盡了心力，就算是不成功，那也不能怪你了！」

池天化道：「好！夫人如此明理，在下感激不盡。」

白鳳道：「不過，你如在暗中弄鬼，被咱們發覺了，那可是自找苦吃。」

池天化苦笑一下，道：「夫人應該知道，在下這件事，如若被黑豹劍士們知道了，他們也不會放過我。」

白鳳點點頭，回顧了董川、楚小楓一眼，道：「你們設計一下，如何一個去法？」

楚小楓道：「這個不勞師母煩心，小楓已經和師兄研商好了！」

白鳳道：「哦！」

池天化道：「夫人，恕在下多一句話。」

白鳳道：「你請說！」

池天化道：「貴門中這點力量，只怕很難對付黑豹劍士，最好要請丐幫中人幫幫忙。」

楚小楓道：「這方面，咱們自有準備，不敢勞池兄費心，不過，在下倒是想請教你幾件事？」

池天化道：「你請說。」

楚小楓道：「我記得池兄說過，那一天夜襲迎月山莊時，閣下也參與其事了。」

池天化道：「不錯。」

楚小楓道：「由頭到尾，全都在場？」

池天化點點頭，道：「是！」

楚小楓道：「我們十二師兄，有十個人留在家中，但卻只見六具屍體，聽說你們只擄去一人，小師弟宗一志，我那二師兄、五師兄、九師弟，到哪裡去了？」

這才是人人最大的關心事，但白鳳、成中岳等問了半天，都沒有提出來，楚小楓卻一語道破。

池天化點點頭，道：「他們都還活著！」

楚小楓呆了一呆，道：「他們都還活著？」

池天化道：「是！我知道無極門中十二個弟子，武功最好的是老大、老七和宗一志，連宗一志都被活捉了，其他的人，自非黑豹劍士的敵手，但他們能活著，這其中自有原因了！」

楚小楓道：「他們是奸細？」

池天化笑一笑，道：「這個，在下不便多說了，你們自己去查吧！」

楚小楓嘆息一聲，道：「多承指教。」

池天化大吃一頓，精神好了很多，目光轉注白鳳的身上，道：「夫人，我只負責引出他們的人，你就要履行承諾。」

白鳳點點頭。

池天化道：「萬一引不出他們的人，夫人又準備如何處置我？」

白鳳道：「你希望我們怎麼處置？」

池天化道：「在下希望不處置，這大概有一點不可能吧？」

白鳳道：「不可能，引出他們的人，你可以全身而退，引不出他們的人……」

池天化接道：「殺了我？」

白鳳道：「那倒不會，你別忘了我是宗領剛的妻子，他一生沒有說過一句謊言，沒有違犯過一次承諾，我答應放了你，就不會殺你，不過，我會廢了你的武功。」

池天化苦笑一下，道：「廢了我的武功，那還不如殺了我。」

白鳳道：「你們夜襲迎月山莊，動過一點慈悲心腸沒有？」

池天化沉吟了一陣，道：「不過，我相信十之八、九，可以引出他們。」

這時，董川突然行到白鳳身側，低聲數語。

白鳳點點頭，道：「好！池天化，現在，咱們可以走啦！」

池天化道：「你們都準備好了？」

白鳳道：「準備好了。」

池天化道：「好！你們哪一位跟我走？」

楚小楓緩步行了過來，道：「我跟著你。」

池天化轉頭看去，只見楚小楓已然換了一件青色長衫，完全是一副讀書人的打扮。

成中岳、董川，急步行了出去。

池天化也未多問，緩步向外行去，一面說道：「你叫楚小楓，在無極門十二個弟子中排行第七？」

楚小楓道：「不錯啊！看來，你對無極門中的事，十分熟悉，大概，花了不少的工夫吧！」

池天化道：「唉！楚小楓，你們真的想引出黑豹劍士？」

楚小楓道：「難道，你心中還有些懷疑不成？」

池天化道：「在下只是奉勸楚兄幾句，真的引出他們，對貴門和你楚兄，只怕都沒有什麼好處！」

楚小楓道：「願聞其詳。」

兩人已經行出了大門，池天化暗中注意，不見一個防守之人，心中倒是有些奇怪，暗道：「他們真的對我如此放心不成？」

跨出大門，池天化突然停下了腳步，長長吁一口氣，笑道：「楚兄，你知道，在下現在有一種什麼樣子的感覺？」

楚小楓道：「龍歸大海，虎回深山！」

池天化道：「對！在下確有這一種很舒暢的感受。」

楚小楓道：「咱們無極門中人，做事一向堂堂正正，很信任朋友。」

池天化道：「可惜，江湖上險詐重重……」

楚小楓接道：「閣下總不至於施用詐術吧？」

池天化道：「難說啊！楚兄弟。」

楚小楓笑一笑，道：「希望你池兄不會，我師娘也是常年在江湖上走動的人，也許她會早有準備。」

池天化回顧了一眼，笑道：「說得也是，無極門剛剛遭過大變，白鳳怎會掉以輕心？」

楚小楓道：「何況，丐幫高手，已然大部分集中於此……」

池天化接道：「對！對、對，楚兄弟，咱們剛才說到哪裡了？」

楚小楓道：「閣下似乎很擔心引出黑豹劍士。」

池天化道：「你們心切無極門被毀之仇，卻不知道，那黑豹劍士的凶厲……」

楚小楓沒有接口，只是很用心地聽著。

池天化沉吟了一陣，接道：「楚兄弟，你見過黑豹沒有？」

楚小楓道：「在下沒有見過，但卻聽過黑豹是一種很凶殘的動物。」

池天化道：「對！黑豹劍士向人攻襲之時，就有如黑豹撲擊一樣，唉！那是一場很可怕的回憶，凶猛的黑豹劍士，動如怒矢，快速、凶厲，兼而有之，兄弟走了不少年的江湖，從沒有見過那樣的武士，他們已經不像人了……」

楚小楓接道：「不像人像什麼？」

池天化道：「黑豹，全身黑色的皮衣，冷厲的目光，出手無情的劍勢，像極了攫人而噬的黑豹。」

楚小楓道：「這麼說來，你池兄和他們並非一夥的了？」

池天化道：「我原想引他們做我的一股力量，想不到，最後，反而為他們所用了。」

楚小楓道：「池兄說那些黑豹劍士，穿的黑色皮衣？」

池天化道：「對！全身都包在黑色的皮衣之中，只露出眼睛、嘴巴，和兩隻施用兵刃的手。」

楚小楓道：「這是一種很怪異的裝束，平常時間，他們大概不會穿在身上吧？」

池天化道：「問題也就在此了，如若他們脫下皮衣，就算你見過，你又如何認識他們？」

楚小楓道：「不錯，他們穿著那種怪異的皮衣，用心就在隱藏自己。」

池天化道：「那皮衣韌度很強，不畏懼一般細小、歹毒的暗器。」

兩人談話之間，已然行到大街上。

楚小楓道：「池兄，你準備如何召集那些黑豹劍士？」

池天化道：「咱們先到望江樓去！」

到了望江樓，池天化和楚小楓選了一張桌子，點過酒菜，卻要了三副杯筷。

楚小楓也不多問，只是暗中留心著池天化的舉動。

只見池天化站起身子，先把空位上的酒杯斟滿，神態間十分恭謹。

楚小楓心中奇道：「難道還有人來麼？」

池天化斟滿了三杯酒，端起酒杯低聲對楚小楓道：「來！咱們敬莊大哥一杯。」

誰是莊大哥？那座位上明明是空著，怎會憑空多出一個莊大哥來！

楚小楓心中在想，但卻沒有問出來。

看著池天化一臉誠懇的神情，好像那莊大哥真就在他的身側。

酒樓上已上五成座，這座襄陽名樓，生意一直很好。

雖然有很多的人，但池天化的舉止，一直使人有著詭異的感覺。

楚小楓也舉起酒杯，喝乾了一杯酒。

池天化道：「現在，咱們可以隨便地吃喝了。」

楚小楓道：「可不可以隨便說話？」

池天化道：「最好不要。」

楚小楓閉上嘴巴。

池天化的酒量不錯，一杯一杯地喝下去。

楚小楓卻淺嘗即止。

一壺酒喝完了，那上首的座位，仍然空著。

楚小楓心中狐疑不定，忍不住說道：「那位莊大哥不來陪陪咱們？」

池天化又喝一杯酒，道：「他已經來過了。」

楚小楓道：「哦！」

池天化站起身子，舉步向外行去。

楚小楓丟下一堆碎銀子，緊追在池天化身後。

池天化心中好像已有了數，行出襄陽城，直奔東南方位而去。片刻已走出了七、八里路。地勢愈來愈荒涼，四下不見人蹤。

楚小楓夠沉著，一直也不多問。

池天化突然間停下了腳步，回過身子，緩緩說道：「咱們這一路行來，有沒有跟蹤之人？」

楚小楓道：「沒有，至少我沒有看到。」

池天化道：「我也沒有看到……」接著神態曖昧地笑一笑，道：「兄弟，咱們就此分手吧？」

楚小楓一點也沒有意外、驚奇的感覺，淡淡一笑，道：「你就這樣走了嗎？」

池天化道：「君子可欺之以方，你們無極門中弟子，個個都是君子，所以，很容易受到欺騙。」

楚小楓道：「無極門下都是君子，一點也不錯，只可惜有一個人不太君子！」

池天化道：「那個人是誰？」

楚小楓道：「就是我。」

池天化打量了楚小楓兩眼，笑道：「你好像很年輕啊！」
楚小楓道：「閣下的年紀也不太大啊！」
池天化詭秘一笑，道：「小兄弟，你覺得在下是不是已經逃出了天羅地網，還了我自由。」
楚小楓道：「哦！你想變卦了？」
池天化道：「唉！這實在是一個太好的機會，我雖然很想力行自己的承諾，但又不忍放棄了這一個好機會。」
楚小楓道：「那你的意思是……」
池天化接道：「天空任鳥飛，所以，我想走了。」
楚小楓道：「你不是已經約好了黑豹劍士麼？」
池天化道：「是啊！而且，他們也告訴我會晤他們的地方。」
楚小楓道：「現在，咱們是不是已經到了會晤的地方？」
池天化抬頭望望天色，道：「快了，只不過還有兩、三里路。」
楚小楓道：「真要如此的話，我想勸勸你，還是別走的好！」
池天化雙目瞪著楚小楓，道：「這樣好的逃走機會，如是那個人不知道逃走，那個人定然是個傻瓜，幸好我不是傻瓜。」
楚小楓道：「我看你實在傻的厲害。」
池天化道：「我自己怎麼一點也不覺得呢？」

楚小楓道：「你如果想到了，你就不會有逃走的打算了。」

池天化冷笑一聲，道：「小兄弟，看來，你很沉著，說你是無極門中很傑出的人，傳言似是不錯。」

楚小楓道：「我如是很差，師娘又怎會派我來跟著你。」

池天化道：「這麼說來，我得向你領教了。」

楚小楓道：「你非得領教不可。」

池天化道：「可惜，我不太相信你，兄弟，咱們就此別過了。」

楚小楓道：「好！你請便吧！就算我不攔阻，丐幫中人，也不會放過你，就算丐幫中人放過你，你騙了黑豹劍士，他們也不會放過你。」

池天化怔了一怔，道：「這個……」

楚小楓接道：「池天化，你是不是看不到我們跟蹤的人，所以，你就想逃了？」

池天化低嗯了一聲。

楚小楓道：「我們要對付的不是你，而是那些黑豹劍士，那自然，要有著很充分的準備。」

池天化突然嘆一口氣，道：「楚小楓，我如帶你去見了他們，無極門中，又會減少了一個人。」

楚小楓道：「為什麼？」

池天化道：「他們會殺了你。」

楚小楓笑一笑，說道：「我想，你不會很關心我的生死，這件事，咱們似是用不著商量啦！」

池天化嘆口氣，道：「我一定要死，只好成全你了，走吧！」

楚小楓暗暗吁一口氣，迅快地留下暗記，追在池天化身後行去。

一片淺林，環抱著一座茅舍。一座廢棄了的舊屋。

那地方實在太荒涼，兩、三里內不見人家。

指指那間茅舍，池天化冷冷說道：「你聽著，踏入那茅舍一步，你就算死定了。」

楚小楓很仔細地看那茅舍一眼，笑一笑，道：「走吧！進去瞧瞧。」

池天化對楚小楓的膽氣，實在很佩服了，點點頭，道：「楚小楓，你真不錯。」

楚小楓道：「誇獎，誇獎……」

池天化舉步向前行去，直奔茅舍。

楚小楓膽大心細，人雖瀟灑而行，但卻暗中運氣戒備。

池天化當先而入，直奔茅舍。

茅舍中不見積塵，而且，擺了一張紅漆的八仙桌子，和四張太師椅。

這擺設的家具，和這座破爛茅舍，很不相襯。

而且，桌椅上不見積塵，那說明了，這裡經常有人打掃。但茅舍中卻不見一個人影。

打量過茅舍中的形勢之後，楚小楓緩緩說道：「池天化，這就是黑豹劍士們的停身之處嗎？」

池天化道：「他們居住之處，大都是神秘絕倫，除了他們黑豹劍士之外，別的人大概都不會清楚，這個地方，只是他們約會的地方之一。」

楚小楓道：「在下很留心閣下酒樓上的舉動……」

池天化接道：「但你卻沒有看到，他們怎會把在此會面的消息告訴我。」

楚小楓道：「可不可以說出來，讓在下也一廣見聞。」

池天化道：「我既然帶你來了，不是死於此地，就是血拚，以後，他們不會再相信我了，說說無妨。」

楚小楓道：「在下洗耳恭聽。」

池天化道：「一個店小二，在給咱們送茶時，他送上三杯茶來。」

楚小楓道：「咱們本來是放了三副杯、筷，他送上三杯茶來，那也沒有錯。」

池天化道：「杯中已倒好了茶……」

楚小楓點點頭，道：「我明白了，如是約定幾號會面，杯子裡就先倒好了幾杯茶。」

池天化道：「對！」

楚小楓道：「這法子實在很聰明，不過，得要那茶房合作。」

池天化道：「你是懷疑，茶房也是黑豹劍士？」

楚小楓道：「如若不是，他們又怎麼如此合作？」

池天化道：「楚兄，在那種地方，花上一、二兩銀子，還能辦不通這點小事嗎？」

楚小楓道：「好！好！羚羊掛角，不著痕跡，這黑豹劍士的主事，是位很有心機的

人？」

池天化道：「如若沒有心機，怎麼明明知道他們都住在襄陽城中，卻沒有人知道他們住在哪裡？」

楚小楓道：「包括池兄在內？」

池天化道：「說來，實在慚愧。」

楚小楓笑一笑，道：「池兄，他們什麼時候來？」

池天化皺皺眉頭，嘆一口氣，道：「楚兄，你很輕鬆，也很愉快，似乎是一點也不擔心？」

楚小楓道：「池兄，在下如若心中害怕，池兄又有什麼辦法保護兄弟呢？」

池天化怔了一怔，笑道：「我保護你？」

楚小楓道：「你既然不能保護我，那就不用為我擔心了。」

池天化笑一笑，道：「楚小楓，你年紀很輕，但卻給人一種堅定、沉著的感覺，如是咱們之間，仍然是敵對相處，你也是一個很可愛的敵人。」

楚小楓瀟灑一笑，道：「池兄誇獎。」

池天化道：「楚小楓，你真的一點也不害怕嗎？」

楚小楓道：「這情勢很詭異，黑豹也很神秘，實在說，我也有些害怕，不過，就算害怕，也要面對要來的凶險。」

池天化道：「但你表面上很冷靜，冷靜得像一座小山一樣。」

忽然間，響起了一個冷冷的聲音，道：「那是因為他沒有見過黑豹劍士。」

楚小楓道：「現在，不是見到了？」

池天化已然臉色蒼白，道：「諸位剛才到嗎？」

三個穿著黑色皮衣的人，出現在茅舍門口。

三個人都佩著一樣的長劍，黑色的劍鞘，黑色的劍柄。

除了劍柄上兩個白色的豹眼形的寶石之外，整柄的劍，全是黑色。

三個人，站成品字形，當先一人，後面兩個。

黑色的皮帽，形如豹頭，只露出雙目、雙耳、鼻子和嘴巴！

楚小楓神情冷肅地打量了三個黑豹劍士一陣，道：「那晚上，夜襲迎月山莊的也有三位了？」

當先一個黑豹劍士，道：「咱們向來不答覆敵人的問話。」

楚小楓道：「住在襄陽的黑豹劍士，有十幾個，為什麼只來了三位？」

當先一個黑豹劍士，冷冷說道：「池天化，你洩漏了我們不少隱秘。」

池天化原本有些畏懼、猶豫的臉色，突然沉靜下來，緩緩說道：「記得，你們說過一句話，保護我的安全，但你們沒有守約，我為丐幫所擄……」

當先黑豹劍士冷冷接道：「你沒有為我們保密，你也沒有向我們求救，你為了一個跛腳的女孩子，躲在那山下小屋中……」

池天化厲聲接道：「住口，那是我的私事，不在我們的約定之內。」

這時，楚小楓已發覺了黑豹劍士的帽子上，有一個號碼。

只不過，那上面劃了一個豹頭，花紋縱橫交錯，不留心很難看得出來。

事實上，大部分的人，都不會留心這些。

可是楚小楓會留心，他想這同樣衣服，應有一點分別的標誌，那也代表了他們的身分。

所以，他觀察得很細心，終於被他發覺了。

那當先一個人，是黑豹五號，後面兩個是七號和九號。

他們自己的人，一眼間，就可以分別出對方的身分了。

楚小楓暗暗忖道：「大約，號數愈少的，身分愈高。」

只聽黑豹五號劍士冷冷說道：「所以，我們已經決定，不再保護你，但你竟敢幫助敵人，所以，我們要殺了你。」

楚小楓道：「這就是你們對待朋友的方法了？」

黑豹五號劍士嗯了一聲，道：「還有你，也是非死不可。」

池天化臉色更是蒼白，身子也微微有些發抖，但他還算挺得住，站在那裡沒有倒下去。

楚小楓卻緩緩上前一步，擋在池天化的身前，笑一笑，道：「三位穿上這樣的衣服，倒是真像三頭黑豹。」

黑豹五號劍士，突然一擺頭，九號黑豹劍士疾衝而出，右手一抬寒光閃動，疾劈而下。

好快的一劍。

楚小楓長衫飄動，迅如星火般閃開五尺，順手一帶，池天化被帶退了五尺。

黑豹劍士果然是捷如豹子，身軀閃動，長劍連發。

就借這一閃之勢，楚小楓已然抽出了長衫掩遮下的短劍。

那是一把不足兩尺的短劍，為了不讓人瞧出他帶有兵刃，楚小楓沒有帶長劍來。

一陣金鐵交鳴，楚小楓封開了黑豹九號連攻的五劍。

楚小楓沒有反擊，那黑豹九號劍士，也沒攻進一步。

看楚小楓封擋對方快劍攻勢，池天化心中微微震動了一下。

他參與過迎月山莊夜襲之戰，也和無極門下弟子們動過手，青萍劍法雖然很精博，但要一口氣封住黑豹劍士的快劍攻勢，卻是極不容易的事。

至少，也會被這快劍攻勢，逼退數步。

但楚小楓卻揮灑自如地封開了對方的攻勢，而且，還像有著反擊的能力。

他沒有看到過宗領剛的劍法，但楚小楓卻表現出了過人之能，是池天化所見到最傑出的劍手，也是無極門中最傑出的弟子。

黑豹五號劍士冷冷說道：「兩個人一齊上，殺了這兩個人。」

楚小楓冷冷說道：「你們已經被圍了……」

五號劍士厲聲喝道：「上，殺了他。」

兩個黑豹劍士應聲出擊，寒光閃動，雙手如剪，絞襲而至。

這是很凌厲的一劍，也是黑豹劍士們雙劍合擊的殺手。

很少有人能避開這一劍。池天化就自知不能。

但楚小楓一下子避開了，一種奇幻莫名的身法，由雙劍合襲中一閃而出。

但兩個黑豹劍士立刻追了過去，就在茅舍中展開了一場激鬥。

池天化吸了一口氣，凝住了全身的功力，順手抓過一張太師椅，卸下兩根椅腿，準備隨時出手幫忙。

這時，他已經完全明白了自己的處境，黑豹劍士決不會留下他的活口，楚小楓和他已經生死相連。

雖然楚小楓表現出了使人驚異的武功，但池天化估算他無法撐過五十招，任何無極門中弟子，也無法擋住兩個黑豹劍士的合擊。

但五十招很快過去了，楚小楓不但毫無敗象，而且打得更為瀟灑自如。

池天化幾乎不相信這是事實。

但雙方的搏殺，卻仍是激烈、凶厲。

黑豹五號劍士雖然沒有出手，但兩道目光，卻一直盯注在雙方搏鬥中。

忽然間，響起了一聲大喝道：「住手！」

楚小楓奇招忽出，一劍擊落了七號黑豹劍士手中的兵刃，疾退三步。

七號劍士呆住了，黑豹九號劍士，也停住了手。

轉頭望去，只見陳長青、白梅、白鳳、成中岳、董川，都已到茅舍外面。

陳長青冷笑一聲，道：「原來充滿著神秘的黑豹劍士，就是這個樣子。」

楚小楓出人意外的高明劍招，使得黑豹劍士們的速戰速決辦法，失去了效用。

他們原來準備在五招之內，殺死了楚小楓和池天化，但雙劍合擊的攻襲，仍然不能殺死楚小楓。

這是精密的估算，由不得毫厘之差。

一著失錯，滿盤皆錯，黑豹劍士的太過自信，使得他們失去了主動、神秘。

楚小楓也不貪功，停下了手。

黑豹劍士也未再攻襲。

五號黑豹劍士，回過頭去，望了陳長青一眼，道：「你是什麼人？」

陳長青冷冷說道：「老叫化子是丐幫中人。」

五號黑豹劍士望了陳長青一眼，道：「丐幫有很多人，你是什麼身分？」

陳長青道：「老叫化行不更名，坐不改姓，丐幫長老陳長青。」

五號黑豹劍士哦了一聲，道：「聽說丐幫的幫主也來了？」

陳長青一皺眉頭，道：「老叫化子這一生中，見過不少壞人，但他們還是人，穿著衣服，還是人的樣子，至多戴一個黑色的面巾，遮住了他的臉，那是因為他們自覺所做的事，沒臉見人，但還不像你們，披上一張怪模怪樣的獸皮，明明是個人，卻裝做了不是人的樣子。」

這些黑豹劍士的臉，完全被黑皮掩遮，看不到他們臉上的表情，但陳長青這幾句話，卻顯得十分尖酸、刻薄。

五號黑豹劍士聲音十分冷厲地說道：「有一件事，在下要說明白……」

陳長青接道：「不要緊，咱們不怕你拖延時間。」

五號黑豹道：「江湖上有很多人怕你們丐幫，不過，黑豹劍士不怕……」
左手一揮，接道：「上！殺了這個老叫化子。」
黑豹九號應手而出，突然欺上，一劍刺向陳長青的前胸。
這時，黑豹七號突然一伸右腿，腳尖微挑，跌落在地上的長劍，離地而起，飛入手中。
陳長青一吸氣，疾退了三尺。
黑豹劍士的撲擊之勢太快，快得陳長青根本來不及招架。
一支長劍，斜裡飛來，攔住了黑豹九號，道：「你們都是襲擊無極門的凶手了？」
黑豹劍士冷哼一聲，道：「你是無極門中人？」
出手的是成中岳，冷冷一笑，道：「不錯，在下成中岳。」
黑豹九號道：「你該死！」揮劍攻上。
白梅、白鳳、董川、陳長青，都向後退了數尺，默查那黑豹劍士的劍法。
只見他飛躍撲來，勇猛異常。
白梅看了一陣，突然嘆息一聲，道：「老叫化子，你瞧出什麼門道沒有？」
陳長青道：「這些披著獸皮的人，十分勇猛，是江湖上第一流的劍手。」
白梅道：「我是說他們的武功路子。」
陳長青道：「像什麼？」
白梅道：「黑豹，你看他們的飛躍撲擊，完全像黑豹撲食的樣子，黑豹是豹中最凶猛的一種，老夫看到一隻黑豹，和一頭大牠一倍的獅子相搏，結果，那獅子敗在了黑豹靈活的利爪之下。」

陳長青點點頭，道：「他的攻勢，步步飛騰，果如黑豹。」

白鳳道：「他們的劍路，也似乎是配合著他們武功的路子。」

董川道：「師母，師叔恐怕支撐不下去了，要不要弟子去替他下來？」

白鳳轉頭望去，只見那黑豹劍士，飛騰、翻轉的抓擊，已然把成中岳凌厲的劍勢，完全給壓制下去。

成中岳已然完全被逼的改成守勢，青萍劍法本是一種很凌厲的攻敵劍法，但現在，卻似乎是一點也發揮不出威力了。

黑豹劍士們的打法很怪異，整個劍勢的變化，完全配合著疾然如風、進退似電的撲擊身法。

這就使一般的刀法、劍招，根本失去了作用，縱然有著精妙的變化招術，也無法施展出來。

除非有一套可以制服這些撲擊身法的劍法，那就只有憑仗著一個人的智慧和經驗，應付強敵忽進忽退的撲擊之勢。

成中岳在青萍劍法上，下了不少工夫，但現在青萍劍法，卻無法克制黑豹劍士的武功。

白鳳突然向前行了幾步，走到白梅的身側，低聲道：「爹，你瞧到了沒有，成師弟似乎是已經無法再撐下去了。」

白梅道：「這是一種很奇怪的武功，我走遍了大江南北，見識不可謂不多，但卻從沒見

過這樣的武功。」

陳長青也看得十分入神。

他們都想從對方的武功中，看出一些門道來。但他們都失望了。

那攻向成中岳的黑豹劍士，忽然怪吼一聲，整個人翻滾過來。

成中岳全神貫注著敵人的動向，眼看敵人翻滾而來，頓然一呆，一時想不出應付之法。只好一振長劍，化出一片劍芒，推了過去。

事實上，以白梅見識之廣，也想不出如何應付敵人這一招怪異的攻勢。

但聞一陣兵刃交擊之聲，黑豹劍士繞著成中岳打了一轉，又回原位。

看上去，就好像是成中岳長劍封住了對方的攻勢，逼得那黑豹劍士，繞著成中岳打了一轉，人又退了回去。

但事實上，卻不是這麼回事，成中岳身上的衣服，破裂了數處，鮮血淋漓而下。

白鳳手握劍柄，一按機簧，嗆啷一聲，長劍出鞘，冷冷說道：「中岳，你下來，我會會他。」

董川也拔出了長劍，準備出手。

成中岳道：「不要緊，小弟這點傷勢，還可以支撐得住，這些人劍法怪異，完全找不出他們的劍路。」

白鳳道：「不！咱們都要試試這些人的劍路，日後遇上了，大家也好有個應付之法。」

話說得很機警，成中岳借機下台。

董川沉聲道：「師娘，弟子來吧！」

忽見人影一閃，楚小楓由兩個黑豹劍士之間滑了過來，笑道：「師兄是一派掌門之尊，怎麼和這種人動手……」

回顧了白鳳一眼，接道：「師娘是千金之體，更不能和這種似人非人、似獸非獸的東西動手了，有事弟子服其勞，這三個黑豹交給弟子了。」

白鳳道：「小楓，你一個人……」

白梅接道：「鳳兒，交給小楓處理吧！他如果應付不了，你們再接手不遲。」

白鳳應了一聲，向後退去。

楚小楓緩緩收起短劍，道：「三位，一起上吧！」

五號黑豹劍士嘿了一聲，道：「你真是無極門下弟子？」

楚小楓淡淡一笑，道：「你很懷疑我的身分，是嗎？」

黑豹五號道：「但你用的劍法，卻不是無極門的劍法。」

楚小楓道：「無極門中劍法山藏海納，豈是你們這等人能夠瞭解的，出手吧！」

他雖然言詞如刀，但聲音卻一點也不激動，神色一片平靜。

陳長青回頭望了白梅一眼，低聲道：「白兄，小楓他……」

白梅接道：「看看下一代的吧！年輕人嘛，失敗幾次，也不算什麼。」

五號黑豹仗劍一直冷冷地望著楚小楓，卻沒有下令出手。

楚小楓冷笑一聲，道：「閣下再不下令出手，在下只好出手了。」

五號劍士冷然一笑，道：「你真的要以空手，接在下的攻擊嗎？」

楚小楓道：「咱們敵對相處，在下用不著和閣下談什麼條件，赤手空掌也好，施用兵器也好，是我的事。用不著告訴你們什麼！」

黑豹劍士遲遲不肯出手，使得白鳳和陳長青等都有些疑慮不定。

想不出凶厲的黑豹劍士，何以會對楚小楓這麼樣的畏縮。

忽然間，五號黑豹劍士一揮手，九號黑豹劍士以迅雷不及掩耳的速度，疾撲而上。

那是凌厲絕倫的一擊。

白鳳感覺到那強烈一擊，有如巨浪捲襲一般，不楚心頭一震，大聲喝道：「小楓當心……」

喝聲中，忽見那撲襲楚小楓的黑豹劍士，身子一偏，直向茅舍外面飛去。

只聽蓬然一聲大震，九號黑豹劍士一劍洞穿了一株數人合圍的大樹，但他人卻撞在了樹上。

樹身搖動，枝葉紛飛，黑豹九號的一個腦袋，也完全撞碎，腦漿濺飛。

那黑豹劍士的一次衝擊之力，何止千鈞。

奇怪的是，他竟然無法控制住自己，長劍洞穿了大樹，人卻撞死在樹上。

對一位武林高手而言，這完全是一件不可思議的事了。

不但白鳳等有些意外，就是兩個黑豹劍士，也是心頭震動，想不出來這是怎麼回事？

好好的一個人，怎麼會硬撞到樹上去。

轉頭看去，只見楚小楓肅然而立，神色一片莊嚴。
白鳳呆了一呆，道：「小楓，你沒有事吧？」
楚小楓道：「弟子很好。」
白鳳道：「那黑豹劍士，可是你殺死的？」
楚小楓道：「師娘，他死在了那株大樹之上。」
白鳳哦了一聲，未再多問。
她已經感覺著這一句話，問得十分不智，所以立刻住口。
黑豹五號劍士冷冷說道：「閣下用什麼手法，殺了他？」
楚小楓道：「什麼手法殺他，你們自己不會看嗎？」
黑豹五號冷冷說道：「閣下的手法很怪異，咱們瞧不出來。」
楚小楓道：「那只有一個辦法。」
黑豹五號道：「什麼辦法？」
楚小楓：「你自己出手試試。」
黑豹五號道：「出手？你認為，你已經勝定我們？」
楚小楓道：「你不相信？」
黑豹五號劍士冷哼一聲，伸手按在了劍柄之上，道：「好！我來試。」
試字出口，劍已出手，白光一閃，直劃前胸。
楚小楓一閃身，避開劍勢。

五號黑豹劍士冷笑一聲，長劍閃動，連劈三劍。

楚小楓對付九號黑豹劍士時，十分輕鬆，但對付這個五號劍士時，卻似有些手忙腳亂。

只見五號黑豹劍士，右手長劍連揮，劍如打閃，逼得楚小楓團團亂轉。

陳長青看得一皺眉頭，低聲道：「白兄，這是怎麼回事？」

白梅道：「老朽也被他鬧得有些迷糊了。」

陳長青道：「白梅，看樣子，這有些不對了，咱們想個法子，換他下來。」

只是那五號黑豹劍士，右手揮動，劍如閃電，把楚小楓逼得團團亂轉。

忽然間，嗤嗤兩聲，楚小楓兩處衣衫破裂，鮮血淋漓而下。

白鳳吃了一驚，一側身，向前衝了過去。

白梅似是早已料到，一伸手，抓住了白鳳，道：「不要過去。」

白鳳急急叫道：「爹，小楓受了傷。」

白梅道：「我知道，那只是皮肉之傷，他還能撐得下去。」

白鳳道：「他險象環生，如若不把他替換下來，他隨時可能死在黑豹劍士手下。」

白梅道：「你有把握能夠救他下來嗎？」

白鳳道：「至少，我該盡力。」

白梅道：「不！你上去，反而會分了他的心，那黑豹劍士的快劍，不會給你機會。」

白鳳嘆息一聲，靜了下來。轉頭看去，只見那黑豹劍士，劍光如流星飛灑一般，完全把楚小楓圈在了一片劍光之中。

董川的右手，握住了青萍劍柄，暗中在運集功力。

他似是在等待機會，等機會出手。

陳長青緩步行了過去，擋在董川的身前，低聲道：「董掌門人，不能出手，你救不了他，反而害了他。」

董川道：「老前輩，晚輩的功力不夠，劍術不精，那就請老前輩出手救救他吧？」

陳長青道：「老叫化子如能夠救了他，早就出手了，怎會等到現在？」

董川道：「咱們兩個合力呢？」

陳長青道：「也不行。」

董川道：「難道看著小楓師弟……」

陳長青接道：「他一個人打下去，也許還有機會，不要急，該出手的時候，老叫化子自會出手。」

口中說話，已運集功力。

董川看得出來，陳長青微微顫抖，雙手緊緊握拳。

楚小楓的處境，似是更壞了。

五號黑豹劍士的劍光，更見強盛。

成中岳也沉不住氣，吸了一口氣，站起了身子。

原來，他還在盤膝而坐，運氣調息。

雖然沒有人出手，但董川看得出，每個人都提聚了全身的功力，蓄勢待發。

忽然間，楚小楓兩個挪移，由五號黑豹劍士綿密的劍光中，脫身出來。

只見他身軀兩個翻轉，人已到了董川的身前。

右手一伸，抓住了董川手中的青萍劍鞘之上。原來，董川仍然抓住劍柄。

白梅道：「董川放手。」

其實不用他呼叫，董川已然放開了雙手，人也同時退開五尺。

五號黑豹劍士的凌厲劍勢，閃電而至，劃破了董川的右手衣袖。

敢情他想阻止楚小楓取到董川手中的青萍劍。

董川只要稍有剎那猶豫，一條右臂，勢必傷在對方的長劍之下。

楚小楓取到了青萍劍，人又翻轉開五尺。右手移到了劍柄之上。

五號劍士忽然間飛騰而起，躍飛了一丈多高。半空中一個轉身，頭下腳上，直向楚小楓撲了過去。

好凌厲的一擊。

楚小楓長劍出鞘了。青芒一閃，飛向五號黑豹劍士。

鏘然一聲，金鐵大震。緊接著，響起了一聲慘叫。

雙方劍光如幕，看不出是什麼人傷在了對方劍下。

白鳳尖聲叫道：「小楓，你……」

一個低沉的聲音，傳了過來，道：「師娘，小楓幸而無恙。」

蓬然一聲，五號黑豹劍士的屍體，摔在了地上，被攔腰斬做了兩截。

對白鳳和董川等而言，這是一場完全意外的變化。

像經歷了一場夢境一樣，白鳳快步行了過去，道：「孩子，你傷得重麼？」

楚小楓身上，有不少處劍傷，一件藍衫，裂開了數處，鮮血透濕了衣衫。

呆在一側的七號黑豹劍士，忽然大喝一聲，揮劍向前衝來。

對這場充滿著驚喜的意外，使得白鳳、董川，都有些激動，但久走江湖的白梅和陳長青卻沒有因這場驚、喜而鬆懈戒備。

兩人目光上交換了應變之策。

七號黑豹劍士向外衝奔之時，陳長青已同時出手。

只見青芒閃動，陳長青亮出了輕易不用的青銅棒。

那是長不過一尺二寸的一根短棒，平時陳長青藏在身上，一點也瞧不出來，非遇上強敵，不肯亮出來。

但黑豹劍士的凶厲劍招，使他感覺空手招架不易。

只聽一陣金鐵相撞之聲，兩條交接的人影，霍然分開。

陳長青擋住了黑豹七號向外的衝擊之勢，但他左臂上卻被劃了一劍。

一道三寸多長的血口，鮮血淋漓而下。

白梅也亮出了兵刃，那是一對子母金環。

白鳳、董川，都被那一擊驚醒，霍然轉身。

楚小楓突然大步行了過來，半身浴血，看上去有些狼狽。

但他步履很穩定，握劍的手更穩定，欠身一禮，道：「陳前輩請為晚進掠陣，這頭黑豹交給晚進了，幾次動手，晚輩已熟悉了他們的劍勢變化。」

陳長青道：「你的傷不礙事嗎？」

楚小楓道：「都是些皮肉之傷，多謝前輩關心。」

轉身舉劍，一指七號黑豹劍士，道：「你出手吧！」

黑豹七號劍士雙目微現恐懼之色，顯然，黑豹五號的被殺，給了他很大的威脅。

表現出的強大潛力，及神奇劍招，使得全場中人，都對楚小楓另眼看待。

黑豹七號忽然間發動了攻勢，身軀一閃，攻了過來。

楚小楓手中青萍劍忽然劃出了一個圓圈。

沒有人看清楚他的劍勢如何變化，但卻把那黑豹七號劍士凌厲的一擊，化解於無形之中。

由被動，搶到了先機，長劍一圈、一轉，劍光耀眼中，斬下了黑豹劍士的握劍右手，長劍墜地。

劍士去了劍，就等於黑豹沒有利爪、牙齒。何況，斷臂之痛，也使他一下子失去了戰力。

白梅身如飄風，疾掠而至，一伸手，點了黑豹劍士的兩處穴道。

楚小楓長劍揮動，挑開了黑豹七號劍士頭上的皮帽。

七號黑豹劍士，終於露出了真正的面目。

楚小楓只覺得這張臉十分面善，卻一時間，又想不起來，在哪裡見過。

池天化失聲驚叫，道：「怎麼是你？」

楚小楓道：「池兄，這人是誰，我好像也見過他。」

池天化道：「是！咱們剛剛還見過呢！」

楚小楓道：「小弟怎麼想不起來呢？」

池天化道：「望江樓上的酒保。」

楚小楓點點頭，道：「不錯，是他。」

白鳳急步行了過來，道：「說！宗一志現在被你們囚在何處？」

黑豹七號劍士笑一笑，嘴角間流出血來，一轉眼，臉色黑青，倒了下去。

白梅道：「好厲害的毒藥，發作快速，叫人搶救不及。」

白鳳道：「唉！我們早該想到的，他可能會自絕而死。」

白梅道：「他們毒藥含在了口中，咱們就算心中早有防備，也無法使他把毒藥吐出來，口中含藥，死亡不過是瞬間事，很難防備。」

楚小楓道：「師娘，就算留下他的活口，咱們也無法問出什麼。」

白鳳道：「至少，咱們可以問問他一志的下落。」

池天化緩步行了過來，接道：「他不會說的，黑豹劍士有一條很特別的戒律，只要露出來真正的面目，那就要立刻自絕。」

董川道：「你怎麼知道？」

池天化道：「我聽他們說過，每一個黑豹劍士，都必須先有殉身之心，才能入選。」
白鳳道：「哦！」
微微一頓，望著池天化，冷冷道：「你可以走了。」
池天化淡淡一笑，抱拳道：「多謝夫人，在下告辭。」
望著池天化遠去的背影，楚小楓道：「師娘，他們百密一疏，小楓已經知道他們隱身的辦法。」
董川道：「師弟，你……」
楚小楓道：「掌門師兄，他們並沒有什麼神秘，但他們藏身的辦法，卻是一個很好的辦法。」
董川道：「怎麼說。」
楚小楓道：「他們化整為零，用一種暗語，或是暗號等相互聯絡，他們都分散在襄陽府中，做著最普通的工作，穿上了黑豹的衣服，他們是黑豹劍士，脫了黑豹的衣服，他們都變成了木匠、茶房、店伙計等，如是小楓的推想不錯，他們之間，只怕也不會互相認識。」
陳長青點點頭，道：「楚少俠，高明，高明，老叫化很佩服。」
他忽然改口稱呼楚少俠，敬重之情溢於言表，顯然，不是幾句客氣話，那是由衷的佩服。
楚小楓一躬身，道：「不敢，不敢，老前輩過獎了。」
白鳳嘆息一聲，道：「小楓，你身上的傷，要不要敷點藥？」

楚小楓道：「多謝師娘關愛，小楓身上，都是些皮肉之傷，不礙事的。」

白鳳道：「敷些藥吧！別要失血過多。」

楚小楓道：「楓兒遵命。」

白鳳完全把楚小楓當自己的孩子看待，替楚小楓敷藥。

事實上，宗一志失蹤之後，一種移情作用，白鳳確也把楚小楓當做了一志，把一腔母愛，不自覺地移注到楚小楓的身上很多。

白梅輕輕咳了一聲，道：「董掌門，你看，咱們要不要先回去？」

楚小楓道：「白老前輩，晚輩斗膽請求一事，勞煩白老前輩和陳前輩，同去晉見一下丐幫幫主。」

陳長青道：「對！我得把此地聽聞之事，報告幫主，早些準備一下。」

白梅道：「好！我陪你去。」轉身向外行去。

目睹白梅和陳長青去遠之後，白鳳才低聲說道：「小楓，你有意支走我爹，是嗎？」

楚小楓道：「師母原諒，弟子想和師娘、師叔、掌門師兄，商量一件事。」

白鳳道：「什麼事？」

楚小楓道：「咱們無極門中人力太單薄，所以，咱們從此之後，不能再有傷亡。」

白鳳道：「是……」

楚小楓道：「但黑豹劍士的劍法，卻是以殺人為主，他們不講求姿勢，不講求身段，卻講求實用，以殺人為主，這種劍法，很難破解。」

白鳳道：「這是我們都看到了。」

楚小楓道：「小楓想到了破解他們攻勢的幾個辦法，但劍招還不太成熟，所以，想與師叔、師兄研究一下。」

誰都聽得出，後面這句話是謙遜之詞。

白鳳道：「我明白你的用心，小楓，無怪你師父當年收你入門時，用盡了心機，他愛才，你也沒有辜負他……」

楚小楓惶然而起，撲拜地上，道：「弟子不敢，弟子不敢……」

白鳳伸出右手，扶起了楚小楓，道：「小楓，快起來，我是說的真心話。」

楚小楓道：「弟子實不敢當。」

白鳳道：「小楓，還記得你師父臨死之前，說的幾句話吧？」

楚小楓道：「師父遺言，弟子永銘在心，一字也不敢遺忘。」

白鳳道：「那好，你師父說，你已經不受無極門的門規約束，所以，不用太拘束。」

成中岳突然開口說道：「小楓，你剛才對付黑豹劍士的劍招，是不是青萍劍法中的招術？」

楚小楓搖搖頭，道：「不是。」

董川奇道：「小楓，這些年來，咱們一直在一起，很少離開，你在哪裡學到了這等深奧的劍法，我怎麼一點都不知道？」

楚小楓沉吟了一陣，道：「不敢相瞞掌門師兄，小弟這幾招劍法，是一本書上看來的，沒有人指點，所以施用出來，還不很純熟，不過，剛才對敵時，小弟發覺了，這些劍招，確實是黑豹劍士的剋星，所以，小弟斗膽，想和師叔、師兄，共同研究一下這幾招劍法，以便日後對付黑豹劍士之用。」

董川道：「小楓，在心理上，我已經不把你列入無極門中弟子，你對無極門而言，是客卿，也是朋友，你可以不受無極門規約束。」

楚小楓：「掌門師兄，這個……」

董川接道：「小楓，這對你，對無極門，都是有利無害的事，你也不用多說了。」

楚小楓道：「咱們不談這件事，先談那幾招劍法。」

成中岳道：「那劍法共有幾招？」

楚小楓略一沉吟，道：「三招。」

成中岳道：「只有三招？」

楚小楓笑一笑，道：「是！雖只三招，但它的變化很繁雜，學起來，也不是一件容易的事，小楓先在地上，繪出圖解，說明它的變化，然後，師叔、師兄再行練習。」

費了半個時辰的工夫，楚小楓很詳細地畫出了三招劍法變化。

只三招劍法，白鳳、成中岳、董川，一直花了大半夜的工夫，才練到六成純熟。

那是很奇厲的三招劍法，攻中有守，守中有攻，每一招劍法，都是獨立的，但如能把三招串連，變化施用，威力增強，何止十倍。

當三人體會出三招劍法的妙用時，都深深入迷。

楚小楓看天色已到了三更時分，才輕輕吁一口氣，道：「師娘、師叔，明天再練吧！你們已經記熟了變化……」

成中岳收住了劍勢，道：「好深奧的三招劍法，不知它源出何處？」

楚小楓笑一笑，道：「那書上，沒有說明這劍招源出何處、何地，所以，小楓忽發奇想，不知道是否可以？」

董川道：「你想到什麼？」

楚小楓道：「小弟想把這三招劍法，併入青萍劍法中，取名『青萍三絕劍』，不知掌門師兄意下如何？」

董川心中感動，全身微微顫抖，但他生性耿直，卻不便一口答應，目注小師弟，目中盈淚欲滴，緩緩說道：「小楓，青萍劍法，增此三招，何止生色不少，只是……只是，這是你得來的劍法，不願藏私，公諸同門，已是氣度恢宏，如再併入青萍劍法，受無極門規法約束，那豈不太委屈你了？」

楚小楓笑一笑，道：「掌門師兄，小弟出身無極門，學得這幾招劍法，也是在無極門中，我不會再傳別人，就請師兄成全小弟，收併這三招劍法，也算讓小楓稍盡一點心意。」

董川道：「好！我答應你，不過，你可知道，併入青萍劍法後的限制嗎？」

楚小楓道：「小楓知道，無極門中絕技，非門中弟子，不得傳授，只有掌門人，才有擇人授藝之權力。」

董川道：「小楓，這很重要，我是掌門人，必須要嚴厲執行門規。」

楚小楓道：「這個，小弟明白，這三招劍法，併入了青萍劍法之後，小弟決不再傳給任何人，一切都由掌門人去決定。」

董川道：「好！你既然這麼說，那就一言為定了。」

楚小楓一躬身，道：「多謝掌門師兄成全。」

董川嘆口氣，雙掌合十當胸，肅然說道：「師父果是具有神通之人，能夠早許楓弟脫離本門……」

楚小楓道：「不！師兄，我還是無極門中弟子。」

董川道：「這個，我知道，無極門中，有師弟你這樣傑出的人才，我們歡迎萬分，但師父已允准你脫離無極門，可以不受無極門中規戒的約束，你知道師兄我的為人，規戒所在，我一定嚴厲執行，決不徇私，決不縱容，我不希望嚴厲的門規束縛你，咱們還是好兄弟，小楓，你要體諒我這一點苦衷，心理上，我已經不把你當作無極門中的弟子看待。」

楚小楓道：「小弟明白，小弟明白。」

董川道：「你明白就好，別辜負師父的苦心，也別讓師兄作難。」

楚小楓道：「小弟記下了。」

董川回顧了白鳳一眼，道：「師母，咱們回去吧？」

白鳳點點頭，道：「小楓呢？」

楚小楓道：「我也跟師母回去。」

白鳳道：「好！這幾日，你一直離開我們，有很多事，都沒有法子和你商量。」

一行四人，回到了大宅院中。
第二天，白鳳起床梳洗過後，步入大廳。
大廳中早已經坐了兩個人。是白梅和陳長青。
行前幾步，躬身一禮，道：「陳前輩，爹，你們已來了好久？」
白梅道：「來一會兒啦，我要叫你，但老叫化不讓我叫。」
白鳳道：「有事情？」
陳長青道：「是！敝幫幫主，想請少俠去便餐一敘。」
白鳳道：「請小楓？」
陳長青道：「正是楚小楓、楚少俠！」
言語之間，顯得十分尊敬。
白鳳道：「貴幫主是何等身分，如此折節下交，豈不是寵壞了孩子。」
陳長青道：「不！敝幫主囑咐我，對楚小俠，一定要執重禮，不許有絲毫不敬舉動。」
白鳳道：「哦！這又為了什麼呢？」
陳長青道：「這個，我就不太清楚了。」
白鳳笑一笑，道：「陳老，只請他一個人嗎？」
陳長青道：「是！敝幫主只要老叫化請他一個人。」
白鳳道：「哦！陳老，幫主給他如此榮幸，應該有些原因？」

陳長青道：「我的大姪女，你這問法，不是讓老叫化子作難嗎？」

白鳳道：「怎麼說呢？」

陳長青道：「我實在不知道，大姪女，你該明白，敝幫主在丐幫，簡直像神一樣，年紀最大的長老，也要矮他一輩，他是長老，也是幫主，通常他吩咐什麼，我們都聽什麼。」

白鳳轉臉望去，只見白梅微微含笑。

心中頓然有了底子，淡淡一笑，道：「陳老，你一定知道一點原因，只是不肯告訴我罷了。」

陳長青道：「唉！好吧，老叫化告訴你！不過，這是我自己猜的，可不能算數。」

白鳳道：「好！只要你肯透露一點就行。」

陳長青道：「敝幫主好像要和楚小楓說一點江湖上的往事。」

白鳳道：「說一點江湖上的往事？」

陳長青道：「好像是吧！」

白鳳道：「小楓從來沒有在江湖上走動過，怎麼會知道江湖往事呢？」

白梅道：「鳳兒，不可刁難你陳伯伯了，有些事，他是真的不太清楚。」

白鳳道：「我叫小楓立刻梳洗趕去，你老人家要不要先走一步？」

陳長青道：「不要緊，老叫化子在這裡等一等。」

等一等？事情顯非尋常，但什麼事，如此重要？

不用白鳳去催，楚小楓、董川、成中岳等，都魚貫行入大廳。

陳長青站起身子，一抱拳，道：「楚少俠，老叫化子奉令邀請。」

丐幫長老，如此慎重，楚小楓實在嚇了一跳，急急說道：「陳長老，你……」

陳長青接道：「老叫化子是奉命行事，敝幫主要你過去一敘。」

楚小楓呆了一呆，道：「請我……」

陳長青道：「是，請你楚少俠一個人。」

楚小楓道：「但不知要幾時動身？」

陳長青道：「立刻動身。」

楚小楓道：「好吧！咱們現在就走！」

陳長青笑一笑，道：「楚少俠快人快語，老叫化帶路。」舉步向前行去。

楚小楓轉身一揖，道：「師娘、師叔、掌門師兄，還有什麼吩咐？」

白鳳輕輕嘆息一聲，道：「小楓，丐幫幫主是目下武林中的泰山北斗，你見著幫主時，可要特別小心一些。」

楚小楓道：「小楓遵命。」

董川道：「師弟，記著，不要讓無極門中的規戒約束你，什麼事，照你的意見去做吧！」

楚小楓道：「多謝師兄。」

這時，陳長青已行出廳外，楚小楓快步追了上去。

望著楚小楓的背影，白鳳輕輕吁一口氣，道：「董川，你一直和小楓在一起，是嗎？」

董川道：「是！」

白鳳道：「你知不知道，他怎麼會學得了這些劍招？」

董川道：「弟子也想不明白，小楓師弟，一直住在迎月山莊之中，這些年，除了回家省親一次之外，幾乎都沒有離開過迎月山莊，而且，那已是三年前的事了，小楓師弟學得這些武功，可能是近來的事了。」

白鳳道：「你是說，他這幾招劍法，是在迎月山莊中學的？」

董川道：「弟子是這樣推想。除非是白老太爺帶師弟離開咱們這幾天學到的東西，否則，只有在迎月山莊中學的。」

白梅道：「問題是什麼人傳給他的，拐仙黃侗不可能傳他武功，至於歐陽先生，傳他一種武功，我聽過一些，但不是劍法。」

白鳳道：「迎月山莊中的人，我都認識，那個人，會是誰呢？」

成中岳道：「師嫂，迎月山莊中人，大都死了，如若真有一個人，傳授了小楓的劍法，黑豹劍士，決殺不死他。」

白鳳點了點頭，道：「難道說，他早已經離開了？」

成中岳道：「慢慢想吧，咱們既然想到了這一層，我相信，不難找出一個結果來。」

這時，一個中年丐幫弟子，匆匆行了進來，道：「見過董掌門。」

董川道：「什麼事？」

那人一躬身，道：「回掌門的話，一個身受重傷，滿身血污的人，求見貴門中人……」

董川怔了一怔，接道：「他沒說名字？」

丐幫弟子道：「他自稱池天化。」

董川道：「好！快請他進來。」

丐幫弟子應了一聲，轉身而去。

片刻之後，兩個丐幫弟子，抬著一塊木板，行入廳中。

池天化全身浴血，躺在木板上，雙目微閉。

他一半臉上，被鮮血掩遮，一半臉色十分蒼白。

看不出他實在受傷的情形，但就外表看來，他實在傷得很重。

董川大步行了過去，道：「池天化，你還在襄陽嗎？」

池天化緩緩睜開雙目，道：「我沒有走脫，被他們追上了……」

白鳳接道：「黑豹劍士，劍出無情，他們為什麼不殺你？」

池天化道：「有人救了我。」

董川道：「什麼人救了你？」

池天化道：「我不認識他，我應該死在他們劍下的，但那個人，及時而至，救了我……」說了幾句話，牽動傷口，疼得他直咧嘴巴！

董川道：「你傷得好像很重？」

池天化道：「是！我身中七劍，身上四劍，腿上兩劍，頭上一劍……」

董川接道：「你還真撐得住。」

池天化道：「我不是站著被他們殺的，我手中有兵刃，我封擋他們的攻勢……」
白梅嘆息一聲，道：「池天化，你自己覺著，是否還能活下去？」
池天化道：「現在，我還活著，大概死不了啦。」
董川道：「夜襲迎月山莊的人，你也要算一份，說起來，你該是我們的仇人了。」
池天化道：「你要和在下算老帳？」
董川道：「難道不應該嗎？」
池天化道：「應該，不過……」
白鳳接道：「我已經答應放過你了，以後，最好想法子，走得離我們遠一些……」
語聲微微一頓，接道：「不過，這一次例外，你再來見我們，有什麼事可以說了。」
池天化道：「宗夫人，這才是你該問的事。」
白鳳道：「你想告訴我們什麼？」
池天化道：「黑豹劍士，大都隱在襄陽。」
董川道：「這個，敝師弟小楓早已經說過了。」
池天化道：「所以，在下料想，宗一志也留在襄陽城中。」
白梅點點頭，道：「很有道理，如若他們早已離開襄陽，以丐幫、排教耳目之廣，怎會找不出線索？」
池天化道：「在下想到了一處地方，可能是宗一志藏身之處。」
白鳳急道：「什麼地方？」

池天化閉上雙目，不再答話。
白鳳道：「董川，把池天化抬入廳中，替他敷藥。」
經過一番洗滌、包紮，池天化的傷勢減輕了不少。
他中了七劍，傷勢不算輕，但都不足致命。
白梅道：「池天化，看來，你連殘廢也不會落下。」
池天化嘆一口氣，道：「你們知道萬花園吧？」
白鳳道：「萬花園很著名，自然知道。」
池天化道：「到那裡找找看。」
白梅道：「萬花園主，是老夫舊識，他忠厚老實，不是武林中人。」
池天化道：「那是表面上的說法。」
白梅道：「去搜查？」
池天化道：「明查不如暗訪，不過，黑豹們出手奇快。」
白梅道：「你是說黑豹都在萬花園中？」
池天化道：「園中人未必都是黑豹，但黑豹一定有幾個在萬花園中。」
白梅道：「多謝指教。」
池天化道：「要那位楚小俠，他才有能力對付黑豹。」
董川道：「這是我們的事，不勞費心。」
白鳳道：「送他到一間靜室中休養，轉告丐幫中人，他隨時可以走，但卻不許撵走，他

春秋筆

可以來，可以去。」

池天化嘆息一聲，道：「宗夫人，那萬花園，有兩處特別凶險的地方，要謹慎應付。」

顯然，池天化見白鳳對自己的優待，感到了相當的滿意，也相當感激。

白鳳道：「那是什麼樣的地方？」

池天化道：「萬花中的鯉池，和虎柵。」

白鳳道：「多謝指教。」

董川已然帶著兩個丐幫弟子，把池天化送入了一座靜室中去。

白鳳望了白梅一眼，道：「爹！虎柵中，養有猛虎，自然有些可怕，但鯉池養的是魚，有什麼可怕呢？」

白梅道：「我看池天化那小子，雖然還沒有十分覺醒，但已經覺醒了十之七、八，所以，似乎是不可能再玩出什麼花招了，我剛才很留心他中劍的部位，都是致命，及使人殘廢的所在，所以，那不可能是裝出來的，他傷勢雖非太重，但卻因對方劍勢受到封擋之故。」

董川道：「他的兵刃還留在這裡，師母既然決心放他走了，兵刃要不要還他？」

白鳳道：「還給他吧！咱們既然決心不殺他了，那就索性大方一點。」

回顧了成中岳一眼，道：「師弟，你的傷勢怎麼樣了？」

成中岳道：「已經好了十之八、九，大約可到萬花園了。」

白鳳道：「除非他們擄下一志之後，就立刻送走，否則，短短時間，他們送走一志的成份就不大了，水路被排教封鎖，陸路，又被丐幫中人所封鎖，一志如若還活著，一定留在裏

陽。」

白梅道：「所以，你想立刻趕到萬花園去？」

白鳳道：「領剛只有這一個孩子，只要有辦法救他，就算讓我死，我也願意。」

白梅道：「話是不錯，不過，鳳兒，你該明白，一志是落在別人手中，除非我們一舉成功，使他們驟不及防，如是打草驚蛇，反而給了他們下手的機會。」

白鳳呆了一呆，道：「爹的意思是……」

白梅接道：「我覺著應該等小楓回來再說，小楓這孩子，不但武功上，有著幾近神奇的成就，就是遇事的冷靜、沉著，也遠非我們能及。」

白鳳道：「對，應該等小楓回來，商量一下。」

白梅道：「除了和小楓商量之外，這件事還應該告訴丐幫中人和排教，人家動員了不少高手來幫助咱們，咱們連招呼也不打一個，豈不是太過失禮？」

白鳳沉吟了一陣，道：「爹，通知他們之後，只怕他們不會袖手旁觀。」

白梅道：「事實上，你們已經無法失去丐幫和排教的幫忙了。」

白鳳道：「說得也是。」

白梅道：「通知他們一聲，只要他們在外面部署，等咱們發覺了問題，動上了手，再請他們接應不遲。」

白鳳道：「董川，你看這樣子行麼？」

董川道：「白爺如此吩咐，大概行得通了，咱們就這麼辦吧。」

直等到午時過後，楚小楓才由陳長青陪同回來。

老江湖，用不著別人示意，陳長青坐一會兒立刻告辭。

送走了陳長青，白鳳第一個忍不住，道：「孩子，丐幫幫主請你去，談些什麼？」

楚小楓道：「他問我那幾招劍法來歷。」

董川道：「你怎麼說？」

楚小楓道：「我告訴他那是由一本書上看到的，我已把它併入了青萍劍法中。」

白梅道：「老幫主對這件事，有什麼評論。」

楚小楓道：「老幫主沒有再說什麼，就避開了這件事。」

白鳳道：「小楓，你談了很久，大概談了不少的事吧？」

楚小楓道：「是，我們談了很多……」

白鳳接道：「你揀那些能夠告訴我們的說吧！」

楚小楓微微一笑，道：「小楓對老幫主沒有任何承諾，他也沒有給我什麼限制，所以，我們談過的話，都可以說出來，不過……」

白鳳接道：「不過什麼？」

楚小楓道：「我們談的範圍太廣闊了，一時之間，我也不知從何說起，而且，談的事，都非具體，小楓想說，也說不出一件什麼具體的事來。」

白梅道：「小楓，這樣吧！不須從頭說起，你選一些重要的事，告訴我們就是。」

楚小楓沉吟了一陣，道：「老幫主告訴我兩句最重要的話，他說，他早就發覺了江湖上

有一股神秘的勢力，在暗中蔓延發展，而且，也準備和師父見面，談談這件事情，想不到，他因事拖延了一下，竟然，造成了這麼一件大恨事。」

白梅點點頭，道：「丐幫耳目一向靈敏，既然對這股神秘的勢力，早有了發現，是否找出了他們的來路？」

楚小楓道：「沒有，他也茫無頭緒，只不過，他知道確有這麼一股力量在江湖上活動，咱們無極門的滅亡，更證實了這個傳說，黑豹劍士既然在襄陽出現了，他準備留在這裡一段時間，而且，他已陸續把丐幫精銳，調集此地，準備查個水落石出。」

白梅道：「這麼說來，老幫主已決心追查這件事了？」

楚小楓道：「我沒有問他，他也沒有再說明。」

白梅似乎已瞧出了楚小楓不便再說下去，話題一轉，道：「小楓，這裡也發生了一件事。」

楚小楓道：「什麼事？」

白梅道：「池天化來過了，告訴我們一個消息，一志可能在萬花園中……」

楚小楓接道：「師弟在萬花園中，我們為什麼不去找他？」

董川笑一笑，道：「我們在等你。」

楚小楓霍然站起身子，道：「現在，我已經回來了。」

白梅道：「小楓，你一向不會這樣急躁的。」

楚小楓怔了一怔，道：「小楓多謝老前輩的指教。」

白鳳道：「爹，我們怎麼一個去法，也該動身了。」

白梅道：「小楓，你說說看，我們怎麼一個去法？」

楚小楓道：「不論我們如何一個去法，但都無法瞞過萬花園中的人，除非，一志小師弟，不在那個萬花園中。」

白梅點點頭，道：「哦！」

楚小楓道：「不過，咱們還有一個辦法，用很多人，掩護一個人。」

白梅道：「小楓，那一個人，就是你。」

白鳳、董川驟然間，聽得有些不太明白，想了一陣，才明白兩人談話的內容。

楚小楓道：「小楓願盡全力。」

白梅道：「你看，這件事，要不要通知一下丐幫的人？」

楚小楓道：「應該通知他們一聲，我想，咱們一切的舉止，早已在他們的暗中監視、保護之下了，而且，咱們也需要向丐幫借兩個人來化裝成咱們的人。」

白梅道：「一個人是你，還有一個人，又是誰呢？」

楚小楓道：「成師叔。」

白梅笑一笑，道：「對！董川是掌門人，不能輕易地改扮身分。」

白鳳道：「爹！這件事，勞請您和陳長老商量一下。」

白梅站起身子，出廳而去。

大約有一頓飯工夫，白梅、陳長青，和另外兩個年輕的叫化子進來。

陳長青指一指成中岳和楚小楓，道：「就是他們兩個，你們立刻動手吧！」

兩個叫化子打量了成中岳和楚小楓一陣，一抱拳，道：「兩個請借衣履。」

四個人離開了大廳。

陳長青笑一笑，道：「敝幫主和楚少俠談得十分投機，特別把他老人家隨身四衛中的兩個從衛調過來，這兩個人年紀不大，但卻是敝幫中的傑出高手，一個叫周横，一個叫王平。」

白梅道：「他們的易容術，也是貴幫中的高手，所以一個號稱神出，一個號叫鬼沒。」

陳長青哈哈一笑，道：「白兄，你多年不在江湖上走動，但對江湖中的事情，還是瞭如指掌啊。」

白梅道：「丐幫中四大傑出弟子，天眼、千手、神出、鬼沒，江湖上，有誰不知，老朽雖然退休了，但這幾個人的名頭，還是牢記在心中的。」

白鳳哦了一聲，道：「領剛生前也對我說過，今日才有幸會得他們。」

陳長青嘆息一聲，道：「敝幫主對宗掌門之死，一直耿耿於懷，丐幫會盡一切力量，盡出精銳，支援貴門。」

就是這幾句話的工夫，兩個成中岳，兩個楚小楓，同時行了進來。

如非衣服顏色不同，幾乎連白鳳也沒有法子分別出來，哪個是真，哪個是假。

董川一抱拳，道：「為無極門的事，勞動兩位，董川感激不盡。」

周横、王平同時還禮，道：「咱們略略效勞，怎敢當掌門人一謝。」

陳長青道：「諸位準備幾時出動？」

董川道：「這就動身。」

白鳳道：「老前輩去不去？」

陳長青道：「去！反正瞞不過他們，多一個老叫化，也不要緊。」

白梅笑一笑，道：「就算瞞不過他們，咱們也不能就這樣大搖大擺地走過去啊！至少，也該分散他們一點精神，派兩個人來盯咱們。」

陳長青道：「老叫化子穿這身化子裝習慣了，你要我換一身衣服，使我手足無措呢！」

白梅道：「這個，兄弟知道，丐幫中人，大都以本來面目行走江湖……」

陳長青接道：「那可不一定，譬如神出、鬼沒，也是丐幫弟子，他們大都是以各種不同的身分，出現江湖，不過，老叫化幾十年來，可是沒有改過樣子。」

白梅道：「咱們是在替無極門中人辦事，可不是替丐幫辦事，看來你得受點委屈了。」

陳長青苦笑一下，道：「一定要老叫化子換衣服，那也要替我換一個窮老頭子的模樣，富貴人家，老叫化子是裝不出來的。」

白梅輕輕吁一口氣，道：「陳兄，你可知萬花園主是什麼人嗎？」

陳長青道：「聽說是一位退休的武林人物，因為喜愛花草，才創了這座萬花園，以供人欣賞，聽說不到萬花園去瞧瞧的人，不算到過襄陽。」

白梅道：「不錯，那位萬花園主，就是三十年前的百草先生……」

陳長青接道：「張百草，不是早已死了嗎？」

白梅道：「他醫道精深，逃過了那次劫難，但他卻借故隱逸，創立了萬花園，那一次，

他臉上也受到了很重的刀傷，所以，借機會改了容貌，只可惜，他忘記把左耳下面一個紅痣除了，被兄弟認出了他的身分，不過，我答應過他，不把這件事洩露出去的，今天，情形特殊，兄弟洩露此秘，把事情告訴陳兄。」

這時，白鳳等一行，早已離去。

陳長青笑一笑，道：「張百草乃一代武林名醫，難道也和黑豹劍士們有關嗎？」

白梅道：「很難說了，以黑豹劍士的詭秘，什麼身分都可能有，誰會想到，望江樓上的店小二，竟然是黑豹劍士之一。」

陳長青不禁默然。

他走了大半輩子的江湖，見過的事情很多，但卻從未想到一個劍士，竟然是酒樓中的小伙計。

白梅道：「張百草昔日聲譽很好，因為救了兩名武當弟子，被人圍殺，但事情已過了三十年，萬花園，也創立二十餘載，是不是昔年的張百草，兄弟心中實在沒有把握。」

陳長青道：「池天化那小子的話，也不能全信，我已經調來了幾個丐幫弟子高手，暗中監視著他。」

白梅道：「小女已答應放過他，任他來去，無極門中倒是不便再干涉他了，由丐幫接手，那倒是一個很好的辦法。」

陳長青道：「這完全是丐幫的主意，和無極門完全無關。」

白梅道：「咱們也該動身了，換件衣服走吧！」

十四　詭譎名園

且說成中岳，改扮成了一個遊學士子，文巾藍衫，直奔萬花園。

楚小楓扮做相從的書僮。

成中岳人本英俊，這一改扮起來，倒是很像。

萬花園在城外不足十里之外，名園招來了絡繹不絕的遊客，在園外形成了一座小型的市鎮。

三家大客棧，數十家賣酒食的小館，點綴得一片熱鬧。

但這些客棧、酒館，都還和萬花園保持了一段距離，最近的也在二十丈外。

那是萬花園，要保持名園的幽靜，不准他們距離太近。

成中岳等一行，先發後至，兩人剛剛行近園門，白鳳、董川，以及假扮成中岳、楚小楓的神出、鬼沒，已經到了園門前面。

今天，萬花園的遊客，似乎是不太多，雕樑畫棟的園門前，站著四個園丁。

鬼沒王平，假扮的楚小楓快行兩步，搶到了園門前面，一拱手，道：「四位請讓讓路……」

四個園丁原本分站園門兩側，眼看王平快步行來，立刻一字橫排，攔住了去路。

王平冷冷一笑，道：「萬花園一向是人人可去的地方，為什麼今天不准進去？」

右首一個園丁，淡淡一笑，道：「萬花園是私人的花園，說是任何人可以進來觀賞、觀賞，那是咱們園主的大方，如是說，咱們不讓人進去，那也是本分，對嗎？」

鬼沒王平可是常年在江湖走動的人物，見識之廣，平常人可是難以及得，微微一笑，道：「你說得很對，不知道可否多問兩句話？」

右首園丁道：「可以，你有什麼話，儘管請問。」

王平道：「我想請教，萬花園今兒個為什麼關了？」

那園丁道：「萬花園一年多來，一直開著，從來沒有休息，今天是本年第一次，諸位就趕上。」

王平道：「那真是巧得很啊！你老兄貴姓啊？」

那園丁道：「在下吳旺。」

王平道：「原來是吳兄。」

吳旺道：「不敢，不敢。」

王平道：「吳兄，兄弟進不進萬花園，都不要緊，不過，和兄弟同來的，都是江湖上有名的人。」

吳旺道：「哦！什麼人？」

王平道：「無極門的上一代掌門夫人，和這一代董掌門人。」

吳旺搖搖頭，道：「不認識。」

王平道：「吳兄，我看這件事，你也作不了主，還是去通報一聲吧！」

吳旺道：「通報？通報什麼人？」

王平道：「園主。」

吳旺道：「我看這件事，用不著了。」

王平笑一笑，道：「我看得出，你真的是一個園丁，何苦捲入江湖的恩恩怨怨漩渦中呢？」

吳旺道：「這個，在下就不懂了。」

王平突然一上步，伸手抓住了吳旺的右腕，道：「我看，你一定會懂的。」右手加力，吳旺頓然有著骨疼如裂的感覺，不禁失聲而叫。

董川緩緩向前行了幾步，伸手一撥，另外三個人，立刻被撥得向一側退去，推開了園門。

奇怪的是，除了四個守在門外的園丁之外，竟然無人再出面攔阻。

王平放開了吳旺，道：「吳兄，現在你明白了嗎？」

舉步追了上去。

進得園門，眼前是一片花海，但見五彩繽紛，花光奪目，景色十分奇麗。

王平快步追上了董川，低聲道：「董掌門，事情有些奇怪……」

董川接道：「王兄看出了什麼不對？」
王平道：「就在下所知，萬花園一年到頭，只每年過年的時候，封閉半個月……」
董川接道：「王兄的意思是，他們是為我們如此了？」
王平道：「是！封閉萬花園，斷絕了遊人，對付咱們時，也方便多了。」
董川嗯了一聲，道：「這一片花海，有數十畝大小，如若花中藏人，陡然暗襲，豈不是叫人防不勝防嗎？」
王平道：「所以，咱們此刻是步步凶險。」
董川道：「王兄覺得，咱們現在應該如何？」
王平道：「表面上行若無事，暗中卻要嚴密戒備……」
語聲微微一頓，接道：「事情有些奇怪。」
董川道：「王兄，又發現了什麼？」
王平道：「這萬花園一向遊人如織，每天遊客，都在數千人，多時超過萬人，今日，忽然間如此冷淒，而且門口處，也不見遊人聚集……」
董川忽然停下了腳步，接道：「對！難道咱們又上了那小子的當不成？」
王平道：「就算今日封閉園門，不准遊人入內，但也該有人候集於園門處才對。」
董川道：「那是說，這座萬花園，已經關閉有數日之久了。」
王平道：「那倒不會，他們只要早個半天，就行了。」
董川仔細地望了這片花海一眼，發覺了園中大部分的道路，都是穿行在這片花海之中。

路很寬，但兩側的密密花叢，卻在這萬紫千紅中，隱伏下了一片濃重的殺機。

輕輕吁一口氣，董川緩緩說道：「咱們每一步，每一刻，都有著很大的凶險，這繽紛悅目的花、樹叢中，很可能隱伏著敵人的殺手。」

王平道：「他們可能會突起發難，也可能會無聲無息地打出一片毒針，一支飛鏢。」

董川皺皺眉頭，望望王平，道：「現在，咱們應該如何呢？」

王平道：「在下之意，咱們布成一個陣勢，能夠照顧四面八方。」

董川道：「對！他們如若不肯施襲，咱們實也無法找到他們。」

四個人全神戒備著，穿行在花叢中。出乎意外的是，他們在白石鋪成，花叢環繞的大路上，走了半天，竟然沒有遇上一個施襲的人。沒有一支暗鏢襲來，也沒有一枚毒針射出。

董川有些失望，笑一笑，道：「看來，倒是咱們想得太多了。」

王平道：「這說明了，咱們遇上了很厲害的對手，他們在等，豹子在傷人的時候，很有耐心，他們要選擇最恰當的時機，一擊而中。」

董川抬頭，已到了花園之中，一座很大的八角涼亭前面，亭中擺了十幾張木桌，和數十張椅子。

看上去似乎是給人休息和食用茶點的地方，但此刻，卻一片靜寂。

王平打量了那亭子一眼，笑道：「萬花園開放的時候，這地方人頭攢動，很難找到一個座位，今天如此淒清。」

董川低聲道：「王兄常進萬花園嗎？」

王平道：「來過兩次。」

董川道：「為什麼？」

王平道：「一來，這地方的景物，實在很動人，二則，我對這地方，早就有了一些懷疑，一個每天有成千上萬遊人觀賞之處，也是最好掩藏罪惡的所在。」

這時，幾人都已行入了亭中，桌、椅都打掃得十分乾淨。四人選了一個桌位坐下。

董川道：「王兄，你知道園中養虎的地方嗎？」

王平道：「虎柵，一個半山斜坡，木柵環圍，裡面養了二十多頭老虎。」

董川道：「鯉池呢？」

王平道：「就在前面不遠的地方，一片三、四畝大小的水潭，潭裡養了不少的金尾大鯉。」

董川道：「聽說虎柵、鯉池是萬花園中，兩處最凶險的地方？」

王平道：「虎柵不錯，那二十多隻老虎，看上去都很凶猛，只要出了柵，人就很難逃過牠們的撲擊……」

語聲頓了一頓，接道：「至於鯉池，倒是瞧不出有什麼凶險之處，不過，潭裡的水很深，似乎是原有的一個天然水潭，萬花園主加以美化。」

董川道：「師娘，池天化那小子，只怕隨口胡說的，用心只不過想讓咱們救救他。」

白鳳道：「我看他不會說謊。」

王平沉吟了一陣，道：「難道那潭水之中，還藏有什麼殺機不成？」

白鳳道：「如是花叢中，可以隱藏殺手，木柵內可以養老虎，水潭中又為什麼不能隱藏殺機？」

王平道：「夫人說得是，小叫化那次來時，至少有數百人在潭邊觀魚，所以，沒有仔細看過，也未想鯉池中會有凶險，只是大部分的精神，集中在那虎柵上了。」

這時，神出周橫突然開了口，道：「有人來了。」

白鳳轉頭望去，只見兩個長衫老者，並肩緩步而來，直登亭內。是白梅和陳長青。

兩人的臉上，並沒有化妝，只是換了一件長衫，頭上加了一頂方巾，看上去，倒像是兩個做生意的人。

進入了亭閣中，白梅並沒有招呼董川等，卻和陳長青，直行到一個角落之中，坐了下去。

董川低聲道：「師娘，白老前輩來了。」

白鳳道：「我看到了。」

董川道：「他們也看到咱們了。」

白鳳道：「是！看到了。」

董川道：「兩位老前輩，為什麼不過來坐呢？」

王平道：「也許他們發現了什麼，兩位老人家，都是有著很豐富的江湖閱歷，他們不過來，必有原因，咱們用不著和他們招呼。」

周橫忽然站起身子，道：「我去看看。」

王平道：「多多小心。」

周橫應了一聲，忽然間躍出亭外，只見身子閃了兩閃，人已隱入花叢之中不見。

董川心中暗道：「好快的身法，好俐落的手腳。」

王平兩道目光，忽然間，專注到花叢之中。

神出、鬼沒，是丐幫晚一代中，最傑出的兩個弟子，兩人一向結伴行事，替丐幫立了不少功勞，彼此之間，也有了一份很誠摯的友誼和關懷。

廣大的花園中，一片幽靜。

忽然間，王平也騰身而出，直撲入花叢之中。

董川一皺眉頭，低聲道：「師娘，出了什麼事？」

白鳳道：「沒有瞧出什麼變化。」

片刻之間，只見王平抱著周橫，由花叢中緩緩行了出來。

董川霍然站起身子，道：「他受了傷？」

王平、周橫，來勢甚快，董川還未飛越出欄杆，王平、周橫已然登上了亭台。

董川道：「周兄，受傷了？」

周橫道：「還好，傷得不重。」

白鳳道：「你遇上了埋伏？」

周橫道：「沒有，他們在花叢中布下了道兒，幸好我發覺得早……」

董川奇道：「在花叢中布下了什麼道兒？」

周橫道：「毒針網。」

白鳳道：「什麼樣的針網？」

周橫道：「一種很小巧的設計，在花叢之中，布下了很多小網，每一面網上，裝有很多的小針，針上淬有奇毒，那些小針十分尖銳，而且，針網和花色一樣，不留心很難看得出來。」

董川道：「周兄撞在了針網之上？」

周橫道：「對！撞在了針網之上，幸好，我身上帶有避毒的丹丸，及時吞下了一粒。」

董川道：「哦！」

王平道：「那針網上的毒性不算太重，不過，是一種很快發作的毒藥。」

董川道：「王兄，有一件事情，兄弟要請教。」

王平道：「不敢當，董掌門吩咐！」

董川道：「花叢之中，布下針網，當真是匪夷所思的布置，不過，如何把咱們誘入花叢之中呢？」

王平道：「這方法太多，最簡單的一種，就是對方逃入花叢之中，咱們勢必要追，在一逃一追之下，撞上針網的機會太大了。」

董川道：「唉！厲害呀！厲害，當真是不經一事，不長一智。」

王平道：「董掌門，這種江湖上鬼蜮伎倆，非得從江湖上的閱歷中得到不可。小叫化子常在江湖上走動，對這些事，知道的稍多一些，實在算不了什麼。」

周横道：「但我還是上了當，每一枚針網之上，至少有二十多枚毒針，只要撞上，整片網上的毒針都可能刺中人身，小叫化小心翼翼，仍被一支毒針刺中，也幸好小叫化中了一針，揭穿了他們的可怕布置。」

董川道：「這麼看起來，萬花園今日突然關閉，好像是早知道我們要來了。」

王平道：「看這些布置，董掌門好像沒有猜錯。」

周横道：「現在，咱們已經知道了花叢之中，早有埋伏……」

董川接道：「花叢中有埋伏，別的地方自然也有。」

周横道：「董掌門說得不錯，花叢中既有埋伏，別處自然也有。」

白鳳聽得出，王平、周横，正以江湖上凶險閱歷，想法子告訴董川。

而且，是很高明的一種辦法，他們只提個引子，讓董川自己去想，去判斷。

白鳳沒有點破，心中卻感激這兩個人。

王平道：「董掌門，咱們現在應該如何？」

董川道：「白老爺子和貴幫陳長老，已經和咱們合於一處了，實力增強了不少，咱們應該深入地瞧瞧。」

王平道：「對！不入虎穴，焉得虎子。」

周横道：「花叢之中，雖有針網的布置，但卻不見有人，那說明了，他們早已預定了發動的時間，目下時間還未到。」

董川道：「咱們到鯉池瞧瞧吧！聽說前面就是鯉池。」

王平道：「好！我帶路。」舉步向前行去。

周橫故意落後一步，和白鳳走在一起，道：「宗夫人，有件事，不敢相瞞夫人。」

白鳳奇道：「什麼事？」

周橫道：「咱們已然陷身於重圍，再想由花叢中退回去，實已不能了。」

白鳳道：「為什麼？」

周橫道：「那花叢之中，除了針網之外，似乎是還有一種埋伏。」

白鳳道：「什麼埋伏？」

周橫道：「毒蜂，我看到了一籠黑布罩著的毒蜂……」

白鳳接道：「你還認得出毒蜂？」

周橫道：「小叫化終年在江湖上走動，見過的奇蜂很多，那是一種黑尾毒蜂，毒力極強，一、兩隻，也許人還能夠支撐得住，但五隻以上的毒蜂，就可能要一個人的命了。」

白鳳道：「原來這萬花園中，殺人利器，都是活的。」

周橫苦笑一下，道：「小叫化子算了又算，覺著由原路退回的機會不大，所以，小叫化已發出了要求接應的信號，一面只好繼續深入內園，最好能再找一條出路。」

白鳳道：「池天化特別提過鯉池，那地方只怕是特別危險。」

周橫道：「咱們要對付萬花園，就要先瞭解他們的埋伏。」

白鳳點點頭，道：「如今，咱們發現了一種埋伏，花叢中，藏有針網。」

周橫道：「更重要的是，咱們已經確定了這座花園，之所以空無一人，完全是為了對付

咱們。」

白鳳道：「現在，咱們應該如何？」

她昔年雖然跟從父親，闖蕩過不少時間在江湖，但這方面的經驗，比起了神出、鬼沒，仍然是相差甚遠。

周橫道：「咱們似乎只有一個辦法，隨機應變，一面想法子，找出他們的隱秘。」

白鳳道：「這麼說來，這地方，真的是黑豹劍士的巢穴了。」

王平道：「看樣子是不會錯了。」

白鳳忽然站起身子，直對白梅和陳長青行了過去。

白梅苦笑一下，道：「你過來幹什麼？我的易容術雖然不錯，但也騙不過自己的女兒啊！」

白鳳道：「爹爹，你除了換過一件衣服之外，我瞧不出和過去有什麼不同。」

白梅回頭看了陳長青一眼，道：「陳兄，你說，兄弟……」

白鳳接道：「爹，陳長老，周橫已經發覺了花叢中的隱秘，……」

陳長青接道：「其實，老叫化子早就覺著用不著什麼易容改扮，老叫化子就這樣行了進來的好。」

白鳳道：「是！咱們似乎是已經用不著再裝什麼人，整座的萬花園，就只有我們這幾個人，不論我們變成什麼，都逃不過人家的眼睛。」

陳長青道：「說得是，咱們既然換過了一件衣服，總不能立刻再換過來，不過咱們走在

一起就是。」

白鳳道：「晚輩也是如此之意。」

陳長青道：「聽你爹說，鯉池是一處很危險的地方。」

白鳳道：「這花叢之中，都已經布下了針網，那鯉池中的埋伏，想必是更為厲害了。」

陳長青道：「你準備怎麼辦？」

白鳳道：「我想咱們合在一處，也好有個照應。」

陳長青站起身子，對那亭角處，一拱手，道：「老兄，你不用藏在那裡了，咱們去了，你也該下來休息一下了，窩在那裡，總歸是不太舒服。」

白鳳順著陳長青的手勢望去，果然發覺那亭角一截橫樑上面，伏著一人。

那人雖然被陳長青出言點破了，仍是不肯下來。

白鳳冷哼一聲，就要出手，卻被白梅一手攔住，道：「孩子，這是看門的三流角色，放了他吧！」起身向外行去。

六個人走在一起，實力大增。

董川卻四下流顧，希望能發覺楚小楓等。

既然六個人合在一處了，再多兩個人，也不要緊。

可惜，他沒有發現楚小楓和成中岳。但他忍下了沒有問出來。

但白鳳卻忍不住，一上步，道：「爹爹，你們看到成師弟和小楓沒有？」

白梅道：「在大門口處照了一面，一直沒有見他們進來。」

董川皺眉道：「那就奇怪了。」
周横接道：「待小叫化去瞧瞧看。」
陳長青道：「楚小俠智計多端，用不著替他擔心。」
白鳳道：「老前輩，你見過他了？」
陳長青道：「沒有啊。」
白鳳道：「這個……」
陳長青接道：「大姪女，你擔心也擔不來，反而分了你自己的精神，不用再想這件事了。」
白鳳點點頭，道：「多謝指教。」
陳長青道：「我來此之前，曾經晉謁過一次幫主，他也指示了我一句話，注意鯉池。」
白鳳道：「鯉池，只是一片大水潭嗎？」
陳長青道：「不錯，表面上看去，那只是一大池水潭，但那水中藏了些什麼隱秘，就非局外人所知了。」
白鳳道：「陳前輩來過萬花園嗎？」
陳長青道：「沒有，不過，丐幫常常有人來這座名園，單就表面上，實在瞧不出有什麼不對的地方，但深入一層觀察，就會發覺，這裡有一股隱隱的肅殺之氣。」
白鳳道：「老幫主也發覺了這座名園有問題？」
陳長青道：「是！老幫主來過這裡一次……」

白梅接道：「這些年來，老幫主一直很少在江湖上走動，幾時來過了這座名園？」

陳長青道：「事實上，老幫主一直沒有休息過，他經常在江湖上走動，只不過，他經過了改裝，沒有人想到老幫主會易容改裝外出……」

語聲微微一頓，接道：「說起來，慚愧得很，老人家這麼大年紀了，不但無法卸下幫主這個重擔，而且，還要勞動他常年在江湖上走動，三年前，本幫中一次長老會議，才知道老幫主仍不辭風塵，在江湖上走動，大家又是感慨，又是慚愧，所以，幾個退休的長老，都自己主動回到了丐幫總壇報到，要重入江湖，仗劍除惡。」

白梅道：「老幫主這作法，是不是預有所見呢？」

陳長青點點頭，道：「老人家雖然年齡增長，但人卻似更具神通，一種靈性的超越，使他具有了某種慧眼，兩年前，我們幾個人，曾經勸過他一次，要他多多休息一下，不用那麼勞累，但他卻嘆息一聲，告訴我們，近幾年中，江湖上必有大事，他希望能見到春秋筆，只有在十年一期，春秋筆公布天下大事時，才有見他的機會……」

白梅接道：「見不到啊！……」

陳長青接道：「這一次不同，老幫主這個心願，我們會全力以赴。」

白梅嘆息一聲，道：「這個，只怕不容易。」

陳長青道：「是不容易，不過，我想那春秋筆也是人，只要是人，我們就有機會找到他。」

白梅道：「以丐幫人手之眾，真要找到他，恐怕也不是一件容易的事，不過……」

陳長青笑道：「我明白，你心中不會同意這件事，當時，我們也覺著奇怪，老幫主為什麼要找這個人，他超然於江湖上各大門派之上，為今人立準繩，為後人樹規範，找到他，揭破了他的神秘，豈不是使春秋筆在江湖上，少了很多的實力。」

白梅道：「是！老朽就是這個看法。」

陳長青道：「但我們聽了老幫主的下情之後，我們才覺著他的看法，確有過人之處。」

白梅道：「怎麼說？」

陳長青道：「他說，近年江湖上太平靜了，春秋筆，評論江湖善惡，揭露江湖上陰謀，使人畏懼，但口誅筆伐，並沒有使惡人向善，只不過逼得他們更小心，更謹慎，這就逼得大惡若善，實在藏於隱秘之中，他還告訴我們，這些年來江湖上的平靜，只是表面上的，其實，一場驚天動地的大風波，正在醞釀之中，只不過，他們很怕春秋筆，所以，不敢露出一點風聲、痕跡，他們在等，所以，三年後春秋筆的出現，必然有一種很大的凶險……」

白梅點點頭，道：「有道理。」

陳長青接道：「敝幫兩年前就開始布置，固然老幫主想和他見一面，最重要的還是要保護他。」

白梅道：「原來如此……」

接著道：「就算要保護他，也用不著如此之急啊！」

陳長青道：「這個，就是老幫主的高明之處了。」

白鳳道：「怎麼說？」

陳長青道：「這幾年來，丐幫中弟子，都在精神動員，人人都有了這種想法，雖然，我們一直在幫中隱秘進行，但卻無法保得住這件隱秘，那就很可能，逼得隱藏於暗中，準備對付春秋筆的那股實力，也跟著我們動員，這就像拉了弦的弓，就有暴露出來的機會了。」

白梅道：「說得是……。」

陳長青黯然一嘆，接道：「老幫主對無極門遭到的暗襲慘事，雖然有些傷懷故舊之痛，但也有著很大的內疚……」

白鳳接道：「傷懷故舊，那是老幫主看得起先夫領剛，但心懷內疚，似乎不必了，這和丐幫有什麼關係呢？」

陳長青道：「敝幫主認為，無極門這一次身遭暗算，是因為對方被逼得太緊，施用一種轉移的計謀，一連挑起了幾場大紛爭，使丐幫分散精神，疲於奔命。」

陳長青道：「自然，這是老幫主的想法，他老人家一生是嚴於責己，寬於責人。」

白鳳道：「不論老幫主怎麼想，但龍天翔的來襲，卻是一個意外。」

陳長青道：「巧妙的配合。」

白鳳道：「你是說……」

陳長青道：「也許龍天翔的出現，只有一個機會，但他們卻掌握了這個機會。」

白鳳道：「這個，這個……」

陳長青笑一笑，接道：「他們布下了一個陷阱，但卻也給了我們一個很好的機會，使我能暢所欲言……」

白鳳接道：「陳前輩，難道他們沒有這個安排，咱們就不能暢所欲言嗎？」

陳長青笑道：「如若萬花園照常開放，這園中人頭攢動，摩肩接踵，這樣的話，咱們自然不方便談這些話。」

白鳳道：「哦！」

陳長青道：「而且，萬花園如若照常開放，咱這些猜測之詞，也無法肯定了。」

白鳳道：「這麼說來，他們這是自暴內情了。」

陳長青道：「目前的情形，確是如此。」

白梅道：「陳兄，他們這樣費盡了心機，把萬人擁擠的萬花園，安排得如此寂靜，想來，這一場安排，定然十分凶險了。」

陳長青笑道：「也幸好他們有這種安排，這叫欲蓋彌彰，這使我們提高了警覺，也使我們確定了他們確有陰謀。」

白鳳道：「現在，我們要如何應付？」

陳長青道：「沒有應付的方法，現在，我們根本就不知道他們有些什麼行動，必須等到他們有所行動，咱們再想應付之法。」

白鳳道：「隨機應變？」

陳長青道：「對！」

白鳳四顧了一眼，道：「早知道如此，我們也用不著花了這麼多工夫了，更不用分開幾路，大家合在一處，也好保持強大的實力。」

白梅道：「你擔心小楓他們……」

白鳳道：「是啊！萬花園中寂靜無人，咱們沒有看到他們進來……」

白梅笑一笑，接道：「鳳兒，這個，實在不用擔心，對小楓，我有一種很奇怪的看法！」

白鳳道：「什麼看法？」

白梅道：「這孩子，有著叫人難以預測的力量，不論什麼危險之事，他好像都有應付的辦法。」

白鳳道：「爹，他究竟還是一個孩子啊！別把他估計太高了……」

語聲一頓，接道：「再說中岳吧！他也沒有在江湖上走動過。兩個人，唉……」

陳長青接道：「成少兄如何，我老叫化子不敢妄言，不過，楚小楓這方面，你們盡可放心，不用替他擔心。」

白鳳道：「怎麼說呢？」

陳長青道：「我們老幫主精於看人之術，他告訴我一句話。」

白鳳道：「說什麼？」

陳長青道：「他說，楚小兄這個人，不但是貴門中的奇才，也是江湖上近年來的第一位武林奇葩……」

白鳳接道：「這麼說來，先夫實在是一個很有眼光的人了。」

陳長青道：「是！宗門主把楚公子由書香世家，拉入了武林之中，實在是一件很了不起的大事。」

白鳳低頭沉吟不語。

陳長青道：「賢姪女，老叫化子說錯了什麼話嗎？」

白鳳道：「沒有，我想起了領剛，他如還活在世上，聽到了老幫主這一番話，內心之中，定然十分快樂。」

白梅道：「孩子，過去的事，已經過去了，你要把悲傷埋藏起來，目下最重要的一件事，是找到一志，替宗家保留下一脈香火，替領剛報仇。」

白鳳黯然一嘆，道：「女兒明白。」

陳長青道：「賢姪女，你放心，老幫主對這件事的悲傷，實不在你之下，他已把這件事，看成了一種責任，老叫化子再說一句不該這麼早說的話，丐幫已出動了很多人，整座的萬花園，都已經在丐幫人手的包圍之下，只要宗一志在這裡，我不信，他們還能把人帶走。」

白鳳拂去臉上的淚水，微微一笑，道：「陳老前輩，我心中好感激。」

陳長青道：「不用感激敝幫，排教也是一樣，他們調來了很多的人……」

白鳳接道：「陳前輩，這一代排教的教主，和領剛也沒有見過，勞動人家排教中人，是不是該去面謝一下？」

陳長青道：「不用了，這是他們的一番心意，你現在去拜謝他們，反而使他們有些不安了。」

白鳳道：「心意總是要盡，禮數也應該要到。」

陳長青道：「這件事，我看你最好先別有什麼行動，等一陣再說。」

白梅道：「鳳兒，你陳大伯的話不錯，我想，排教一直未和我們接頭……」

白鳳接道：「是啊！我也覺著奇怪，他們怎麼會一直不和我們見個面呢？」

白梅道：「一則是怕和丐幫造成誤會不便；二則他們有自己的打算，根本不準備先告訴咱們。」

白鳳哦了一聲，道：「好吧！鳳兒遵命就是。」

鬼沒王平快步行了過來，道：「稟報長老，我們已經到了鯉池。」

其實用不著王平來報，白鳳也知道到了鯉池。

那是一座佔地數十畝的一池大水潭，碧波蕩漾，水色青綠。

池的四周，栽滿了垂柳。

這已是初春天氣，嫩綠新發，枯枝吐蕊，蕭索中，又充滿著一片生機。

這本是一種充滿詩情畫意的境界，但此時此刻，卻因白梅等一行人內心中的戒備，使得場中有著一種奇異的緊張。

距離鯉池丈許左右處，陳長青突然停了下來，道：「王平，你來過這裡？」

王平對陳長青十分敬重，一欠身，道：「是！弟子來過！」

陳長青道：「那一座大水池中，究竟有些什麼凶險？」

王平道：「不知道，平常花園開放，這裡面人山人海，不少人，圍在鯉池四周觀看。」

陳長青道：「你看過嗎？」

王平道：「看過，裡面有很多的魚，聽說，有幾尾特殊的大鯉魚，每天出現一次，只可惜時間不定，除非一個人，守在這裡等上一天，能不能看到，那就要憑運氣了。」

陳長青道：「嗯！這就是破綻之一！」

王平道：「請教長老？」

陳長青道：「你想想看，這水潭之中，如若有一條大鯉魚，牠隨時可浮出水面，怎會一天出現一次？牠可能潛伏在水底一個月不出來一次，也可能一天都在水面上，怎會固定一天要出現一次。」

王平道：「是，弟子愚昧，竟未想到此點！」

陳長青道：「你見過那大鯉魚沒有？」

王平苦笑一聲，道：「沒有，那一天，我在這裡等了足足有兩個時辰之久，都沒有看到，不過，弟子從別人口中聽到過，確有幾尾大鯉魚，遍體金黃，閃閃生光。」

白梅道：「那魚大到什麼程度？」

王平道：「一、兩丈吧？聽說一口能把一個人，吞了下去。」

白鳳道：「鯉魚吃人？」

王平道：「不但是人，牠們什麼都吃，魚、人，掉入池中的動物，都可能被牠們吞下去。」

白鳳道：「會吃人的魚，倒還未曾聽過。」

陳長青道：「這也是破綻之二！」

白鳳道：「願聞其詳。」

陳長青道：「也許汪洋大海之中，確有可以吃人的魚，但卻從未聽過水潭中，會有這樣大的魚，而且吃人……」

白梅接道：「你的意思是……」

陳長青接道：「我的意思，那未必是魚，也許就是這萬花園中殺人的方法之一……」回顧了王平一眼，接道：「除了那大魚之外，鯉池中還有什麼？」

王平道：「成千上萬的鯉魚，浮游於水中，但也有時間，潛入水底，不過，這鯉池中，確有不少的鯉魚就是。」

白鳳道：「一座大水潭中，養了不少的鯉魚，那會有什麼凶險呢？」

陳長青道：「王平，這潭中的鯉魚可以食用嗎？」

王平沉吟了一陣，道：「長老看到這水潭對面有一排房屋嗎？」

陳長青道：「看到了。」

距離相當遠，陳長青也只看到是一排橫立的房屋罷了。

王平道：「這一排連綿的房舍，就是萬花園中賣吃喝之物的地方，有一面經營鮮鯉魚的舖子，放了不少鮮魚，但是不是由這鯉池中網到的魚，就不知道了，不過，有一件事，弟子倒是覺著奇怪！」

陳長青道：「什麼事？」

王平道：「這鯉池如此之大，應該經營一些小舟出租，使遊人可以租舟遊潭……」

陳長青道：「哦！」

王平接道：「還有一個規定，就是這地方不准垂釣，而且，限制極嚴。」

陳長青點點頭，道：「他們怕驚動到什麼？還是拆穿了水中什麼埋伏？」

白梅道：「陳兄！這件事，有些奇怪，不論水中有些什麼埋伏，但咱們如是不下水，豈不是白費了一番心機？」

陳長青沉吟了一陣，道：「走，咱們到水潭旁邊瞧瞧，事情只怕不會如此簡單。」

白梅道：「大家都凝神戒備，小心一些。」

潭水是那麼寧靜，陽光照耀之下，不時浮到水面的金色鯉魚，閃起了片片鱗光。

陳長青輕輕吁一口氣，道：「白兄，你瞧出什麼沒有？」

在潭邊站了良久，瞧不出一點可疑之處。

白梅道：「瞧不出來！」

陳長青道：「雖然瞧不出什麼可疑之處，但老叫化有一個很奇怪的感覺！」

白梅道：「什麼感覺？」

陳長青道：「平靜的水面上，似乎是隱伏著一種殺機。」

白梅道：「不錯，這片水潭給人一種不同的感覺。」

王平伏身撿起了一塊石頭，道：「試試看，水中之魚，和別的魚有什麼不同之處？」

暗運功夫，右手一抬，石塊破空飛出，向一尾金鯉魚擊去。

他手法快速，去如閃電，正擊在一條金鯉魚的身上。

那條金鯉魚身子一沉，但立刻又浮了起來。

原來，王平出手一擊，竟把一條金鯉在水中擊斃。

董川低聲道：「好手法！」

王平苦笑一下，道：「如若看不出什麼？小叫化只怕要挨上一頓臭罵了。」

潭水清澈，可見一縷鮮血，由那漂起的魚口中湧了出來，向水面漂散。

那條金鯉很肥大，所以流出的血亦不少。

突然間，平靜的湖面上，湧起了一陣波浪，一張巨口，在翻起的浪花中出現，一口把那條死了的金鯉魚給吞了下去。

那是一張很大的嘴，可見森森利牙。

鯉池像開沸的水一般，千萬條金色的鯉魚，在水中竄動，游走如飛。

一種受到驚嚇和逃命的動物本能，鬧翻平靜的水波。

白梅和陳長青都看得呆住了。

白鳳、董川，更是看得瞠目不知所措。

水波翻動，持續了一頓飯工夫之久，才逐漸地平靜下來。又恢復一泓如鏡的碧水。

白梅輕輕吁一口氣，道：「你們看到了沒有？那是什麼怪物？」

董川道：「不像是魚，如若真的是魚，也是一種罕見的怪魚。」

陳長青道：「你還瞧到了什麼？」

董川道：「那水勢翻騰得很厲害，瞧不清楚牠的形狀。」

陳長青道：「這是一件很奇怪的事，老叫化子走了一輩子的江湖，但卻沒有見過，那絕不是一條魚！」

白梅道：「不是魚，那是什麼呢？」

陳長青道：「魚雖然長在水中，但牠的行走，卻無法帶著翻滾的水浪。」

白梅道：「難道是龍不成？」

陳長青道：「咱們都聽過龍的傳說，但龍是什麼樣子，卻是沒有見過。」

白梅道：「這世上如是真有龍，只怕也不會藏在鯉池這個小地方。」

陳長青道：「現在，咱們已經知道引牠出現的方法了……」

白梅道：「哦！什麼法子？」

陳長青低聲道：「白兄沒有注意麼，那水中怪物，一旦聞到血腥味，就會促使牠忍受不住，不甘雌服，挺身而出。」

白梅點點頭，道：「對！」

陳長青道：「目下，咱們已經確知了一件事。」

白梅道：「你是說……」

陳長青接道：「鯉池的凶險，就在水中，咱們只要不下水，那就用不著有所畏懼了。」

王平突然開了口，緩緩說道：「眼前有一件事，還無法預料，牠們有無辦法把咱們引入水中。」

陳長青道：「這就是關鍵。」

王平道：「如若牠無法把咱們引入水中，這水中任何凶險，都無法傷害到我們。」

陳長青道：「不錯，不錯！」

周橫低聲說道：「現在，似乎是用不著求答案的時候，咱們已瞭解此事，那就盡量避免接近鯉池就是。」

陳長青道：「好！現在，咱們還要去些什麼地方？」

王平道：「還有一處鳥園及虎柵，萬花園的景物，就差不多了。」

白梅道：「忽然間，斷除了萬花園中的遊客，至少，說明了一件事，他們已準備對咱們下手，不能確定的是，在什麼地方？」

白鳳道：「萬花園中兩處最凶險的地方，一處是鯉池，一處是虎柵，他們不在鯉池下手，定然是在虎柵了。」

陳長青道：「好吧！那咱們就走到虎柵瞧瞧！」

王平轉身帶路而行。

白梅道：「陳兄，你看，咱們已經明鑼、明鼓地上了陣，似乎是用不著再顧慮什麼了。」

陳長青道：「如是他們安排有殺手隱在四周，早已把咱們的舉動，看得十分清楚了。」

白梅道：「是啊！」

陳長青道：「他們要見你，用不著咱們去找他，他如不見你，你找也找不到他。」

白梅道：「陳兄這一提，我倒是想到一件事，這花園中，除了咱們在門口處見到的幾個

人外，整座花園中，不見人蹤。」

陳長青道：「我想，他們都有藏身之處，現在，正在暗中監視咱們，但咱們已入虎穴，也用不著揭穿這些事情了。」

白梅道：「等他們出手？」

陳長青道：「眼前似乎是只有這個辦法了，以不變應萬變。」

白鳳道：「爹！怎麼中岳和小楓，到現在還沒有一點消息？」

這時刻，連白梅也有些急了，緩緩說道：「說得是啊！這兩個孩子如若進了萬花園，也該和咱們合一處了。」

陳長青道：「兩位不用擔心，楚公子現在保證是完好無恙。」

白鳳道：「這話由何說起，你又拿什麼保證？」

陳長青笑道：「丐幫能在江湖上長存下去，雖然有盛有衰，但能一直維持門戶不絕，自然有它的特別之處，尤其是關於監視人的一套，絕非其他門戶能及。」

白梅道：「你是說，咱們都在丐幫的監視之下。」

陳長青道：「這一次，由幫主坐鎮，丐幫雖然說不上精銳盡出，但出動的卻都是幫中精英。」

白梅道：「這和小楓、中岳失蹤一事，有什麼關係呢？」

陳長青道：「這個關係很大。咱們在敝幫弟子的監視之下，小楓和中岳也在監視之下，如若他們有了什麼事故，丐幫弟子早已傳出警訊了。」

白梅道：「哦！」
談話之間，到了一片瓦舍前面。
這是一片叢花環繞的房舍，一座小巧的四合院。
兩扇紅門，卻緊緊地關閉著。
王平低聲道：「白爺，陳長老，這座宅院，就是這座萬花園主的住處了。」
白梅道：「我認識他！」
陳長青笑一笑，道：「要不要叫開門去瞧瞧？」
白梅道：「瞧瞧總是應該的。」
陳長青道：「王平，去叫門，小心一些。」
王平應了一聲，大步行了過去，伸手叩動門環。
大門呀然而開，一個穿著華麗的中年婦人當門而立。
王平怔了一怔，道：「請教夫人，萬花園主在嗎？」
華衣婦人道：「你是誰？什麼事？」
王平道：「有人想見見他！」
華衣婦人道：「誰？現在何處？」
白梅接道：「我！就在夫人的身前。」
華衣婦人冷冷說道：「請問貴姓？」
白梅道：「我姓白，白梅。」

華衣婦人搖搖頭，道：「不認識，你們找錯人了。」
白梅踏前一步，右腳伸入門內，道：「慢著，這是萬花園主的住處！」
華衣婦人臉色一變，道：「你們是強盜。」
白梅道：「夫人，不用再裝作了！」
華衣婦人道：「我……」
白梅接道：「夫人明明有一身武功，還在裝作什麼？」
華衣婦人道：「我幾時告訴過你，不會武功了？」
一收腿，退出門外，緊接著蓬然一聲，木門合閉。
白梅怒聲喝道：「好哇！幾十年的老朋友，你竟然故作不識，你如此不仁，那就別怪我不義了。」
小院寂然不聞回答之言。
圍牆之內，卻擲出了一塊木牌，橫寫四字「擅入者死」。
白梅哈哈一笑，道：「老朋友了，誰有多少斤兩，大家心中都有數，我倒要瞧瞧，你如何殺得了我。」
一吸氣，正想翻越圍牆而入，陳長青突然沉吟叫道：「站住。」
白梅笑道，「你……」
陳長青接道：「情形有些不對。」
白梅道：「什麼不對？」

陳長青道：「你看到那木牌上的暗記沒有？」
白梅道：「沒有啊！我只看到了『擅入者死』四個字。」
陳長青道：「那上面有一個六指手印！」
白梅道：「六指手印？那代表什麼意思？」
陳長青道：「那代表六指神魔，住在這座小巧宅院中。」
白梅道：「六指神魔，這個老鬼還沒有死嗎？」
陳長青道：「那六指標記，已經說明了一件事，那就是住在這裡。」
白梅道：「哦！」
陳長青道：「你想想看，是不是要進去瞧瞧？」
白梅道：「萬花園主明明是一帖回生，為什麼會變成了六指神魔？」
陳長青道：「這個，老叫化也不清楚了，咱們進去瞧瞧吧！我替你掠陣。」
白梅道：「好！咱們進去！」
陳長青笑一笑，道：「你先進去吧！」
白梅點點頭，行近木門，右手一抬，蓬然一擊，擊在了木門之上。
木門被一掌震開。白梅緩步行了進去。
陳長青回顧了白鳳一眼，道：「你們守住這裡，不要進來。」
白鳳點點頭，道：「陳前輩，如是動手時，請招呼我們一聲。」
且說白梅行進了小宅院中，只見一個身著白衣的老者，背負雙手而立。

白梅一皺眉頭，道：「閣下是萬花園主？」

白衣老者道：「你是什麼人？」

白梅道：「老夫白梅。」

十五　六指神魔

白衣老者道：「獨行叟？」

白梅道：「不錯，你不是一帖回生。」

白衣老者道：「你沒有看到老夫的招牌嗎？」

白梅道：「六指神魔！」

六指神魔冷冷說道：「三十年來，老夫的陰風掌下，還未見活命之人。」

白梅道：「很不幸，叫我遇上了。」

六指神魔道：「好！那就先接老夫三掌試試。」

白梅道：「不用客氣，只管出手。」

六指神魔緩緩揚起了右手，道：「閣下小心了。」

白梅吸一口氣，凝集了全身功力，冷冷說道：「閣下只管出手。」

陳長青快步行了過來，笑道：「六指神魔，想不到，咱們會在萬花園中又碰頭了。」

六指神魔道：「老叫化子，這就叫冤家路窄。」

陳長青道：「當年老叫化子一個人，也沒有傷在你陰風掌下，如今，我們有兩個人在這裡，你還能有什麼辦法？」

六指神魔冷冷說道：「這些年來，老夫的陰風掌力已非昔年可比。」

陳長青道：「老魔頭，你不過仗憑陰風掌力傷人，但你要知道，十年前，你傷不了我，十年後，你也一樣傷不了我。」

六指神魔笑一笑，道：「老叫化子，你可是想試一試嗎？」

陳長青道：「老叫化既然進來了，就不會再放在心上，不過，我要先把話說在前頭，你一掌傷不了老叫化，老叫化要全力反擊。」

白梅道：「還有我，你老魔頭不妨酌量一下。」

陳長青身軀橫移，和白梅布成犄角之勢，道：「老魔頭，你可以出手了。」

六指神魔緩緩揚起了右掌，突然閃電拍出，擊向了白梅。

白梅早已運氣戒備，似是要硬接對方的掌勢。

但六指神魔的掌力劈出的時候，白梅卻突然一閃，避開了掌勢。

陳長青卻及時擊出了一記掌力。

白梅雖然讓避很快，但仍然感覺到一股冷厲的掌風，掠身而過，飄起衣角。

那是一股帶著陰寒之氣的掌風。

陳長青側攻一掌，及時而至，逼得六指神魔突然向後退了一步。

六指神魔一個轉身，左手拍出一掌。

這一掌卻是擊向陳長青。

陳長青似乎是對陰風掌，沒有畏懼，右手一抬，迎擊過去。

原來，陳長青的劈空掌極具火候，掌中發出的內力，十分強大，一掌擊出，硬把六指神魔的陰風掌給擋了回去。

陳長青哈哈一笑，道：「怎麼樣？這些年來，你的陰風掌有了很大的進步，但老叫化子也沒有閑著。」

白梅道：「陰風掌誠然厲害，中人必死，但那要陰風掌打中人才行，如是陰風掌不能中人，那就不為厲害了。」

陳長青道：「老魔頭，你那陰風掌，如若施展不開，那就等於孫悟空沒有了金箍棒，如若憑真功實學，你那一點武功，能不能是我們兩個人的敵手，你心裡大概有數。」

六指神魔道：「你們在威脅老夫？」

陳長青道：「談不上威脅，老叫化只是實話實話罷了。」

語聲一頓，接道：「老叫化子不解的是，你老魔頭，怎麼會到了萬花園來？」

六指神魔道：「你是真的不知道啊！還是明知故問。」

陳長青道：「老叫化如是知道，難道還故意浪費時間不成？」

六指神魔沉吟了一陣，道：「你既然是真心相問，我就實話實說了，老夫是被人關在這裡。」

陳長青道：「關在這裡，你老魔頭不是開玩笑吧？」

六指神魔道：「這種玩笑，有什麼好開的，難道老夫還有意往自己的臉上抹黑？」

陳長青道：「這倒叫老叫化子奇怪了，你老魔頭手腳俱全，武功未失，什麼人會把你關在這裡？」

六指神魔道：「這是老夫的事，似乎是用不著和你說得太清楚了。」

陳長青道：「老魔頭，老叫化是好意相詢，也許，我還能助你一臂之力。」

六指神魔道：「你能助我一臂之力，我如何能夠相信呢？」

陳長青道：「老魔頭，我們用不著騙你，而且，你已經證明了你的陰風掌力，沒有法子傷了我們，我們退可以走，進可以攻，實在用不著和你談什麼關係！」

六指神魔道：「唉！其實，我告訴你們也是一樣沒有什麼用處了。」

陳長青道：「說說看吧！也許，我能略效微勞。」

六指神魔道：「好吧！老夫說就說吧！你知道什麼叫英雄氣短、兒女情長吧？」

陳長青道：「你的家人，有了什麼問題？」

六指神魔道：「我這一生最大的錯誤，就是娶個媳婦，更錯的是，生了一男一女……」

語聲微微一頓，接道：「你可知道，可憐天下父母心嗎？」

陳長青道：「老叫化子一生未婚，這些事，我不清楚。」

六指神魔道：「老夫武功未失，甘願居留於此，那是因為我妻子、兒女，被他們留置了起來，我必須想法子保全他們。」

陳長青道：「老魔頭，江湖上不少人死在你陰風掌下，你可曾想過他們留下的妻兒？」

六指神魔道：「那不同，他們……。」
白梅淡淡一笑，接道：「陳兄，老魔頭雖然是有些孤僻，但充其量，也只是介於正邪之間，他雖然殺孽重一些，但被殺的人，大都不是好人。」
六指神魔道：「現在，老夫就遭到了報應。」
白梅道：「什麼報應？」
六指神魔道：「我妻子、兒女，被人囚禁；逼得老夫守住這座宅院……」
陳長青接道：「為保你的妻、兒，他們只給你這一點職司嗎？」
六指神魔道：「你認為很輕鬆，老夫奉命守於此地，凡是擅自闖入這小宅院中之人，格殺勿論。」
陳長青道：「你在這裡殺了多少人啦？」
六指神魔道：「第一次就遇上了你們。」
白梅道：「哦！你搬來這裡幾天了？」
六指神魔道：「三天。」
白梅道：「你才來三天？」
六指神魔道：「老夫不能離開這座小宅院一步，但也不許別人進來。」
陳長青道：「我們不是進來了嗎？」
六指神魔道：「老夫奉令是，活著進，死著出去。」
陳長青道：「老魔頭，什麼人囚禁了你的妻、兒？」

六指神魔道：「如若老夫知道，早就去找他拚命了。」

陳長青嘆息一聲，道：「什麼人要你到這裡，你總該知道他呀！」

六指神魔苦笑一下，道：「一封書信……」

陳長青怔了一怔，道：「一封書信……」

六指神魔道：「是！那是我妻子的手筆，那字跡，我一眼就認了出來。」

陳長青道：「說了半天，你是糊糊塗塗地被人利用了？」

六指神魔道：「老夫雖然不知道是什麼人？但我相信一定和這萬花園有關。」

陳長青道：「不錯，老魔頭，我們也被人誘入了萬花園，怎麼？要不要和我們合作一下？」

六指神魔道：「如何一個合作之法？」

陳長青道：「和我們一起行動，很可能就會碰上擄走你妻兒的人。」

六指神魔道：「不行，老夫不能冒這個險。」

陳長青冷笑一聲，道：「你這麼畏首畏尾，如何才能找到你的妻兒？」

六指神魔道：「老夫跟著你走，如是妻兒被殺了，你老叫化子能夠負這責任嗎？」

陳長青道：「老魔頭，他們如若要殺你的妻兒，現在已經有了殺死他們的理由了。」

六指神魔道：「為什麼？」

陳長青道：「因為，我們進了這宅院，而且，都沒有死，大概，你心中有數，就算是全力施為，也未必能夠勝過老叫化子。」

六指神魔道：「你是說你能勝過老夫？」

陳長青道：「那倒不是，咱們半斤八兩，誰也無法勝誰了。」

六指神魔冷笑一聲，道：「這還差不多。」

陳長青道：「如若加上了獨行叟白梅，咱們之間的勝負之分，那就十分明白了。」

六指神魔輕輕吁一口氣，道：「所以，你們害苦了我。」

陳長青道：「老魔頭，事已至此，你還不覺悟，難道……」

六指神魔怒道：「你這個老叫化子，一生孤苦無依，連老婆也未娶過，自然不知道有兒有女的味道了。」

陳長青笑道：「你不信老叫化子的話，那也是沒有法子的事了，江湖有道，不動婦孺老弱，他們擄去你老婆不算，還擄去了你的兒女，這種人，如何能夠信任。」

六指神魔搖搖頭，道：「不管你說什麼？老夫也不能相信你們的話了。」

白梅道：「老魔頭，你既然是執迷不悟，我們就此別過了。」

六指神魔道：「你們走了……」

白梅道：「咱們不走，豈不是還要和你打起來了。」

六指神魔輕輕吁一口氣，道：「唉！你們這一走，豈不是害了老夫的妻兒。」

白梅道：「那也是沒有法子的事，你這老魔頭不妨在這裡慢慢地想吧！想通了，你再出去找我們……」

轉身行兩步，突然又回過頭來，道：「老魔頭，這座宅院之中，只有你一個人嗎？」

六指神魔道：「不錯，只有我一個人。」
白梅未再多言，快步出門而去。
陳長青緊隨而出，順手帶上了兩扇木門，道：「白兄，你看出點苗頭沒有？」
白梅道：「他們早已有了準備，六指神魔，只是按下的一步棋子。」
陳長青道：「對！剛才，老魔頭沒有全力出手……」
白梅哦了一聲，接道：「那是為什麼？」
陳長青道：「還沒有到他拚命的時間。」
白梅道：「至少，他應該心中明白，他不是咱們兩人對手。」
陳長青道：「他再加上些別的人，就變成咱們的勁敵了。」
白梅道：「這麼說來，咱們就應該把他打倒算了，至少，應該廢了他的武功。」
陳長青道：「唉！這就是咱們吃虧的地方，如是換了他們，六指神魔非死不可。」
兩個人一面談話，一面向前行去。
白鳳等魚貫相隨在陳長青等身後而行，靜靜地聽兩人談話，卻沒有一個人插口多問。
只聽白梅說道：「老叫化，我越想越不對，那小宅院中，絕不止六指神魔一個人？」
陳長青道：「還有什麼人？」
白梅道：「一帖回春。」
陳長青道：「是不是一帖回春，我不知道，但那小宅院中，還有別人，確實不錯。」
白梅道：「這個，你早知道了。」

陳長青道：「是！我早知道了。」

白梅道：「為什麼不早說？」

陳長青道：「說了又如何？」

白梅道：「咱們應該進去搜搜看？也許會找出一帖回春。」

陳長青道：「找出他又能如何？他們有千條計，我們有老主意，等他們該現身的時候，自會出身，現在，還用不著打草驚蛇。」

白梅道：「老叫化子，你好像已經胸有成竹？」

陳長青回顧了一眼，笑道：「丐幫中的高手，來了很多，最好能找出他們大批人手，大家決戰一場。」

白梅道：「老叫化子，咱們最重要的一件事，就是想法子找到宗一志，所以，能夠拖延動手的時間，就拖延動手的時間。」

陳長青道：「好！你和無極門中人，想法子找人、救人，老叫化子和丐幫中人，專門對付敵人。」

白梅道：「好吧！不過，貴幫中人，最好能與咱們配合一下。」

陳長青笑一笑，道：「這個，白兄放心，救出宗一志，也是咱們丐幫的心願……不過……」

白梅道：「不過什麼？」

陳長青道：「這萬花園如此龐大，咱們又如何知道他們藏在何處呢？」

白梅道：「這確實是一個問題，老夫一直在想，想不出一個辦法出來，如何能找到宗一志？」

陳長青道：「所以，咱們再慢慢地碰碰運氣，如若漫無頭緒地找，如何才能找到，這要用些心機了。」

白梅道：「現在，咱們到哪裡去？」

陳長青道：「虎柵，這應該是萬花園中最危險的地方了。」

白梅道：「老叫化子，你是說那柵中之虎，可以出來傷人？」

陳長青道：「如若只是縱虎出來傷人，那反而不足為奇了，所以，我想他們的伎倆，決不止此。」

白梅道：「虎柵之中，都是虎，除虎之外，還有別的什麼呢？」

陳長青道：「我不知道，不過，我可以肯定那虎柵之中，一定有很可怕的埋伏。」

白梅道：「照池天化的說法，這萬花園中，最可怕的不是虎柵，而是鯉池。」

陳長青道：「鯉池雖然可怕，但必須有一個先天的條件。」

白梅道：「什麼條件？」

陳長青道：「先要人掉入水中才行。」

白梅道：「但是咱們只要不跳入水中，那鯉池就無法傷人了。」

陳長青道：「他們自會有一種辦法，把人推入水中。」

白梅道：「什麼辦法？」

陳長青道：「這個，我也不清楚了，反正，萬花園，表面上是一個人人可以遊玩的風景區，但骨子裡，卻是一個充滿著凶險的地方。」

說話之間，已到了虎柵外面了。

所謂虎柵，就是用碗口粗細的樹身，做成了一個圓形木柵，柵高一丈五尺，以地理形勢，環繞而成柵壁。

在木柵之內，養了一群猛虎。

柵內地形很寬大，不下兩畝地大小，猛虎活動的地方，也相當的大，所以，柵中之虎，一個個都生氣勃勃。

偌大的虎柵，不見人蹤。

白梅站在柵門口外，向裡面探了一陣，緩緩說道：「陳兄，你瞧出了什麼沒有？」

陳長青道：「老叫化正在想，這虎柵之內，不見餵虎的地方。」

白梅道：「兄弟也是覺得這一點可疑，以這等生猛之虎，不像食用一般的食物。」

陳長青心中默數了一下，柵中共有一十八隻猛虎，一天要吃多少東西，這些東西，如都是鹿、羊之類的活物，那要多少隻才夠，日久天長，這數字十分驚人。

白梅心中也在暗自盤算，虎食之物，必有一些渣骨留下，這樣長的日子，不可能打掃得如此乾淨，為什麼連一點骨渣之物，都未留下呢？

這時，散分在柵內的猛虎，都緩緩集中過來，十八隻老虎，三十六隻眼睛，都集中向幾人身上。

每一隻虎目中，都暴射出一種饑渴的眼光。

忽然間，一陣很低微、怪異的聲音，混入了虎嘯之中。

連綿不絕的虎嘯之聲，頓然間停了下來。

虎柵，又恢復了原有的寧靜。

但虎群並未散開，仍然雲集一處，望著人群出神。

陳長青冷冷說道：「這柵中之虎，經過了很嚴格的訓練，在人的控制之下，對付起來，只怕是更困難了。」

白梅道：「奇怪，咱們經過了鯉池，到了虎柵，為什麼，他們一直不肯動手？」

陳長青道：「還沒有到時間。」

白梅回顧了一眼，道：「這虎柵，似乎是萬花園最後的地方了，他們還不動手，準備在哪裡動手了呢？」

陳長青道：「他們在等……」

瞥見人影閃動，一個白衣人，越過虎柵而來。

只見他在虎柵之中借腳兩次，人已越過虎柵，飛落到了陳長青等身前。

陳長青雙目盯注來人身上，冷冷說道：「你是……」

白衣人神情肅然，冷冷說道：「你叫陳長青？」

陳長青道：「正是老叫化子。」

白衣人道：「那很好，你拿命來吧。」

陳長青道：「你要殺老叫化子？」

董川突然一上步，道：「朋友，你放肆得很，陳老前輩是何等身分之人，又怎會和你動手？」

白衣人右手握在了劍柄之上，道：「閃開。」

董川長劍出鞘，道：「閣下先勝了董某人手中之劍，再和陳老前輩動手不遲。」

忽然間，寒光一閃，一道冷芒，直向董川擊去。

董川長劍橫舉，噹的一聲，封住了白衣人的劍勢。

雙方立時，展開了一場惡鬥。

那白衣劍手連攻了百招，還未擊倒董川，心中不自禁地焦急起來，頭上也見了汗水。

心中急躁，本是一個劍手的大忌，以這白衣人的劍士修養，實已到了第一流劍手的境界，何以竟如此不能控制自己的情緒。

只聽白衣劍手發出一聲怒嘯，身軀突然騰空而起，一飛沖天，足足有三丈多高。

但見他盤空打了一個旋轉，頭下腳上，飛瀉而下，手中長劍，幻起了一片劍花，直落而下。

這是淩厲絕倫的一擊，連人帶劍，直向董川撞了過來。

白梅大聲喝道：「董川，不要慌張，老夫助你一臂之力。」

喝聲中連發兩掌，擊向白衣人。

董川也暗暗咬牙，運集了全身功力，揮劍向上迎去。這是生死存亡的一擊。

只聞金鐵交擊一響，兩條人影一錯而過，雙方的劍上，都見了血。白衣人右前胸，衣衫開裂，現出了一道半尺長短的血口。

傷處的鮮血像泉水一般，湧了出來。

董川傷在肩上，血水也染濕了半個衣袖。

白鳳快步行了過來，低聲道：「孩子，傷得重嗎？」一面取出金創藥，親手包紮董川肩上的傷勢。

董川活動一下執劍的右臂，道：「還未動到筋骨，只是一些皮肉之傷……」

只見那白衣人突然飛身而起，直向虎柵中躍去！

陳長青一皺眉頭，道：「這是怎麼回事？」

白梅道：「他要捨身飼虎。」

說話之間，那白衣人撲入了虎群之中。

也許他身上的血腥氣，引起了群虎的食欲，只聽一陣虎嘯撲了上去。

但見群虎一陣撲嚼，片刻之間，那白衣人，已被吃得一點不剩。

陳長青呆一呆，道：「這真是一件不可思議的事，一個人，竟然有這麼大的勇氣，當真是叫人害怕，老實說，老叫化就沒有這個勇氣。」

白梅道：「拚死撲殺，我姓白的不怕，若是說到要我去讓老虎吃掉，我姓白的也缺乏這份勇氣。」

這時，白鳳已包紮好了董川的傷勢，快步行了過去。

十八隻饑餓的猛虎，吃了一個人，那只不過是剛剛引起牠們的食欲。

所以，每一隻猛虎，都現出一種饑餓難耐的形相。

白鳳望了那柵中猛虎一眼，不禁心頭一震，沉聲說道：「爹！你看，那些老虎雙目之中，似乎是都冒出了怒火。」

陳長青、白梅，同時轉頭看去。兩個人同時一呆。

他們發現老虎的眼睛，放射出一種特殊的凶光，不是一般老虎的目光。

陳長青道：「白兄，情形有些不對。」

白梅道：「是……這些老虎，似乎是中了邪一般，一個個都想要找人吃似的。」

陳長青道：「老叫化從來沒有見過這樣的老虎，諸位，都要多小心了。」

白梅道：「不行，這地方，咱們就算能對付了這些老虎，也必然有很多的傷亡……」

陳長青道：「白兄的意思是……」

白梅道：「咱們既然無法阻止這些老虎出柵，但至少，咱們可以選一個對咱們有利的地形。」

陳長青道：「快些後退。」

只聽一聲怪嘯，虎柵突然倒下了一片。

不是一道柵門，而是整個一片柵牆，倒了下來。

完全出了幾人意料之外，一群猛虎，幾乎是在同一瞬間，向外衝了出來。

帶起了一陣強烈的腥風，分別向幾人撲了過去。

神出、鬼沒，同時向中間集攏，一面高聲說道：「快些集中一處，遲不及了。」

其實，用不著神出、鬼沒呼喝，陳長青、白梅，已然向中間集攏。

這兩人江湖經驗豐富，應變之能，自非董川等人能及。

白鳳右手中長劍揮出，左手卻牽著董川，行入了人群之中。

陳長青、白梅、神出、鬼沒，分佔四個方位。白鳳和董川卻被擠在中間。

虎撲速度極快，陳長青等也不過剛剛布好拒虎之陣，三頭猛虎，已然疾如流星撲到。

血口大張，利爪森森，竄向了人群之中。

陳長青、白梅、神出、鬼沒、白鳳、董川，全都亮出了兵刃。

刀光劍影，結成了一片拒敵的光幕。慘厲的虎嘯聲中，兩頭巨虎，被生生殺死，另一頭，卻被白鳳一劍，劃破胸腹，鮮血噴灑中，越過了幾人而去。

但牠白森森的爪尖，已然抓中白鳳的肩頭，衣服破裂，肩頭上也見得爪痕。

白鳳本來不致受傷，但她為保護董川，身軀向外伸長了一些。

董川急急說道：「師娘，你傷得重嗎？」

白鳳道：「不妨事，一點皮肉之傷。」

但聞虎嘯震耳，群虎像浪一般，一波接一波地撲了過來。

這些老虎都是受過訓練的，群豪兵刃、暗器齊施，殺死了六隻，但餘下的十二隻，仍然不退。不過，虎群的攻擊，也暫時停了下來。十二隻老虎，站在一丈開外，作出了撲擊之勢。

群豪這一陣對虎搏殺，也都有些疲累的感覺，借機休息。

陳長青長長吁一口氣，道：「咱們有人受傷嗎？」

神出、鬼沒同時應道：「回長老的話，弟子被虎爪傷了手臂。」

陳長青道：「傷得重嗎？」

神出道：「不重，一點皮肉之傷，不過，傷處微覺發麻，虎爪之上，似是有毒。」

陳長青道：「你們帶有藥物嗎？」

神出道：「弟子等已經服下了避毒丹。」

陳長青道：「虎群凶猛，如若牠們爪上再有毒，今日單是虎群，就夠咱們應付了。」

鬼沒道：「請示長老，可否吹起竹哨，召請救兵？」

陳長青道：「眼下情形，不宜再拖延下去……」

只聽一陣奇怪嘯聲，傳了過來。

那作勢欲撲的虎群，突然轉身奔回虎柵之中，群虎又被關入了柵中。

白梅一皺眉頭，道：「奇怪，這些虎群，為什麼突然回入柵中，難道咱們這幾條命，在他們眼中，還不如幾隻猛虎？」

陳長青道：「這虎群分明在那種怪嘯聲操縱之下，至於他們為什麼召回虎群，那就有些難解了。」

談話之間，瞥見兩條人影，疾如流星一般，奔了過來。是成中岳和楚小楓。

白鳳道：「小楓，你們幾時進來的？」

楚小楓道：「弟子和成師叔進來一會兒了。」

語聲一頓，接道：「師娘，可有人被虎抓傷嗎？」
白鳳道：「我，還有兩位丐幫兄弟。」
楚小楓道：「弟子這裡有藥物，快些服下。」
白鳳接過一粒白色的藥丸道：「小楓，這是什麼藥？」
楚小楓道：「專門療治虎爪上奇毒之藥，師娘快些服下。」
神出、鬼沒，各自服下一粒。
陳長青道：「來！老叫化也服一粒。」
白梅也要了一粒藥物服下。
敢情，在場三人，除了董川之外，所有的人，都受了傷，只不過，怕影響到人心，幾人都沒有說出來罷了。
白梅笑一笑，道：「小楓，幸好你及時送來這一瓶藥物，要不然，咱們都會死在那淬毒的虎爪之下了。」
陳長青笑一笑，道：「白梅，假如非小楓及時而來，老叫化也只好先召來救兵再說。」
白梅道：「那豈不破壞了全局。」
陳長青道：「其實，召人來也救援不及，這些毒，很強烈，不出半個時辰，定會發作。」
白梅道：「陳兄雖然沒有說，兄弟也感覺得到，那些猛虎，只要再有一陣撲擊，咱們都別想生離此地了……」

語聲一頓，接道：「小楓，我倒要問問你，這些猛虎，怎麼會突然回到了柵中？」

成中岳道：「小楓把牠們叫回去的。」

白鳳道：「小楓能把這些猛虎叫回去？」

成中岳道：「是！小楓精音律之學，聽過那種指揮這猛虎的號角聲後，立刻瞭解了個中機巧，我們先向那人逼出了解藥，然後小楓取過了號角，吹了那種聲音，那些猛虎，就退回柵中……」

回顧了楚小楓一眼，笑道：「小楓不但精音律，而且，又觀察入微，他早已看到了那操縱木柵的機關了，伸手撥動了機關，那倒下的柵壁，就自動恢復了起來。」

白梅道：「原來如此。」

白鳳道：「中岳，那控制這虎柵的機關在何處？」

成中岳道：「師嫂，這萬花園表面上是一個供人遊賞的花園，事實上，卻是一個步步危機、布置十分詭秘的地方，那操縱虎柵的地方，就在七丈外那片花叢之下。」

白鳳道：「花叢之下？」

成中岳道：「對！花叢之下，如非小楓心思細密，我們也不會發覺。」

陳長青道：「走！咱們去把控制虎柵的機關破掉。」

成中岳道：「這個，不勞前輩費心，我們早已把機關毀去，就算他們現成的土木工人在此，也不是一、兩個時辰內，可以修好，除非柵中之虎，可以越柵而過，牠們決不會再出來了。」

陳長青點點頭，道：「小楓，你們怎麼混進來的？」

楚小楓道：「晚輩和成師叔商量了一下，覺著這萬花園的範圍如此之大，必有一、兩個可以進入的地方，所以，我們就找到了一個可以偷入園中的地方。」

陳長青道：「沒有被他們發覺？」

楚小楓道：「沒有，晚輩覺這萬花園中，利用了花木，掩遮去很多的機關隱秘，所以，晚輩也就利用他們布置的花樹，隱身而入，幸好未被他們發覺。」

白梅道：「嗯！借敵人布置隱身而入，小楓，你真不錯。」

楚小楓道：「老前輩，晚輩和成師叔在花叢中穿行而入，發覺了一件事！」

白梅道：「什麼事？」

楚小楓道：「那些花叢之中，都有了很多陰險布置……」

白梅道：「哦！」

楚小楓道：「花叢之中，有很多交叉的細線，晚輩曾經試驗過一次，牽動一線，立時有毒針射出。」

白梅道：「這個，兩個丐幫的兄弟，已經見到過了。」

楚小楓道：「晚輩由此推想到，他們可能會在花叢裡埋伏有人……」

董川接道：「師弟，那花叢中，既然凶險處處，他們的人手，也無法在花叢之中活動。」

楚小楓道：「小弟懷疑，那花叢地下，可能會有地道。」

董川道：「地道？」

楚小楓道：「是！這萬花園中人數很多，為什麼忽然間不見了。」

董川道：「師弟的意思是……」

楚小楓接道：「小弟覺著，他們很可能藏在地下，這萬花園中房舍不多，唯一可以藏身的地方，就是地下了。」

董川道：「對！他們能把控制這虎柵的機關，建在地下，自然也可能在地下建通道了。」

白鳳道：「小楓，咱們要如何對付？」

楚小楓道：「咱們不能挖地三尺，毀了這座萬花園，而且，咱們的人手也不夠。」

董川道：「師弟，這麼說來，咱們沒有辦法應付了。」

楚小楓道：「小弟還沒有想出好辦法，一時之間，咱們也無法找到地道入口之處。」

陳長青道：「眼下只有等他們發動了。」

董川道：「陳前輩，晚輩覺著，等敵方發動，何如咱們自己引他們出來？」

陳長青道：「不錯，引他們出來，但不知用什麼法子，才能把他們引出來？」

董川道：「其實，晚輩的辦法，該是逼他們出來。」

陳長青道：「引他們來也好，逼他們出來也好，用的什麼方法？」

董川道：「火！放一把火，燒了他們這些花樹。」

陳長青回顧了一眼，點點頭，道：「這倒也是個可行之法。」

董川道：「他們燒了迎月山莊，咱們放一把火，也不過是還以顏色。」
楚小楓低聲道：「掌門師兄，這把火不能放！」
董川道：「為什麼？」
楚小楓道：「這萬花園中，是一處很有名的地方，一旦起了大火，必將引起附近人的注意，人潮湧來，那豈不是找來了很大的麻煩，再說，這一把火，也可能會燒去所有的證據。」
董川點點頭，道：「對！師弟說得不錯，這法子用不得。」
楚小楓道：「他們苦心安排，把咱們引入萬花園，必然是早有準備了，我想他們必不會放過這個機會，所以，不要擔心怕他們不會發動。」
白梅道：「老叫化，咱們是不是要自己選個和他們決戰的地方？」
楚小楓道：「不錯，咱們自己找一個可以和他們動手的地方。」
白梅沉聲道：「老叫化子，你是不是要和他們聯絡一下？」
陳長青道：「暫時不用了。」
白梅道：「老叫化，你是否能確定他們都已來了？」
陳長青笑一笑，道：「這個，白兄可以放心，不但丐幫來了不少的人，而且排教也來了很多人。」
白梅說道：「哦！」
陳長青道：「老叫化擔心的倒是另一件事。」
白鳳急急說道：「什麼事？」

春秋筆

陳長青道：「我擔心他們發覺了敝幫和排教中人已經大批趕到，他們按兵不動。」

白梅道：「老叫化，咱們回頭去……」

陳長青道：「到哪裡？」

白梅道：「想法子，去把六指老魔頭給擒下。」

陳長青道：「縱然把他生擒下來，只怕他也沒有什麼重要線索告訴咱們，何況，他為了妻兒的安全，必然全力出手拚命，就算能生擒了他，咱們也將付出很大的代價。」

白梅道：「話是不錯，不過，咱們總不能坐在這裡等他們發動。」

楚小楓道：「老前輩，晚輩倒覺得，現在，咱們應該先做一件事。」

白梅道：「什麼事？」

楚小楓道：「叫他們很痛心，也許會逼他們提前發動。」

白梅道：「小楓，你在老夫面前，也賣起了關子來，快些說，那是什麼事？」

楚小楓道：「殺死餘下的十二隻猛虎。」

陳長青道：「對！」

楚小楓道：「白爺爺，你也許覺著我太過殘忍，不過，這些猛虎，每日大都食用人肉，牠們已經養成了吃人的習慣，一旦放虎歸山，必將造成大害。」

白梅點點頭，道：「這群老虎的凶猛，強過常虎十倍，牠們不但經常食人，恐怕還食用什麼藥物。」

陳長青道：「那虎柵之內，地勢遼闊，要想收拾牠們，不是一件太容易的事。」

神出道：「可惜，咱們都不用淬毒暗器。」

陳長青道：「對！如若用淬毒暗器，對付這些猛虎，倒是一個很好的辦法。」

鬼沒道：「回長老話，弟子身上倒有一十二枚淬毒暗器，剛好可以用來對付這十二隻猛虎。」

陳長青臉色一變，道：「你從哪裡取得了一十二枚淬毒暗器？」

鬼沒道：「這一十二枚暗器，是弟子得自五毒門中……」

陳長青接道：「你殺了五毒門中人？」

鬼沒道：「沒有，弟子沒有殺他，弟子只是不告而取。」

陳長青道：「哦！什麼樣的淬毒暗器？」

鬼沒道：「十二枚淬毒銀梭。」

陳長青道：「好！你取得毒梭，既不毀去，也未交上來，不過，你這一次留下毒梭，剛好派上用場，所以，可以將功折罪。」

鬼沒道：「長老，虎柵之內，十分廣大，必須要腕力強、發梭準的人，才能打出銀梭。」

陳長青道：「銀梭只有一十二支，每頭老虎一枚，要梭梭擊中。」

鬼沒道：「是！弟子沒有這個把握。」

陳長青道：「白兄的暗器手法如何？」

白梅道：「這個麼，兄弟也沒有十分把握。」

楚小楓道：「陳前輩，弟子願意試試？」

白鳳道：「小楓，你沒有練習過銀梭手法，如何能夠施用？」

楚小楓道：「咱們無極門中的鐵蓮花手法，也是暗器，小楓覺著，暗器手法，大同小異，只要咱們施用時小心一些，大概不會有太大的差別。」

董川道：「師弟，這不是開玩笑的事，你怎可如此……」

楚小楓接道：「師兄放心，如若小弟手法失準，也可用鐵蓮花和手中之劍，對付未中毒梭之虎。」

陳長青點點頭，道：「拿出銀梭。」

鬼沒取出十二枚銀梭，交給了楚小楓。

那是一種很小巧的銀梭，長不過四寸，尖端帶著倒刺，發出藍汪汪的光芒。

陳長青道：「小楓，發梭吧！」

楚小楓突然飛身而起，直入虎柵。

群虎發出吼聲，虎目集中瞪向楚小楓。

楚小楓雙手齊揚，四枚銀梭，脫手而出。

但見銀芒閃動，四隻老虎，應聲倒了下去。

楚小楓腳落實地，四枚銀梭又發了出去。

五毒門中毒梭，果然是毒性奇烈，又有四隻猛虎倒了下去。

楚小楓由飛入虎柵，到腳落實地，連發八梭，斃了八隻猛虎，發梭的手法，強勁有力。

餘下的四虎，大約已經感覺到本身的危險，突然大吼一聲，疾向楚小楓撲了過來。

楚小楓口中發出一聲怪叫，四虎撲擊之勢，頓然一停。

就在四隻猛虎攻勢稍停一下，楚小楓最後四枚銀梭，也脫手飛出。

四梭之中，最後四隻猛虎，很快地倒了下去。

楚小楓望著十二隻倒在地上的猛虎，黯然一嘆，飛出虎柵。

陳長青點點頭，道：「這叫能者無所不能，看你發出銀梭的手法，倒像是久練此物的能手。」

楚小楓道：「發射暗器的技巧，大同小異，晚輩覺著銀梭、飛鏢，都無什麼特殊之處，不過，晚輩一誅十二虎，而且用了心機，倒是有些不安。」

白梅道：「小楓，這些猛虎，已食人成習，既不能放，只有殺之除害了。」

楚小楓道：「弟子慚愧的是，不該發出那聲低嘯，那是招呼虎群的進食之聲，我卻……」

陳長青笑一笑，道：「小楓，這倒不用自責，毒梭殺虎，反使牠們少了一些痛苦。」

楚小楓道：「多謝前輩賜教。」

白鳳輕輕吁一口氣，道：「陳前輩，咱們現在應該如何？」

陳長青道：「小楓已斃了虎群，他們應該有所發動了……」

白鳳接道：「至今尚無動靜，他們可能已發覺了什麼？忍下不動。」

楚小楓道：「鯉池，他們再不發動，咱們將想法子，把鯉池毀去。」

陳長青哦了一聲，道：「這是他們的用心了，虎群無法傷得咱們，他們的用心，也是把咱們誘入鯉池了。」

白梅道：「小楓，如何對付鯉池，你好像已經胸有成竹了。」

楚小楓道：「晚輩也是剛剛想到一個辦法，可惜，太過殘忍了。」

白梅道：「說說看，什麼辦法？」

楚小楓道：「柵中有虎，池中有怪，如若咱們用大批石灰投入池中，那池中的水怪，雖然凶猛，只怕也是無法抗拒的？」

白梅道：「辦法倒是個好辦法……」

只聽一冷冷的聲音，道：「那池中，有千萬的鯉魚，這作法不覺著太過惡毒嗎？」

轉頭望去，只見一個白髯、白衣的老人，停身在兩丈開外處，以在場之人，耳目之靈，武功之高，竟然不知這人何時行近。

白梅打量了那白衣老人一眼，道：「閣下陌生得很，不知是這萬花園中的什麼人？」

白衣老者道：「老夫是誰，無關緊要，重要的是，你們這手段，要殘傷池中萬尾金鯉，實在有些幾近殘忍，老夫要阻止這件事情。」

陳長青道：「夜襲迎月山莊，數十條人命，難道還不如一池金鯉？」

白衣老者冷笑一聲，道：「陳長青，你們本和此事無關，但卻硬要捲入這些麻煩之中，實在是自找煩惱了。」

陳長青道：「閣下如此口氣，定是一位高人。」

白衣老者笑道：「陳長青，你想問出老夫的姓名嗎？」
陳長青道：「不錯。」
白衣老者突然舉步向群豪行了過來。
陳長青一皺眉頭，道：「站住。」
楚小楓手中扣著四枚鐵蓮花，冷笑一聲，道：「閣下再往前走，別怪咱們要施暗器了。」
白衣老者淡淡一笑，道：「年輕人，你何不出手試試？」
楚小楓冷冷說道：「閣不認為區區不敢嗎？」
白衣老者仍向前行來，不徐不疾，臉上是一片鎮靜之色。
楚小楓右手一揚，四枚鐵蓮花破空而出。
白衣老者突然停下腳步，全身向後仰去。蓬然一聲，那白衣老者，竟然直挺挺地倒摔在地上。
楚小楓急急說道：「快！向後退開。」
包括陳長青、白梅在內，都為之不解，但仍然向後退去。群豪霍然散開。
果然那白衣老者身子倒摔在地上之後，突然一個快速翻滾，又挺身而起，飛落在群豪停身之處。
楚小楓手中又早扣了四枚鐵蓮花，白衣老者雙足剛剛落地，四枚鐵蓮花已破空而出。
三枚直射白衣老者，另一枚卻相差了兩尺多遠，掠著白衣老人的身側飛過。

白衣老者雙手齊揚，錚錚兩聲，三枚鐵蓮花，盡被擊落。

另一枚鐵蓮花卻繞了一圈，由白衣老者的前胸劃過。

白衣人衣服破裂，突然噴出來一片水珠，暴灑了一丈方圓。

顯然，那片蓄水，在一種強烈的壓縮之下，突然被鐵蓮花劃破，噴灑而出。

沒有人想到噴出這片水珠的用心何在？但立刻有了證明。

一陣「嗡嗡」之聲，破空而來，千萬隻長近一寸的毒蜂，向白衣老者飛了過去。白衣老者不畏群豪，但對那毒蜂卻十分害怕，轉身欲逃。

但那毒蜂由四面八方而來，白衣老者立刻被群蜂圍上。

但見那白衣老者雙手揮舞，不停地發出慘叫之聲。

只不過片刻工夫，那老者已倒在地上。

蜂群成千上萬，但卻只螫那白衣老者一人，群豪站在四周，竟然沒有一隻毒蜂飛來。

陳長青輕輕吁一口氣，道：「好惡毒的手法。」

白梅道：「小楓，又是你救了我們。」

陳長青道：「如是那水珠噴在身上，毒蜂立刻會蜂擁而至，這等毒蜂，十隻、八隻，就不易對付，何況一來成千上萬。不論如何高強的武功，也將死在蜂刺毒針之下。」

白梅輕輕吁一口氣，道：「小楓，你怎麼知道他身上帶有引來蜂群的藥水？」

楚小楓道：「晚輩不知道，只是覺著此人有些可疑。」

白鳳道：「小楓，說說看，他哪裡可疑？」

楚小楓道：「第一，他出現得太突兀……」

董川接道：「小楓師弟、他怎麼來的，咱們這麼多人，竟無一個人知道。」

楚小楓道：「他由地道中來的，所以，才能突然現身，風吹花枝，掩去了聲息，咱們也沒有聽到那細微的聲音。」

董川道：「本來是一件很神秘的事情，但聽你這麼一說，卻就一點也不神秘了。」

白鳳道：「你又怎知他們的陰謀？」

楚小楓道：「第一，他未帶兵刃，第二，他是易容改裝的，也扮得太老，聲音不像，所以，小楓動了疑，我仔細看他，發覺他前胸隆起，所以，用暗器誘他，再用迴旋鐵蓮花，擊中他前胸，我知道他們有陰謀，但卻沒有想到會是引來毒蜂的藥水。」

白鳳嘆道：「小楓，你看看，你師弟，會不會被囚在此地？」

她對楚小楓心中敬服，不覺之間，說出了心中的隱痛。

楚小楓呆了一呆，道：「師娘，這件事，小楓不敢妄斷，不過，根據各種情勢判斷，一志小師弟在襄陽的成分大些。」

白鳳哦了一聲，道：「會不會就在這萬花園中呢？」

楚小楓道：「這個，照小楓的看法，大有可能。」

白鳳道：「好！那我們就仔細地找找看。」

已經是中年婦人了，此刻，她卻變得十分稚氣。

那是思念愛子的鬱結，使她有些失常。

白梅輕輕吁了一口氣，道：「鳳兒，鎮靜一些，這地方步步凶險，不得有一點差錯，不可亂了方寸。」話雖然不怎麼嚴厲，但神色卻非常的冷肅。

白鳳吸了一口氣，納入丹田，道：「女兒受教。」

楚小楓岔開話題，道：「陳老前輩，咱們如何搜查這麼一座廣大的花園呢？」

陳長青道：「目前老叫化也想不出什麼好辦法了。」

白梅道：「有一點，老夫想不明白……」

陳長青接道：「說出來聽聽。」

白梅道：「萬花園的地道，不知是否相互通達？」

陳長青道：「通達又能如何？」

白梅道：「水，鯉池中有很多的水，咱們為什麼不把鯉池中的存水，灌入地道中呢？」

陳長青道：「這倒是一個可行辦法。」

董川道：「咱們瞧瞧那白衣人是否由地道中行來。」舉步行了過來。

一切都在楚小楓的意料之中，花叢下，果然有一個洞口。

方圓只不過兩尺的洞口，但已足夠一個人行入地洞中了。

董川一吸氣，道：「我下去瞧瞧。」

楚小楓道：「我陪掌門師兄。」

這一次，董川的動作快一些，搶在楚小楓的前面，滑入了洞中。

那是一個斜行的地道，向南面下去。

地道很狹窄，也很低矮，只可容一個人勉強通行。
楚小楓緊隨在董川的身後。
地道愈來愈狹，行約兩、三丈時，已然無法通過。
董川道：「小楓，無路可通了。」
楚小楓道：「師兄快退出來。」口中說話，人已疾快地向後退去。
董川緊隨而出，退出了地道。
陳長青道：「洞中情形如何？」
楚小楓肅立不語。
董川道：「這個地道，只能通前兩丈左右，然後就無路可通了。」
陳長青哦了一聲，道：「這麼說來，那白衣人，並不是由這座地道行出來了。」
楚小楓道：「是的。」
陳長青笑一笑，道：「你有什麼看法？」
楚小楓道：「晚輩覺著，這些地道，都是特殊設計的，不知內情的人，無法利用。」
陳長青道：「嗯！有道理。」
白梅道：「這麼說來，灌水也是沒有用了。」
楚小楓道：「沒用。」
陳長青道：「小楓，你怎麼知道他們是特殊設計的？」
楚小楓道：「晚輩是從書上看到的，那本書，專講土木消息、機關埋伏之學，有夾壁、

坑道等地下通路之術，也提到偽造假地道，以阻追兵，所以，晚進想到這座地道，可能是一座假的。」

陳長青道：「你是說那地道之中，另有暗門相通？」

楚小楓道：「晚輩正是此意，這種地道，稱為複合地道，裡面錯綜交叉，而且，到處都是死門，不知道內情的人，很難在這樣的地道中行走。」

陳長青道：「小楓，現在咱們應該如何？」

楚小楓道：「這種複合地道，還有一個厲害之處，那就是，它們分成段落，可以封閉起某一段，把人生生葬在地道中。」

陳長青呆了一呆，道：「老叫化子走了大半生江湖，還是第一次聽到有這種厲害的地道，小楓你詳細給我們解說一下，如何對付這種地道。」

楚小楓臉一紅，道：「晚輩是由書本上看來那麼一點，事實上，我也知道不多。」

陳長青道：「照你這麼說來，咱們很難對付這複合地道了。」

楚小楓道：「很難，要對付複合地道，只有一個辦法，找到它的原圖。」

陳長青道：「這麼說來，這座每天遊人千萬的名園，竟是一座江湖盜匪發號施令的大本營了。」

楚小楓道：「目前看來，確然是如此。」

陳長青道：「小楓，這麼說來，咱們是無法搜索出他們了？」

楚小楓道：「所以，他們有恃無恐。」

白鳳道：「小楓，就算一志在這裡，咱們也無法找到了。」

楚小楓道：「師娘，這些事，晚輩不敢給您保證，但我會盡力去找，看這萬花園中的複雜布置，小師弟在這裡的可能性很大。」

白鳳道：「小楓，如果一志在這裡，希望你盡能力去找到他。」

楚小楓道：「師娘，不用您吩咐，我也會盡力去找。」

白鳳道：「能夠找到嗎？」

楚小楓道：「我，我……」

白梅道：「鳳兒，你怎麼能這樣地逼問小楓呢？」

楚小楓道：「老前輩，師娘關心一志，也是人情之常，晚輩理當盡力而為。」

白鳳黯然一嘆，道：「爹，女兒可以丟了性命，但我必須找到一志，找不到一志，我如何對得起領剛。」

楚小楓道：「師娘說得是。」

白鳳道：「小楓，別誤會我的意思，我只是希望你盡到心就行了。」

楚小楓道：「弟子明白，囚人之處，總有蛛絲馬跡可尋，弟子再去勘查一遍。」

成中岳道：「好！我陪你。」

董川道：「我也去。」

成中岳道：「董川，我陪小楓就行了，你是掌門身分，不可輕易涉險。」

董川道：「不！我也要盡一點心意。」

神出、鬼沒，同聲說道：「掌門人，你還是陪著敝幫長老，我們兩個小叫化子，陪著楚兄走一趟。」

董川點點頭，未再堅持。

白梅正想出言阻止，但卻被陳長青一揮手，阻止住。

楚小楓、成中岳、神出、鬼沒，魚貫而去。

目睹四人去遠，陳長青才低聲說道：「白兄，小楓這個人，確有點鬼門道……」

白梅接道：「萬花園這麼大，找一個囚人之處，談何容易，我不信他已經有所發現。」

陳長青道：「白兄，你和他相處的比老叫化子久，但如論對他的瞭解，你就不如老叫化子了。」

白梅道：「這該怎麼說。」

陳長青道：「他如心中沒有一點底子，絕不會如此輕率。」

白梅道：「你是說……」

陳長青接道：「他心中早已經有了一點懷疑，不過，他心中沒有把握，所以，不敢輕易地說出來，被白鳳姪女這一逼，逼得他非得試試不可了。」

白梅道：「這話當真嗎？」

陳長青道：「自然是當真了，你如不信，等一會兒問成中岳。」

白梅一皺眉頭，道：「老叫化子，小楓真有那麼大的苗頭嗎？」

陳長青道：「大概不會錯，你不信，咱們就賭個東道。」

白梅沉吟了一陣，道：「不用賭了，你的話，我相信就是。」

再說楚小楓一行，繞過了兩個花圃，楚小楓突然停了下來。

成中岳道：「小楓，你是不是已經胸有成竹？」

楚小楓道：「小姪心中，實在沒有把握。」

成中岳道：「那是說，你已經心裡有底了？」

楚小楓道：「是！」

成中岳笑道：「小楓，我這個做師叔的，不得不服你了，咱們走的一樣的路，看到的是同一樣的事物，你怎麼瞧出門道的？」

楚小楓道：「那是師叔沒有留心，只要你留心一些，你也會發現。」

成中岳道：「你說說看，在哪裡？」

楚小楓笑道：「不遠，就在咱們目力所及之處。」

成中岳四顧了一眼，道：「你是說那一座賞花小樓？」

楚小楓道：「對！就是那一座賞花小築。」

成中岳道：「咱們不是進去看過了，那裡面什麼也沒有？」

楚小楓笑道：「賞花小築後面，有一座小小的道觀，供奉著三清大師。」

成中岳道：「那裡有什麼可疑呢？我怎麼一點也瞧不出來？」

楚小楓道：「師叔，那地方表面是供人遊息，骨子裡，卻是他們的一個出入門戶，咱們可以到那裡去看看吧！也許可以找出一點線索。」

成中岳道：「小楓，現在就去嗎？要不要去通知你師母他們一聲，那地方他們也可以去。」

楚小楓道：「不用了，咱們四個人，足夠了。」

成中岳點點頭，道：「小楓，那地方，是不是步步危機？」

楚小楓道：「相當危險，師叔和兩位叫化兄，可要當心啊！」

神出笑一笑，道：「楚兄不請幾位前輩來，小叫化最是開心，他們老成持重，遇事遲疑不決，一旦同往，咱們就放不開手腳大肆搜索了。」

成中岳道：「周兄，幾位老前輩經驗豐富，他們如若來一個，對咱們的幫助很大，何以會放不開手腳呢？」

周橫笑一笑，道：「成前輩，盛名累人，他們都是成名多年的人了，他們做事，有一套自己的原則，這些原則，他們不願違背，那就像一個人被綁住了一隻手，所以，他們放不開手腳。」

成中岳道：「原來如此。」

周橫笑道：「成前輩……」

成中岳急道：「別這樣稱呼我，咱們年齡差不太多，你如果看得起我，那就叫我一聲成兄就是。」

周橫道：「不大好吧！！江湖上很重輩份的……」

成中岳接道：「你們不能比小楓，咱們各交各的朋友。」

鬼沒王平笑一笑，道：「小周，成兄這麼謙辭，你就恭敬不如從命了，實在說，大家的年齡差不多，叫個老前輩，他彆扭，咱們也有點彆扭，對不對。」

神出周橫點點頭，道：「說得也是，那麼我就稱呼成兄了。」

成中岳道：「這樣才好，大家做起事來，也不用拘束了。」

周橫笑一笑，道：「好！成兄，咱們先在這裡搜索一下。」

楚小楓道：「不用了，這地方沒有什麼可疑之處，咱們要搜查，就搜查那座小廟。」

成中岳道：「我帶路。」轉身向前行去。

楚小楓回顧王平一眼，道：「王兄，你來過這萬花園，平常時刻，這裡是不是有很多下人？」

王平道：「不少，每一個花圃都有人，可以看到的總有百十個人。」

楚小楓道：「那些人呢？」

王平道：「不知道。」

楚小楓道：「自然都藏在地下了。」

王平道：「唉！想不到啊！這座萬花園，竟然是一個匪穴，不過，小叫化想不明白，這地方是私人園地，如若他們把這個地方劃為禁地，不准外人來，豈不是隱秘一些？」

楚小楓笑道：「這也正是他們的聰明之處，試想，這麼大一個地方，必有他們自己很多人出入，那些人來來往往，豈不會引起別人的注意嗎？這樣一個大花園，每日有幾千上萬的人，出入觀賞，想想看，他們自己就算出入個百、十號人，也不會引起別人的疑心啊！以貴幫

耳目之靈，這多年都未發覺。」

王平道：「說得也是，把黃金丟在糞坑裡，就不會有人想到它是黃金了。」

楚小楓道：「這就是人性中的一個弱點，但卻被他們掌握運用了。」

王平道：「這就是他們聰明的地方。」

楚小楓道：「不論如何聰明的人，都會留下漏洞，現在，咱們就費盡心機，去找那些聰明人留下的漏洞。」

成中岳道：「既然是聰明人留下的漏洞，那地方定然十分難找了。」

楚小楓道：「所以，咱們要多用點心才好。」

神出、鬼沒笑一笑，齊聲說道：「咱們兄弟也沒有什麼別的特長，最大的特長，就是尋別人留下的漏洞。」

成中岳道：「兩位請吧。」

自己卻舉步向廟門口處行走。

十六　牡丹花下

王平道：「怎麼，你要找黃金……」

忽聽呀然一聲，神像一側的壁畫，突然開了一個門戶，緩步行出來一個身著青衣的妙齡女郎，只見她手中，拿看一柄長絲飄動的拂塵，神情冷肅地說道：「你們在找什麼？」

王平道：「找人。」

青衣女道：「找什麼樣子的人？」

王平道：「這萬花園中有很多的人，但現在，似乎是都已經不見了。」

妙齡女道：「這地方本來有很多的人，他們難得有一天休息，所以，今天都回家休息去了。」

王平道：「女道長該有一個法號吧？」

妙齡女笑一笑，道：「咱們素不相識，不用通名道號了。」

王平道：「你是世外人，跳出三界外，不在五行中，想來不會過問萬花園中的事了。」

妙齡女道：「我住在萬花園中，一切都靠萬花園主施捨過日子，萬花園的事，我自然不能不管的了。」

王平道：「哦！如果我們要對付萬花園中人，你準備如何辦？」

妙齡女嘆一口氣，道：「為什麼呢？他們都是很好的人。」

王平道：「是不錯，都是好人裡面挑出來的。」

楚小楓輕輕咳了一聲，道：「女道長，在下想請教一事？」

妙齡女道：「你請吩咐？」

楚小楓道：「這小廟之後，別有天地，是嗎？」

妙齡女道：「你說呢？」

楚小楓道：「看女道長由那神像旁側的廟門出來，自然是別有天地了。」

妙齡女道：「那是我的臥室，你們不信，何不入內瞧瞧？」

王平道：「哦！這裡只住你一個人嗎？」

妙齡女道：「是！只有我一個。」

成中岳道：「很難叫人相信。」

妙齡女冷冷說道：「你們既不相信我，也不肯進去瞧看，那是何用心？」

成中岳回顧了楚小楓一眼，道：「小楓，如何應付？」

妙齡女道：「我明白了，你是怕我這個出家人，臥室之中有毒。」

成中岳道：「江湖上走動的人，自然是不能不小心一些了。」

妙齡女道：「那很好，我會給你們看。」

揮手推開木門，青天白日下，看得十分清楚。
木門內是一間很小的臥室，小得只能擺下一張床。
所以，那臥房中，除了床之外，只有一張凳。
妙齡女道：「看得是否清楚，不清楚，何不進去瞧瞧？」
王平笑一笑，道：「小叫化子沒有禁忌，就算是道家禪房，我也一樣敢進去，諸位請在這裡等候片刻。」閃身進去。
四面都是牆壁，一目瞭然，除了那張床，再無可疑之物了。
王平凝思片刻，突然伸手撩起了床上的被單。
凝目望去，只見那木床之下，一片空洞，不見任何可疑之處。
妙齡女的聲音，冷冷地傳了過來，道：「閣下如是還不相信，何不鑽入床下瞧瞧？」
王平臉色一變，道：「多謝道長提醒。」
雙手微微加力，硬把一張木床移開。
楚小楓偷眼看去，只見那妙齡女神情一派自然，看不出一點驚異之色。
王平搜得很仔細，每一個地方，都查得十分用心。
可惜，他搜查完了每一處地方，竟然找不出一點可疑之處。
妙齡女輕輕嘆息一聲，道：「你們是什麼人？」
成中岳道：「無極門中人。」
妙齡女道：「我不知道什麼無極門，但我卻知道自己所受的傷害，你們如若自覺還是俠

義中人，那就應該慚愧。」

成中岳道：「女道長，咱們還未搜查完，這話未免說得太早了一些？」

妙齡女道：「你們如此無賴行徑，不怕遭到神譴、報應麼？」

王平冷笑一聲，道：「聽你說話的口氣，不像一個出家人？」

妙齡女道：「你……你……」

王平道：「姑娘，在下的見識多矣！像你姑娘這點做作，老實說，還瞞不過區區在下。」

妙齡女道：「你這人當真是無賴至極，每一句話，都如利刃一般，傷害人心。」

王平道：「姑娘，因為在下見多識廣，所以，一眼就瞧出了姑娘不是個好對付的人物。」

楚小楓站在一側，微笑不語，成中岳卻暗自運功，監視著那女道，怕她突然出手。

神出周橫卻跑到了三座神像面前，仔細查看。

鬼沒王平一點也不灰心，仍然不停在室中查看。

每一寸地方，都不肯放過。

那妙齡女原本臉色十分平靜，逐漸地開始有些不安起來。

楚小楓冷眼旁觀，看得十分清楚。

這時，王平正搜查到一處牆角的地方。

忽然，發覺了那個地方，有一塊小小的突出青磚。

那青磚積滿了灰塵，好像久未動過。

王平伸手一按青磚，突然間，響起了一陣軋軋之聲。

群豪全都運氣戒備。

那妙齡女再也沉不住氣，淡淡一笑，道：「想不到這地方果然有機關，貧道住此多年，竟然不知，看來，這真是是非之地，不留也罷。」轉身向外行去。

成中岳一橫身，攔住了去路，道：「女道長，你不能走。」

妙齡女道：「為什麼？」

成中岳道：「因為，這室中如若有機關變化，女道長一走，豈不是坑了我們。」

妙齡女道：「難道我留在這裡，它就不會變化了麼？」

成中岳道：「至少，還有你陪著我們。」

妙齡女道：「如若我一定要走呢？」

成中岳道：「那得憑你的武功闖過去了。」

妙齡女冷笑一聲，道：「想不到你們幾個男子漢，竟然欺侮我一個婦道人家。」

成中岳道：「沒有法子，誰要姑娘趕巧了呢？」

妙齡女突然一揚手，袖中飛出一道白芒，直對成中岳射了過去。

兩人就在對面而立，這一擊快如閃電，實在不易閃避。幸好成中岳早已有備，身子一轉，突然閃開三尺。

白芒掠體而過，釘入了對面的牆壁。是一把七寸長短的匕首。

春秋筆

輕輕吁一口氣，成中岳緩緩說道：「女道長，現在，你還有什麼話說？」

妙齡女嫣然一笑，道：「沒有了，想不到，你們都是如此難纏的人。」

緩緩脫下了道袍，露出了一身胸繡牡丹的紅色勁裝。

王平道：「原來你是紅牡丹？」

紅衣女子點點頭，道：「老娘被你們挖出了根，只好脫了這身黑道袍了。」

王平道：「綠荷、黃梅、紅牡丹，你們三個人，一向寸步不離，你既然在這裡，她們也在了？」

紅牡丹道：「就在那門戶之中，你敢進去麼？」

這時，那牆角處，已然露出了可容一人進出的門戶。

但門戶之後還有什麼名堂、什麼機關，卻是無法瞧得出來。

王平道：「綠荷、黃梅、紅牡丹，是江湖上有名的難纏人物，諸位千萬小心一些。」

紅牡丹笑一笑，道：「在這裡，咱們還算不得難纏人物。」

楚小楓道：「姑娘，既然馬腳已露，似乎也用不著隱藏什麼了。」

紅牡丹拋給楚小楓一個媚眼，道：「你想問我什麼？」

楚小楓道：「我想問你是不是萬花園的人？」

紅牡丹道：「我身在萬花園中，你說我是不是萬花園中的人呢？」

楚小楓道：「這麼說來，姑娘是承認了。」

紅牡丹道：「就算是承認了吧，那又會怎麼樣？」

楚小楓笑一笑，道：「看來，姑娘雖是個女流之輩，倒是有一點豪氣。」
紅牡丹道：「瞧不出，你這嘴巴很會說話。」
楚小楓笑道：「姑娘既然承認是萬花園中人，想來，也敢承認別的事了。」
紅牡丹道：「那要看什麼事了，有些事，我也不知道，有些事，我雖然知道一些，可是不能說出來。」
楚小楓雖然經過了易容，卻無法掩遮那一股特異的氣質，所以，紅牡丹似乎很喜歡和他聊聊。
楚小楓道：「我想知道，這萬花園中的人，究竟是什麼來路？」
紅牡丹道：「這個麼，我是知道一些，不過，這是屬於不能說的事。」
楚小楓道：「姑娘，如是你不說，就可能丟了性命，不知道你是否願說？」
紅牡丹道：「我實在看不出來，我會有什麼危險？」
楚小楓道：「有些危險，是突如其來的，譬如說……」
突然一抬右手，寒芒一閃，冷森森的劍氣，已然逼上了紅牡丹的咽喉。
好快的拔劍手法，紅牡丹呆住了，雙目盯注在楚小楓臉上瞧了一陣，道：「你……你是什麼人？」
楚小楓道：「小弟只不過是一個無名小卒，你也不用放在心上……」
紅牡丹冷冷接道：「我在江湖上走動了多年，見識過不少快劍，但從來沒有見過你這樣的快法，想來閣下，定非無名之輩！」

楚小楓道：「姑娘，我想知道一些關於萬花園中的秘密，綠荷、黃梅、紅牡丹，都是江湖上有名的人物，想來，你決不會願意，死在我這個無名的劍手手上。」

兩個人各問各話，彼此之間，完全是牛頭不對馬嘴。

楚小楓一面說話，一面輕輕向前一送長劍。

劍尖刺破了肌膚，鮮血汩汩而下。

紅牡丹驚魂出竅，想不到他真的能下得了手，呆了一呆，道：「你真的要殺我？……」

楚小楓道：「對！真的要殺，在下剛剛出道，殺幾個江湖上的名人，也好揚名兒。」

紅牡丹道：「我說過，我知道的事情不多。」

楚小楓道：「那就揀你知道的說。」

紅牡丹實在不願意死，尤其不願意死在一個默默無聞之人的劍下。

楚小楓表現出的冷靜、瀟灑，又叫人難測高深，似乎是隨時可以推出手中的長劍。

紅牡丹完全被震懾住了，一肚子門道、鬼計，就是施展不出。

楚小楓輕輕吁一口氣，道：「你說不說？」

紅牡丹道：「說？說什麼呢？」

楚小楓道：「這萬花園中，是不是有一個囚人的地方？」

紅牡丹道：「囚什麼人？」

楚小楓道：「重要的人犯。」

紅牡丹道：「有。」

楚小楓道：「在哪裡？」

紅牡丹道：「地下，這萬花園重要的地方，都在地下。」

楚小楓道：「姑娘，能不能帶我們去？」

紅牡丹道：「可以，不過，這地道和一般的地道不同……」

楚小楓道：「所以，咱們才要姑娘帶路。」

紅牡丹道：「就算我帶路，也一樣充滿著凶險。」

楚小楓道：「一旦有凶險發生，先死的必是姑娘。」

紅牡丹道：「我一個人的性命，換到你們如此眾多人的生死，死而何憾？」

楚小楓笑一笑，道：「姑娘，你錯了，你認為，我們都陪著你嗎？」

突然出手，點了紅牡丹三處穴道，接道：「走吧！」

紅牡丹神色一變，道：「去哪裡？」

楚小楓道：「地道。」

紅牡丹道：「什麼人陪我去？」

楚小楓道：「我。」

目光一掠神出、鬼沒、成中岳，道：「諸位請在此等候片刻。」

這時，大家都已對楚小楓產生了極強的信心。

成中岳道：「小楓，你要小心一些。」

楚小楓道：「弟子知道。」

紅牡丹突然回頭一笑，道：「走吧！我替你帶路，不過，你要跟緊一些，地道中縱橫交錯，十分複雜，萬一你不小心，走迷了路，可別怪我。」

楚小楓淡淡一笑，道：「我只望你記著一句話，發生任何變化，你都會死在我的劍下。」

紅牡丹未再答話，舉步向地道中行去。

楚小楓緊隨身後。

行約丈餘左右，已然前無去路，到了一堵牆前。

楚小楓道：「姑娘，現在咱們應該如何進去？」

紅牡丹道：「這裡有機關，只要伸手一推，立刻有門戶出現。」

楚小楓道：「哦！」

紅牡丹道：「可是，我的雙臂，卻被你點了穴道。」

楚小楓道：「為什麼不用腳？」

紅牡丹道：「那地方太高，只怕我跳不上去。」

楚小楓道：「告訴我在哪裡？」

紅牡丹一挺前胸，左乳點壁，道：「在這裡。」

楚小楓哦了一聲，揮劍點去。

果然，一陣波波之聲，傳入耳際，緊接著一聲蓬然大震。

身後落下來一道牆壁堵住歸路。緊接著眼前的地道，突然開朗。

楚小楓點點頭，道：「好巧妙的設計。」

紅牡丹笑道：「堵住歸路的是一道鐵門，只怕咱們回不去了。」

楚小楓道：「哦！你仍然動了手腳。」

紅牡丹笑一笑，道：「殺了我，你可能永遠困死此地，所以，你最好別衝動。」

楚小楓道：「那你準備和我談條件了。」

紅牡丹道：「不錯啊！」

楚小楓道：「好！你說吧。」

紅牡丹道：「這是一片絕地，我如死了，你非困死在此地不可。」

楚小楓道：「那倒未必，我先殺了你，也許我還有機會。」

紅牡丹道：「兄弟，何必呢？看你一點年紀，只怕還沒有成過親吧！」

楚小楓心中突然冒起一股怒火，但他還是忍了下去，笑一笑，道：「你準備嫁給我？」

紅牡丹道：「大姊確有這個意思，只怕小兄弟看不上我。」

楚小楓道：「你說對了。」

紅牡丹道：「所以，咱們不妨做幾日露水夫妻。」

楚小楓道：「以後呢？」

紅牡丹道：「我想法子，把你給帶出去。」

楚小楓道：「這就是你的條件？」

紅牡丹道：「對！」

楚小楓道：「萬花園中，不少高手，想來，你應該有幾個朋友才是。」

紅牡丹道：「朋友是有，不過，我都不太合意。」

楚小楓道：「可惜，在下沒有這份興致。」

紅牡丹道：「生不能成夫妻，那就只有一條路，死同一穴了。」

楚小楓暗暗忖道：「這丫頭，看來倒不似恐嚇之言，必得用一點手段才行。」

心中念轉，淡淡一笑，道：「紅牡丹，是不是咱們成為朋友之後，你就可以帶我離開此地？」

紅牡丹道：「不錯啊！」

楚小楓道：「唉！我倒有一點替你擔心起來！」

紅牡丹道：「擔心，擔心什麼？」

楚小楓道：「我擔心你背叛了萬花園，天下雖大，只怕也難有你立足之地。」

紅牡丹笑道：「你想的很多啊！」

楚小楓道：「在下想事情，一向想的很多，咱們既然做了朋友，總不能，長年的亡命天涯。」

紅牡丹怔了一怔，道：「你說什麼？」

楚小楓道：「我說，你如背叛了萬花園主，那將是一個什麼樣的局面呢？」

紅牡丹點點頭，道：「會派人追殺我。」

楚小楓道：「這就是了，那時間，咱們豈不是要亡命天涯麼？」

紅牡丹道：「哦！這麼說來，你好像真的很關心我了。」

楚小楓道：「姑娘，這是一個結，這個結，如不解開，咱們生離此地，還不如埋骨在此好。」

紅牡丹道：「能多活一天，為什麼不多活一天呢？」

楚小楓道：「如是咱們每天被人追殺，活著也是痛苦，那就不如死了的好。」

紅牡丹道：「小兄弟，你說的是真話？」

楚小楓道：「如是你想不出自保之策，就算在下說的句句實言，又有何用？」

紅牡丹沉吟了一陣，道：「你和丐幫中人一起來，想是和丐幫很熟了。」

楚小楓道：「很熟，很熟。」

紅牡丹道：「那很好，如若丐幫肯伸援手，咱們就不怕了。」

楚小楓道：「咱們躲到丐幫去？」

紅牡丹道：「對！咱們躲到丐幫中，萬花園的勢力雖大，但他們還不敢對付丐幫。」

楚小楓道：「這個，只怕不大方便，在下出身無極門，如若投入丐幫，不但犯了武林大忌，而且，師門規戒，也不會容我，那時，追殺我們的，又多個無極門了。」

紅牡丹道：「無極門只靠一個宗領剛，這宗領剛已經死了，迎月山莊，也毀於一把大火之中，你還擔什麼心？」

楚小楓心中暗道：「入門了。」

但他並不太急，轉彎抹角地說道：「但無極門中，還有人，先師斷氣之前，已把掌門之

位，傳給了我大師兄……」

紅牡丹笑道：「你師兄你也害怕麼？」

楚小楓道：「這個當然啦，他既是我師兄，自然是樣樣比我強了，我怎麼會不怕他。」

紅牡丹道：「難道你那位師兄，拔劍比你還要快？」

楚小楓道：「一點也不錯，他是師兄，拔劍自然比我要快。」

紅牡丹道：「你們無極門的青萍劍法，我見識過，但絕對沒有這麼一個快法。」

楚小楓道：「青萍劍法有了很大的精進，所以，才被你們萬花園主視若眼中之釘，火焚迎月山莊，毀去了無極門……」

紅牡丹沒有替萬花園主辯駁，卻接口說道：「如是無極門中的拔劍手法，人人都像你一樣的快，只怕無極門也不會毀於一夜之間。」

楚小楓暗暗忖道：「這是個機會，至少可以先弄清楚迎月山莊被毀的經過，然後，再設法打聽一志師弟是否囚禁於此。」

但他也明白，如是一旦被對方瞧出自己的心意，便死也不會說出來。

這是上乘的鬥智，必須要對方全然無備才行。

打定了主意，長長吁了一口氣，緩緩坐了下去，道：「姑娘，你一定沒有參加那夜暗襲迎月山莊的一戰了。」

紅牡丹道：「我雖然沒有參與，但我聽他們說過，無極門下弟子，不堪一擊，所以，很快就毀了迎月山莊。」

楚小楓道：「他們用暗算，而且，還安排了內應。」
紅牡丹道：「看來，你們已經查出了不少內情來。」
楚小楓道：「不用查，只要看一看他們人雖倒下了，劍猶未出的情形，就明白了。」
紅牡丹道：「聽說宗領剛當時不在莊中。」
楚小楓道：「我師父、師娘、師叔、大師兄，都不在莊中，只要他們有一位在莊中，有人坐鎮指揮，那就不會讓他們得手的那樣輕鬆了。」
紅牡丹道：「你師父當時在幹什麼？」
楚小楓忖道：「這件事不能說謊。」
當下回道：「我師父在和北海騎鯨門下的人比武，正打得兩敗俱傷。」
紅牡丹道：「你挺老實的，沒有說謊吧？」
楚小楓道：「此時，生死難知，我為什麼還要騙你。」
紅牡丹點點頭，道：「無極門中弟子，如是都練到像你那樣的快速出劍手法，縱然是武當三傑，也難及得了。」
楚小楓不願把題目越扯越遠，嘆口氣接道：「你知不知道黑豹劍士？」
紅牡丹猶豫了一下，但卻終於點點頭。
楚小楓道：「我們已經殺了四個，聽說黑豹劍士才是暗襲迎月山莊的主力。」
紅牡丹呆了一呆，道：「你們真的殺了四個黑豹劍士？」
楚小楓道：「我為什麼要騙你？」

紅牡丹道：「那就難怪了。」

楚小楓道：「什麼意思？」

紅牡丹道：「萬花園把你們看成大敵，嚴密布置。」

楚小楓右手疾出，解開了紅牡丹的兩處穴道，道：「姑娘，活動一下吧……看來咱們埋骨於此的機會，實在很大。」

紅牡丹道：「為什麼？」

楚小楓道：「咱們離開此地，勢必被雙方追殺，不離開此地，只有等著餓斃了。」

紅牡丹迷惑了，活動一下雙肩，道：「小兄弟，你今年幾歲了？」

楚小楓暗道：「得多說兩歲。」

口中應道：「小弟虛度二十一秋。」

紅牡丹道：「我大你四歲，該叫我一聲姊姊。」

楚小楓苦笑一下，道：「叫你姊姊也好，稱你姑娘也罷，反正咱們是死定了。」

他唱做俱佳，使得閱人多矣的紅牡丹，也為之迷惑了。

紅牡丹眨動了一下眼睛，道：「兄弟，你真的喜歡我麼？」

楚小楓道：「喜歡你又能如何？十日後，還不是一雙屍體。」

紅牡丹道：「如是咱們離開了這裡，無極門會不會收留咱們？」

楚小楓道：「無極門不禁男女相悅，只要發乎於情，也不禁婚嫁，只是，目下我也無法斷言，他們會不會收留了。」

紅牡丹道：「兄弟，姊姊在江湖上的名聲不大好，但現在，我對你確是發乎於情……」

楚小楓接道：「這樣快麼？」

紅牡丹道：「你不明白，我閱歷太多，但我卻有些玩世不恭，我已經不知道自己還有感情，可是我忽然發覺自己……」

發覺了自己什麼？

她沒有再說下去，嘆一口氣，改口說道：「我知道，姊姊配不上你，只望能夠長相追隨，心意已足，為妾也好，為婢也行，姊姊也不會計較這些名份了。」

楚小楓心中一驚，忖道：「看來，她也對我用手段了，千萬小心，不能陷入她的情網之中，成為她的玩物。」

只聽紅牡丹道：「無極門，現在由何人作主？」

楚小楓道：「掌門師兄。」

紅牡丹道：「他為人如何？」

楚小楓道：「嚴厲中不失寬厚，但大是大非，卻是一絲不苟。」

紅牡丹道：「你師娘如何？」

楚小楓道：「師娘仁慈，待我們如同自己的兒女一般。」

紅牡丹道：「那是說，咱們只要求求她，她或者可以收容咱們了？」

楚小楓道：「照我師娘的為人而言，也許能容下我們，只不過，咱們空口白話，無法使她相信。」

紅牡丹沉吟了一陣，道：「小楓，咱們如是能替他們立下大功呢？」

楚小楓心中一動，道：「大功，什麼大功？」

紅牡丹道：「救一個很重要的人質出來。」

楚小楓心中狂喜，幾乎忍不住要喜形於色，但他還是忍了下去，道：「什麼樣的人質？」

紅牡丹道：「自然是你們無極門中的人……」

笑一笑，接道：「你們這樣到處尋找，難道不是找他麼？」

楚小楓心中暗道：「看情形倒不能再裝下去了……」

嘆口氣道：「我們是在找一個人，只是不知道那個人是否還活在人世？」

紅牡丹道：「什麼人？」

楚小楓道：「宗一志，先師留下的唯一骨血。」

紅牡丹道：「他叫宗一志？」

楚小楓道：「對！我們就在找他。」

紅牡丹道：「找到他，對我們有什麼好處？」

楚小楓道：「也許大師兄會看在我找到師弟的份上，收容我們。」

紅牡丹道：「我們，那是包括你和我了？」

楚小楓道：「那是自然，可是，咱們到哪裡去找宗一志呢？」

紅牡丹道：「這裡關了一個年輕人，但我不知道他是不是宗一志。」

楚小楓道：「哦！那人是什麼樣子？」

紅牡丹道：「大概十七、八歲吧，個性很倔強，聽說，他不肯進食……」

楚小楓急急接道：「不肯進食，這樣長的時間了，那豈不是餓死了！」

紅牡丹笑道：「他雖然不肯進食，但我們不希望他餓死，總會有法子讓他進食。」

楚小楓道：「唉！就算他還活著，我們也沒有法子救他出來呀！」

紅牡丹道：「這個，我有辦法，不過，我擔心一件事。」

楚小楓道：「什麼事？」

紅牡丹道：「我擔心你騙了我。」

楚小楓道：「騙了你，怎麼會騙了你？」

紅牡丹道：「你們無極門是江湖上所謂正大門派，只怕容不下我這個名聲不好的人！」

楚小楓道：「這個……這個，我想不會吧！你救了宗一志，替先師保留下一脈香火，我們無極門中人，都會很感激你。」

紅牡丹道：「感激我是一件事，收不收留我又是一件事，所以，現在，咱們要先把條件談好。」

楚小楓道：「好！什麼條件，你說吧！我能答應的，決不推辭。」

紅牡丹道：「第一，無極門一定要答應保護我的安全。」

楚小楓道：「還有第二麼？」

紅牡丹道：「有！第二，我要永遠留在你的身邊。」

楚小楓道：「這個，只怕在下無法一口答應下來，就算我師門應允，但我有父母在堂，這件事，我也要先去稟明父母才行。」

紅牡丹道：「不要擔心，我不會要求得太過份。」

楚小楓道：「你要……」

紅牡丹接道：「我只要你答應，把我永留身邊，不論是做什麼都好。」

楚小楓道：「做丫頭，你也願意麼？」

紅牡丹道：「願意，我已經說過了，不論是為妾為婢。」

楚小楓嘆息一聲，道：「姑娘，你這是何苦呢？」

紅牡丹苦笑一下，道：「你認為我真的什麼都不明白麼？楚相公，我只是……」

楚小楓笑道：「好吧！在下答應了，但我也希望你記著你自己的話，不可有非分之求。」

紅牡丹黯然一笑，道：「楚公子，我自己很瞭解自己，我是那種放蕩的女人，江湖上正大門戶，都不大喜歡我們，更不願和我們這種人打交道……」

楚小楓接道：「難道這就是你要跟我的原因了？」

紅牡丹道：「這自然不算原因，主要的是，我忽然厭倦了過去的生活。」

楚小楓道：「是不是這裡太寂寞，才使你有了很大的改變？」

紅牡丹道：「幸好有這麼一段寂寞的生活，使我想到了很多的事，最重要的是，我發覺了我是一個人，但卻過著不是人的生活。」

楚小楓道：「哦！這又是怎麼回事？」

紅牡丹道：「過去，我們三姊妹聯手闖江湖，玩世不恭，確然鬧出了很多的風流事跡，那時間，我們玩得太開心，玩得隨心所欲，從來，沒有想過什麼，也沒有感覺到自己究竟是為了什麼活著，更沒有想到人的尊嚴，幸好，我們有了萬花園這一段寂寞的日子，使我們想了很多的事，也經歷了很多的痛苦，雖然，我們早已是殘花敗柳，但心靈上，卻仍然受到了極大的創痛。」

楚小楓道：「姑娘，你可否說得清楚一些，究竟是什麼創痛？」

紅牡丹道：「你真的聽不懂？」

楚小楓夠聰明，但他的閱歷太少了，男女間事，發乎情，止乎禮的，他明白，但像這等男女間肉欲情事，他就有很多想不通的地方了。

點點頭，道：「姑娘，在下實在是有些不懂。」

紅牡丹沉吟了一陣，道：「楚公子，你交過女朋友？」

楚小楓道：「在下認識過兩個女孩子，但相處時日不多，說不上朋友。」

紅牡丹道：「好吧！那我很明白地說出來吧！」

楚小楓道：「在下洗耳恭聽。」

紅牡丹道：「在我們三姊妹遊戲風塵中時，突然遇上了一個人，一個英俊、動人的男人。」

楚小楓道：「那不是很好麼？」

紅牡丹道：「我們今日的下場，就是遇到了那個人的結果。」

楚小楓道：「哦！」

他臉上是一片迷茫之色，顯然，他還是不太明白。

紅牡丹嘆息一聲，道：「他俊秀得叫人迷戀，我們三個姊妹，都被他迷住了。」

楚小楓道：「哦！那是一個什麼樣的人物？」

紅牡丹道：「他叫二公子，也有人叫他二少爺，也有人叫他景公子。」

楚小楓道：「他姓景了？」

紅牡丹道：「是！」

楚小楓道：「景二公子。」

紅牡丹點點頭。

楚小楓道：「昔日娥皇、女英同事一夫，留下了千古佳話，你們三姊妹能同時喜歡上一個人，只要能夠彼此相互忍讓，那也不算什麼大逆之事。」

紅牡丹道：「我們真心跟他，但他很快地對我們膩了，把我們帶到這萬花園來，讓我們扮作道姑，守護這一座小廟。」

楚小楓道：「這也沒有什麼錯啊！」

紅牡丹道：「他把我們不當人看，高興了召我們去供他取樂一番，然後，又把我們送來此地，替他做這個看廟的道姑。」

楚小楓道：「你們不能去找他？」

紅牡丹道：「不能，我們找不到他，就算找到了他，也會被毒打一頓，再送回來。」

楚小楓道：「你們為什麼不反抗？」

紅牡丹接道：「反抗之意，早萌於心，卻一直提不起反抗的勇氣。」

楚小楓道：「這又為什麼呢？」

紅牡丹沉吟了一陣，道：「一來，他武功高強，我們在他手下連十招也走不過；二來，他身具一股威嚴，使人不敢當面抗拒。」

楚小楓道：「有這等事？那是一個什麼樣的人物？」

紅牡丹道：「年不過三十，面如冠玉，雙目凜凜生威。」

楚小楓嘆息一聲，道：「這麼說來，在下倒要會他一會了。」

紅牡丹道：「楚公子，賤妾倒希望你不見他的好。」

楚小楓道：「為什麼？」

紅牡丹道：「他心狠手辣，武功高強，實在不是一個容易對付的人物。」

楚小楓點點頭，道：「久年積非，可能成是，久年積威，他已經統治你們的心靈，所以，你們雖然感覺到被他玩弄於股掌之上，但卻不敢稍生叛逆之心。」

紅牡丹道：「大概是如此吧！不過，賤妾見到了公子之後，忽然生出了一種莫名的勇氣。」

楚小楓道：「唉！等你見到他之後，這種勇氣，恐怕就會突然消失了。」

紅牡丹道：「這個，賤妾還沒有想到過。」

楚小楓笑一笑，道：「姑娘，你只見到我拔劍一擊，還未見識我的武功，又為什麼能肯定，我能保護你呢？」

紅牡丹呆了一呆，頓然泛起了一臉茫然之色，道：「這個，賤妾……」

其實，楚小楓自己也不明白。

他也在想，初次見面，紅牡丹如何會這樣信任他呢？

但是楚小楓看得出來，那種信任，不只是言語上的信任，而是發自內心的真誠。

只聽紅牡丹長嘆一聲，道：「這真是費解得很，公子如不提出來，賤妾也不會想到這件事，如今公子這一問，倒叫賤妾有些不知如何回答了……」

語聲一頓，接道：「不過，賤妾對公子的信任，實是出於肺腑。」

楚小楓道：「這個，我知道，我不明白的是，像姑娘這種久走江湖，見識過大風大浪的人，怎麼會這樣輕易地相信我這樣一個初次見面的人……」

笑一笑，接道：「我沒有景二公子那股威嚴，也沒有使人屈服的手段，你怎會對我如此……」突然住口不言。

他似乎是突然捕捉到了什麼？想到了什麼？

紅牡丹臉上的迷惘之色，也逐漸地消退，這一瞬間，她似乎也得到了什麼？

四目相對，有一段很長的沉默。

良久之後，紅牡丹才緩緩說道：「楚公子，我想到了一些原因。」

楚小楓點點頭，道：「好！姑娘請說來聽聽。」

紅牡丹道：「我也許說不明白，但我想到了一個比喻……」

舉手理一下鬢邊秀髮，接道：「一個迷失在大海中的人，抱著一段木頭，她覺著那是她唯一的依靠，所以，她不敢放手，但她仍是泡在水中。」

楚小楓點點頭。

紅牡丹接道：「等到她看到了陸地，才知道那裡才是安全的地方，雖然，那一段旅程還很遙遠，但她發現了希望，她才有勇氣抱了那段木頭，向岸上游去，也許，她永遠登不上陸地，但她心中卻有了一個目標，滿懷希望，也有了勇氣，就算淹死在大海中，也是在所不惜了。」

楚小楓道：「沒有燭火，逐不走那一片黑暗……」

紅牡丹接道：「這些年來，我們一直生活在黑暗中，看不到燭光，所以，我們在尋找、等待，現在，總算看到了……」

楚小楓道：「看到了什麼？」

紅牡丹道：「看到了那支火燭，看到了那點光明，燭火也好，光明也好，但它給了我很大的勇氣，很大的鼓勵，使我早已萌生在心中的反抗心願，有勇氣施現出來。」

楚小楓道：「在下有這麼大的作用嗎？」

紅牡丹道：「我說得很真實，說來很奇怪，你好像有一種力量，使我有膽量離開景二公子。」

楚小楓默然了，他心中明白，那不只是武功上的力量，這中間還有一種說不出的感情力

春秋筆

量，這種力量，也是她敢於背叛景二公子的原因。

紅牡丹笑一笑，接道：「楚公子，我說的不全是你的武功，另外還有一種奇怪的力量。」

楚小楓道：「那是什麼力量，怎麼在下就感覺不到呢？」

紅牡丹道：「我說不出來，你和景二公子一樣的英俊，一樣的有著一種吸引女人的力量，但卻是多了……」

多了什麼？她似乎是無法說出來，只好住口不言。

楚小楓笑一笑，道：「姑娘，你是不是真的想改邪歸正。」

紅牡丹道：「是！楚公子，可是有些不信？」

楚小楓道：「我是有些懷疑，姑娘，這不是一件容易的事。好多年的積習，好多年的墮落，已經把人陷入了一個深坑之中，要想從這個坑中跳出來，必須要很大的勇氣。」

紅牡丹道：「我知道，我在心理上已經準備了一年多，等待的就是這個機會，和使我能夠跳出來的人。」

楚小楓說道：「姑娘，如若真有跳出這個深坑的決心，在下自當全力相助，眼下，咱們先救出宗一志……」

紅牡丹笑一笑，接道：「咱們的人手還單薄，我想去勸說大姊、二姊，合力同心，救助宗一志的力量，也可以增強一些。」

楚小楓道：「畫虎不成反類犬，這件事十分重大，你要多想想。」

紅牡丹道：「我們三姊妹同樣的遭遇，同樣的處境，自然也會生出同樣的心情，我們已經說過了很多次，但卻都無法付諸行動。」

楚小楓道：「既是如此，你去見見她們吧！」

紅牡丹點點頭，道：「你也要去，你是一種力量，必得讓她們先見到你。」

楚小楓道：「好！我陪你去。」

紅牡丹點點頭，道：「公子，請緊隨我身後。那機關門戶，開啟之後，會很快關閉。」

楚小楓點點頭，道：「姑娘放心，在下還跟得上。」

紅牡丹不再多言，舉步向前行去。

楚小楓緊隨身後。

只見紅牡丹一低頭，疾如流星一般，由門口中穿了出去。

楚小楓如影隨形般，緊追而出。

這是另一條甬道，不過兩丈多長，很快地走到了盡頭。

楚小楓一直緊隨在紅牡丹的身後，暗中留心紅牡丹的手法，看她如何打開壁間暗門。

只見紅牡丹回頭一笑，道：「每一條甬道的機關，都不一樣，不過，只要肯留心一些，即使不知內情，總可以找出管制門戶的機關。」

楚小楓又點點頭。

紅牡丹伸手在一面牆壁上摸了一陣，道：「在這裡了。」

暗運內力一推，牆壁上，果然又開了道門戶。就這樣連穿五條地道。

楚小楓暗中留心觀察，發覺每一條地道的寬度一樣，但長度卻是不同，但最長的也不過五丈，短的只有一丈多些。

行入第六條地道，紅牡丹突然低聲說道：「楚公子，本來，你應該留在這裡，我先去和兩位姊妹說好之後，你再上去，但我知道，你不會答應，也不會如此信任我……」

楚小楓笑一笑，接道：「姑娘，這談不上信任不信任，只是在下覺著，這樣不大妥當。」

紅牡丹道：「所以，我才要和你商量一番！」

楚小楓道：「姑娘請說！」

紅牡丹道：「我們一齊上去見她們，不過，你要忍著一些。」

楚小楓道：「怎麼說呢？」

紅牡丹道：「她們如若發了脾氣，都不能輕易動怒！」

楚小楓道：「好！」

紅牡丹道：「萬一她們動了手呢？」

楚小楓道：「在下不能還手？」

紅牡丹道：「那倒不是，一旦動手，你就要用最快的方法把她們制服。」

楚小楓道：「要我出劍？」

紅牡丹道：「最好是制住她們的穴道，然後，再說服她們，別忘了，她們兩個人的武功不錯，撇開我們姊妹一場的交情不說，殺了她們兩個，咱們只不過減少兩個敵人，如是收服了她們，咱們就多了兩個幫手。」

楚小楓道：「姑娘說得有理。」

紅牡丹微微一笑，道：「想不到，你竟是一個如此好說話的人。」

楚小楓道：「在下只聽從道理，只要姑娘說得有道理，在下絕對聽從。」

紅牡丹道：「公子言重了。」

伸手向壁間拍了一掌，果然，又有一道暗門大開。出了暗門，是直向上的階梯。

紅牡丹又回顧了楚小楓一眼，道：「楚公子，上去就到了，非到必要，不可出手……」

楚小楓道：「在下已經記下了。」

紅牡丹道：「我相信她們見過你之後，會聽我的勸說。」

楚小楓點點頭。

紅牡丹舉步而上。

這一次，她走得很慢。

到了一道鐵門前面，紅牡丹舉手叩動鐵門，三快、兩慢。

大約這是她們早已約好的暗記，所以，上面沒有問話，鐵門立時大開。

耳際間，傳入了一個嬌媚的女子聲音，道：「是三妹麼？」

紅牡丹道：「由地道中來，除了小妹，還有何人？」

紅牡丹一長身，突然以快速的身法，穿入鐵門。

楚小楓緊隨身後，飛躍而入。

鐵門迅速地關了起來。

這地方，仍然在地下，但卻很寬闊，顯然是一個地下密室。

室中的布置相當豪華，錦墩繡榻，瀰漫著脂粉香氣。

女人的閨房。

室中坐著兩個女人，一個年輕的女婢，就站在鐵門旁側。

兩個坐著的女人，一個穿著一身綠，胸前繡著一朵大荷。

另一個一身黃，黃衣上繡著一朵梅。

綠荷、黃梅、紅牡丹，江湖上有名的浪蕩三姊妹。

黃梅望望紅牡丹，又望望楚小楓，冷冷說道：「三妹，這是怎麼回事，這個野男人哪裡來的？」

綠荷坐著未開口，兩道目光，卻投注在楚小楓的身上。

紅牡丹笑一笑，道：「大姊、二姊，你們仔細看看，這個野男人怎麼樣？」

黃梅道：「三妹，你是不是有點瘋了啊！」

紅牡丹道：「沒有，小妹一點也沒有瘋，不過，我明白帶他來有些不對……」

黃梅接道：「三妹，你知帶他來有些不對，為什麼還帶他來呢？」

紅牡丹道：「第一，他武功太高，我如不帶他來，他可能會殺了我；第二，這個人，馬虎虎還看得過去，所以，我帶他來給兩位姊姊看看。」

綠荷嗯了一聲，站起身子，道：「你貴姓？」

楚小楓道：「姓楚，楚小楓。」
綠荷道：「什麼出身？」
楚小楓道：「無極門中弟子。」
綠荷道：「你出手能制住我們的三妹，想來武功很高了？」
楚小楓道：「差不多吧！」
綠荷笑一笑，道：「你很自負。」
楚小楓道：「大姑娘是不是想考考我？」
綠荷道：「這個麼？要看情形了，說不定我會殺了你。」
楚小楓笑一笑，道：「哦！」
黃梅道：「大姊，你看他那個架子，好像有恃無恐。」
楚小楓目光轉注到紅牡丹的身上，笑道：「三姑娘，你帶我來這裡，難道就是要我來聽訓的麼？」
紅牡丹道：「話不說不明，木不鑽不透，事情沒有說明以前，總難免有一點誤會，這誤會應該解說清楚才是。」
楚小楓道：「好吧，那就請三姑娘代我解說一下。」
黃梅冷哼一聲，道：「三妹，你答應了他些什麼？」
紅牡丹道：「什麼也沒有答應！」
黃梅道：「好！就是這小子信口開河了。」

紅牡丹道：「那也不是，他說，要我把目下的處境解說一下。」

黃梅道：「三妹，你乾脆一下子把話說清楚吧！」

紅牡丹道：「大姊，咱們在這萬花園中住了些時間，不知兩位姊姊有些什麼感覺？」

綠荷道：「這個，你有什麼感覺？」

紅牡丹道：「咱們三姊妹，昔年在江湖上，被人稱作浪蕩三姊妹，那時，咱們的聲譽雖然不好，但生活還過得快活，如今呢？小妹自覺，已經不算是一個人了！」

綠荷道：「說下去。」

紅牡丹道：「咱們是景二公子的玩物，還得替他做事，不要說妾、婢的身分了，連他養的一條狗都不如，這些日子，生不如死。」

綠荷道：「三妹，那你為什麼不逃走呢？」

紅牡丹道：「逃得了麼？你們看到他們對付背叛之人的手段，不是生餵猛虎，就是整得你求生不能，求死不得。」

綠荷輕輕吁一口氣，道：「三妹，你帶這麼一個人來，用心何在呢？」

紅牡丹道：「我帶他來，就是請大姊和二姊看看。」

綠荷道：「現在，我已經看到了！」

紅牡丹道：「大姊、二姊的看法如何呢？」

綠荷道：「我們還不太瞭解，三妹，你是否可以說清楚一些？」

紅牡丹道：「說什麼呢？我只是要你們看看這個人罷了。」

綠荷笑了笑，道：「三妹，我不是說過了，我和二妹都看到了，但他究竟有什麼目的呢？」

紅牡丹道：「大姊，一定要說清楚麼？」

綠荷笑道：「是啊！你不說清楚，我們又能決定什麼呢？」

紅牡丹道：「我和他談過了，說得很清楚，希望他能收留我們。」

綠荷道：「娶咱們三個姊妹做夫人？」

紅牡丹道：「這個，他倒還沒有答應，只不過，已經答應了讓我們跟著他，為妾為婢，由他決定。」

黃梅道：「哼！去跟他做丫頭。」

紅牡丹道：「二姊，你再仔細看看他。」

黃梅道：「不用了，我已經看得很清楚啦！」

紅牡丹道：「他比景二公子如何？」

黃梅道：「比景二公子？兩個完全不同的人，怎麼可以比呢？」

紅牡丹道：「小妹這些日子，獨居小廟，想了很多的事，其間，最重要的一件事，就是我們為什麼不肯離開萬花園？」

綠荷道：「你不是說得很清楚麼？怕他們找到了，予以處死。」

紅牡丹道：「那只是原因之一。」

綠荷道：「還有什麼別的原因？」

紅牡丹道：「咱們被一種無形的力量所束縛，那就是情網，只不過，咱們不知道罷了……」

黃梅道：「哦！」

綠荷輕輕吁一口氣，道：「三妹，你想的也許有些道理，不過……」

紅牡丹接道：「聽我說完，也許，我想得太多一些，兩位姊姊可能沒有想過這件事。我們姊妹，素來心息相通，也可能這件事，看法不同，我已經決定了跟著他走！為妾為婢，在所不惜，兩位姊姊不願背叛景二公子，是兩位姊姊的事，小妹也不便勉強，只求兩位姊姊，念在相處數年的情份之上，放過一馬！」

黃梅道：「三妹……」

紅牡丹接道：「二姊，別要妄圖動手，楚公子的劍如閃電，咱們三姊妹加起來，也不是他的敵手。」

綠荷道：「哦！他真的有這麼厲害麼？」

紅牡丹道：「小妹怎敢欺騙兩位姊姊。」

綠荷冷笑一聲，道：「小妹，我實在有些不信他如此厲害？」

紅牡丹道：「大姊，你怎麼如此不信任小妹呢！」

綠荷淡淡一笑，道：「三妹，這件事和你無關，不用三妹費心……」

語聲一頓，接道：「二妹，出手試試他？」

黃梅道：「小妹遵命。」

話未落盡，手已探出，五指扣向楚小楓的右腕。

楚小楓右腕一沉，避開了掌勢，五指翻轉如電，反而制住了黃梅的右腕，冷冷說道：「姑娘，你出手太慢了。」

黃梅呆了一呆，道：「大姊，這小子不錯。」

楚小楓淡淡一笑，放開了黃梅，目光轉到綠荷的身上，道：「大姑娘，你要不要試一試？」

綠荷道：「你準備以一敵三？」

楚小楓道：「如若三位願意和在下一戰，何妨聯手一試。」

綠荷道：「你好大的口氣。」

目光轉注到紅牡丹的身上，接道：「三妹，你的意下如何？」

紅牡丹道：「就算咱們三個聯手，也非他之敵，大姊又何苦一試呢？」

綠荷一皺眉頭，道：「三妹意思，是不肯和我們聯手了？」

紅牡丹道：「大姊原諒。」

綠荷突然欺身而上，連攻三掌。

楚小楓身軀搖動，雙足未動一步，竟然把三掌避過。

綠荷點點頭，道：「果然高明。」

紅牡丹道：「大姊，現在還不肯相信小妹嗎？」

綠荷道：「三妹，我現在相信，他比咱們高明。」

紅牡丹道：「大姊相信就好了。」

綠荷道：「三妹，你想過麼?他能勝過咱們，但他能勝過景二公子麼？」

紅牡丹道：「就算勝不過吧，咱們陪著他戰死萬花園，死而何憾？」

綠荷道：「三妹，我看你是迷上他了。」

紅牡丹道：「大姊，他是個君子，至少，他會把咱們當人看待。」

綠荷道：「那還不是一樣的命運，難逃餵虎。」

楚小楓道：「這一點，諸位姑娘可以放心了，那一十八隻老虎，都已經死於非命了。」

紅牡丹道：「我聽到猛虎慘嘯之聲。」

綠荷道：「三妹，你看到那猛虎死光了麼？」

紅牡丹道：「這個，小妹倒未看到。」

綠荷道：「眼見是實，耳聞是虛。」

楚小楓搖搖頭，嘆口氣，道：「三姑娘，人各有志，勉強不得，你們雖是異姓姊妹，但也無法強拖她們下水，咱們走吧？」

紅牡丹嘆口氣，道：「大姊、二姊，咱們早已有叛離萬花園的用心，今日是個機會，兩位姊姊，又為什麼不肯和小妹一起行動呢？」

綠荷道：「三妹，大姊擔心，咱們很難生離此地……」

紅牡丹接道：「大姊，咱們留這裡，雖然是沒有死，但卻是生不如死。」

綠荷道：「三妹……」

紅牡丹接道：「大姊，你不用再說了，小妹已經決定了，不管你們走不走，小妹是決定走了，兩位姊姊，小妹就此告辭了。」

綠荷接道：「三妹你不再想想麼？」

紅牡丹道：「小妹已經決定，兩位姊姊不肯走，小妹只好獨行其是了，楚公子，咱們走吧！」

綠荷大聲喝道：「慢著，三妹，你不能就這樣走了。」

紅牡丹道：「為什麼？難道大姊還要把小妹留下來麼？」

綠荷道：「三妹，不可太任性。」

紅牡丹道：「大姊，咱們姊妹一場，難道你真要鬧到和小妹動手搏殺麼？」

綠荷怔了一怔，道：「你就愛的這麼深麼？」

紅牡丹肅容說道：「大姊，小妹這一次不是愛的深，而是真真正正的和他有了情意。」

綠荷道：「怎麼？三妹，你準備和姊姊動手了？」

紅牡丹道：「大姊，小妹沒有這個意思，但望大姊念在咱們姊妹的情份之上，放小妹一馬。」

綠荷道：「我的好妹子，姊姊的話，你是一點也不肯聽了。」

紅牡丹道：「大姊，人各有志，咱們姊妹既然不能再相處下去，那就只好分道揚鑣了。」

綠荷道：「好吧！你既然要走，那就隨你便好了。」

紅牡丹道：「好！大姊、二姊，請受小妹一拜。」

對綠荷盈盈拜了下去。

轉身對黃梅時，黃梅卻揚揚手，道：「三妹，慢一點……」

紅牡丹接道：「怎麼？二姊難道不肯放過小妹麼？」

黃梅道：「不是，我要跟你一起走！」

十七　三陰絕脈

綠荷怔了一怔，道：「二妹，你……」

黃梅接道：「大姊，你肯高抬貴手，放過三妹，難道就不肯放過小妹麼？」

綠荷笑一笑，道：「二妹、三妹，你們都走了，我這個大姊誰管呢？」

黃梅接道：「大姊，難道你還要我們照顧？」

綠荷道：「但我得照顧你們啊！」

黃梅道：「那麼大姊，為什麼不跟我們一起走呢？」

綠荷道：「我正在想這件事情。」

黃梅道：「大姊，你要想多久才能決定？」

綠荷道：「現在，我就決定了。」

黃梅道：「是走呢？還是留下來？」

綠荷道：「走！咱們一起走。」

紅牡丹道：「那真要謝謝大姊了。」

綠荷目光轉到楚小楓的身上，接道：「楚公子，你準備怎樣安排我們姊妹？」

楚小楓道：「在下不接受任何條件。」

綠荷道：「三妹，你們沒有談好？」

紅牡丹道：「沒有，大姊，我只是求到楚公子答應收留我們，至於咱們跟著楚公子做些什麼事，小妹還未談過。」

綠荷道：「三妹，現今，是不是可以談談了？」

楚小楓道：「最好別談，一談可能就談不攏了。」

綠荷道：「三妹，你看他是不是比景二公子，更難對付？」

紅牡丹道：「大姊，咱們不求什麼，只求他帶我們離開此地。」

綠荷道：「哦！」

楚小楓道：「在下和景二公子有一點不同之處，那就是景二公子可以口是心非，說了不算，在下要麼不答應，只要答應的話，一定可以兌現！」

綠荷道：「哦！」

楚小楓道：「所以，我現在不能答應你們什麼。」

綠荷道：「連幾句甜言蜜語，也不肯說麼？」

楚小楓道：「不會，在下這一生中，從來不打誑語。」

綠荷道：「好吧！我們跟你走，但是還有別的條件。」

楚小楓道：「哦？」

綠荷道：「好像是我們在求你一樣了。」

楚小楓道：「那倒不是，咱們應該是一種合作。」

綠荷道：「合作？」

楚小楓道：「對！諸位幫我找一個人，在下帶三位離開此地，而且，可以把諸位置於保護之下。」

綠荷道：「什麼保護之下？」

楚小楓道：「無極門……」

綠荷道：「區區無極門，能夠保護我們麼？」

楚小楓道：「其實，能夠對付黑豹劍士，當今武林之中，還只有無極門。」

綠荷道：「有這種事？」

楚小楓道：「在下告訴過姑娘，我一生不打誑語。」

綠荷道：「唉！據我所知，無極門似乎是已將滅亡。」

楚小楓道：「不錯，無極門已將滅亡，但尚未滅亡，如若我們沒有對付黑豹劍士的能力，我們無極門，還能夠生存麼？」

綠荷道：「只有無極門？」

楚小楓道：「還有丐幫。」

綠荷道：「丐幫也能保護我們麼？」

楚小楓道：「只要你們能夠找出一個人，在下擔保，丐幫會全力庇護。」

綠荷道：「找什麼人？」

楚小楓道：「一個不到二十歲的年輕人，名叫宗一志。」

綠荷沉吟了一陣，道：「宗一志，無極門的少主。」

楚小楓道：「對！無極門的少主。」

綠荷道：「我知道有一個年輕人，被囚在一座地道中，但他是不是宗一志，我就不清楚了。」

楚小楓道：「那個人多大年紀？」

綠荷道：「那人年紀不大，雖然，他數日未食，臉色蒼白，但我估計，他不會超過二十歲。」

楚小楓道：「大概差不多，咱們去瞧瞧吧？」

綠荷笑一笑，道：「由此地到那裡，路雖不遠，不過，卻不容易走。」

楚小楓道：「有點困難？」

綠荷道：「對！要通過三個關卡，一道比一道難過。」

楚小楓道：「大姑娘，能不能說得明白一點？」

綠荷道：「我只知道那三個關卡難過，但卻不清楚那是些什麼人物。」

楚小楓道：「好！那就請大姑娘給我帶路吧。」

綠荷道：「楚公子，我們三姊妹跟著你反叛萬花園，你總得有個交代。」

楚小楓道：「什麼交代？」

綠荷道：「你如何處置我們三姊妹？」
楚小楓道：「我答應了帶你們走，盡力保護你們。」
綠荷道：「就這一點承諾？」
楚小楓道：「姑娘想要什麼？」
綠荷道：「我要問問，我們三姊妹，今後何去何從？」
楚小楓道：「等這場風波平靜了，你們還活著，那就找個合適的人嫁了。」
綠荷道：「你……」
楚小楓道：「我怎麼樣，我對諸位的承諾，就一定能辦到。」
綠荷道：「公子，如我們不願嫁人呢？」
楚小楓道：「那該由諸位姑娘決定。」
綠荷道：「如是我們要跟著公子呢？」
楚小楓道：「我……」
綠荷道：「是！我們不願嫁人，一生追隨公子，聽憑吩咐。」
楚小楓道：「三位執意如此，在下也不會勉強諸位，此話不算許諾，也許三位日後會改變主意。」
他讀書萬卷，胸羅極博，思慮長遠，與一般江湖人物對事對人的看法大不相同。
綠荷道：「公子是答應了？」
楚小楓道：「答應了，三位一定要追隨在下，那也是在下的一份光榮。」

綠荷笑一笑，道：「公子，有過一次很慘痛的教訓，使我們三姊妹提高了不少的警覺，不知道三妹是否把我們三姊妹在江湖上的名聲，告訴過公子。」

楚小楓道：「說過了。」

綠荷道：「是不是很詳盡？」

楚小楓道：「大姑娘，是不是想再重述一遍？」

綠荷道：「嗯！我想說得清楚一些，不過長話短說，第一，我們姊妹的名聲，在江湖上不太好，也就是名門大派所謂的蕩婦、淫娃。」

楚小楓道：「這個，我知道了。」

綠荷道：「第二，我們三姊妹過去，確做了不少的壞事，引誘正大門派中的弟子，結了不少的仇。」

楚小楓一皺眉頭，道：「能不能說出最嚴重的一、兩件，給在下聽聽？」

綠荷道：「好！我們引誘一個少林弟子，蓄髮還俗，另一武當門下弟子，叛離師門。」

楚小楓苦笑一下，道：「以後，這兩個人呢？」

綠荷道：「以後，那個少林弟子，被他們的師長，追回少林寺，聽說，被囚禁於戒情院。」

楚小楓道：「那個武當弟子呢？」

綠荷道：「他用情太真，二妹受不了那一股熱勁，所以，把他給丟了，但他苦追不捨，以後，聽說死在了景二公子手中。」

楚小楓道：「一個佛門弟子，一個全真道長，都是跳出三界外，不在五行中的人，他們那是身中媚藥，情非得已，情尚可原，如若只是受不住美色誘惑，身淪魔劫，那也算咎由自取了。」

綠荷輕輕嘆息一聲，道：「公子高見，果然和常人有些不同，我們姊妹雖然犯了淫行，但卻從未用過媚藥，如是遇上了一個戒持、修為，都很高明的人，我們就無所施展了。」

楚小楓道：「你們三姊妹，引誘男人，是各自為攻呢？還是聯手合作？」

綠荷道：「除了景二公子和你楚公子之外，我們三姊妹一向還能嚴守分際，各不相犯。」

楚小楓道：「盜亦有道，你們行為雖然荒誕不經，但也該有一點自我約束，至少，此後，你們要洗心革面，不得再犯淫行，大姑娘，請帶路吧。」

綠荷淒涼一笑，道：「楚公子，難道你不想聽聽我們三姊妹和景二公子的事麼？」

楚小楓笑一笑，道：「不用聽了，大同小異。」

綠荷道：「不！我們對景二公子的用情很真，才三女同事一夫，而且，這兩年來，我們一直嚴守婦道……」

楚小楓哦了一聲，接道：「當真麼？」

綠荷道：「婢子已盡所欲言，毫無保留，絕無一言相欺。」

楚小楓道：「你們玩世不恭，閱人多矣！為什麼還會如此對一人鍾情？」

綠荷道：「玩火者焚於火，善泳者死於水，我們一片真情，換到的只是一片淒涼。」

楚小楓道：「哦！」

綠荷道：「景二公子對我們全是玩弄，相識之初，倒也有一段甜蜜的歲月，但只不過半年，半年之後，他就把我們帶到了萬花園來，然後，我們就這樣，被冷落在一邊了。」

楚小楓道：「現在呢？」

綠荷道：「現在，在他的眼中，我們也許連一條狗也不如。」

楚小楓笑道：「姑娘，這說法，不覺著有些妄自菲薄麼？」

綠荷道：「有誰願意羞辱自己呢！但我說的是實話，他想到我們了，就來找我們，想不到，也許一個月也見不到他一次。」

楚小楓道：「夠了，咱們去找那個被囚的人吧！」

綠荷道：「公子，你有一種丰采、神韻，使女人陶醉，使女人迷戀，我們背叛景二公子，那就是我們發覺了，他並不是唯一能使女人迷戀的男人。」

楚小楓一揚劍眉，道：「這是什麼意思，我有些不太明白？」

綠荷嘆息一聲，道：「這是一種心理上的感受，非是經過此變的人，只怕不會知道。」

楚小楓道：「哦！你說說看？」

綠荷道：「那是一種心靈上的慰藉，他如真是天下第一動人的男人，我們就算跟著他做牛做馬，心理上有一種莫名的滿足，只好認了，楚公子的出現，給我們證明一件事情。」

楚小楓道：「證明了什麼？」

綠荷道：「他不是。」

楚小楓笑一笑，道：「我明白了，咱們走吧！」

綠荷道：「公子，此去那囚人之處，須經過三道關口。」

楚小楓道：「我不怕。」

綠荷道：「就算公子武功高強，能夠斬將過關，但搏殺之時，也難免驚動了別人。」

這倒是一件值得顧慮的事，楚小楓想了一下，道：「大姑娘的意思呢？」

綠荷道：「咱們三姊妹投效公子，還未立寸功，何不讓我們為公子立一次功？」

楚小楓道：「你們用什麼辦法？」

綠荷道：「幸好那三道關口的守關人，都是男人，而且，都是色瞇瞇的男人，我們三姊妹，也長得不太醜。」

楚小楓明白了，原來她要用色誘。

暗忖思了一陣，楚小楓道：「這辦法行麼？」

綠荷道：「世上像你楚公子這樣的人不多，所以，我們有十之八九的勝算。」

楚小楓道：「我呢？」

綠荷道：「如是楚公子肯信任我們，交給妾身去辦，那是最好不過。」

楚小楓道：「我就在這裡等你們麼？」

綠荷道：「三妹留在這裡陪你。」

紅牡丹道：「公子，大姊一生最守信諾，公子如相信，咱們就守在這裡等著。」

楚小楓暗道：「留一個人陪著我，諒你們也耍不出什麼花樣。」

看他沉思不語，綠荷立刻接道：「我們剛才已接急報，有人侵犯花園，除了派出追殺你們的人手之外，一律不准外出，公子跟著去，只怕會使他們提高了警覺。」

楚小楓點點頭，道：「好吧，兩位姑娘早去早回。」

綠荷道：「至遲一個時辰之內，我們就會回來。」說完話，閃身而去。

黃梅緊隨身後，室中，只剩下了楚小楓和紅牡丹。

楚小楓笑一笑，道：「三姑娘，咱們到此地時間不短了，只怕我那幾個朋友，已經等得不耐煩。」

紅牡丹道：「是，公子的意思，應該如何呢？」

楚小楓說道：「有沒有辦法，通知他們一聲？」

紅牡丹道：「希望你那幾個朋友沉得住氣，不要大喊大叫地找你。」

楚小楓道：「那倒不會，不過，他們定然會到處找我，我想，萬花園中，一定有你們監視的人，只怕雙方面會動起手來。」

紅牡丹道：「誰和你們動手？」

楚小楓道：「這萬花園中，有不少高人，難道姑娘不知道麼？」

紅牡丹道：「我知道，但動手的時間未到。」

楚小楓道：「他們決定了什麼時間？」

紅牡丹道：「好像黃昏，現在，除了留在園中，狙殺你們的人手之外，他們不會大舉出動。」

楚小楓道：「我說呢！我們殺了十八頭猛虎，仍不見動靜。」

紅牡丹道：「唉！這是管理嚴密的組合，為了等一個時機，他們有著絕對的耐性，別說你們殺了十八頭猛虎，就算殺了十八個人，他們也一樣不會冒然出動。」

楚小楓道：「原來如此。」

紅牡丹道：「所以，你們一直沒有找到敵人。」

楚小楓道：「姑娘，他們為什麼一定要等到黃昏時分才動手呢？」

紅牡丹道：「這個，我也不太清楚了，好像是，在等一個人。」

楚小楓道：「等人？什麼樣一個人物？」

紅牡丹道：「公子，我真的不知道，在萬花園中，我們也不過是二、三流的人物，真正重要的機密大事，我們也參與不了。」

楚小楓道：「景二公子，是不是這萬花園中的首腦？」

紅牡丹道：「就算他不是首腦人物，但也是這萬花園中重要的人物之一。」

楚小楓道：「他是不是常住在萬花園中？」

紅牡丹道：「他來時，就突然而來，去時，也不會告訴我們到何處，是不是住在萬花園中，連我們也不知道。」

楚小楓凝目沉思，不再多言。

紅牡丹輕輕嘆息一聲，道：「公子，你是不是不大相信我的話？」

楚小楓道：「相信，我是在想，這位景二公子，是什麼來路？」

紅牡丹道：「他從來沒有跟我們談過他的出身，就算在兩情繾綣、柔情蜜意的時間，他仍然是不肯說出來。」

楚小楓點點頭。

他陷入了沉思之中，想不到，這萬花園中竟然如此複雜。

快過一個時辰了，仍不見綠荷、黃梅回來。

楚小楓心中雖然有些焦急，但他表面上，還忍得住。

但紅牡丹卻忍不住了，來回地走動，一片焦急之色。

忽然間，門呀然而開，黃梅閃身而入。

紅牡丹急道：「急死人啦！大姊呢？」

黃梅道：「人已經救出來，大姊就在後面。」

另一個暗門忽開，綠荷緩步而入。

她懷中抱著暈迷不醒的人。

那人蓬首垢面，掩去了本來面目。

但楚小楓仍然一眼就瞧出來，那人是宗一志。

強自壓制內心中的激動，抱拳一禮，道：「多謝大姑娘。」

綠荷道：「不用謝了，你先看看，是不是你要救的人？」

楚小楓道：「是！他就是我要找的師弟宗一志。」

原來的想像之中，不知要費去多大的手腳，才能找到宗一志，想不到竟這樣輕易得來。

這真是應了那句踏破鐵鞋無覓處，得來全不費工夫的話。

綠荷緩緩把他平放地上，道：「不知是服有了藥物，還是被人點了穴道，楚公子自己瞧瞧吧！」

楚小楓蹲下身子，只見宗一忘雙目緊閉，臉色蒼白，但呼吸還很正常。

一時之間，楚小楓也無法判斷出，他是被藥物所傷，還是被人點了穴道。

紅牡丹蹲下去仔細瞧了一遍，沉吟道：「照小妹的看法，他是被人點了穴道。」

楚小楓點點頭，道：「三位姑娘，趁現在還沒有到他們發動的時候，咱們先行離開，不知三位的意下如何？」

綠荷道：「公子不用客氣，由現在開始，咱們三姊妹連人帶命，全都交給了你楚公子，只要公子一聲吩咐，赴湯蹈火，在所不惜。」

楚小楓呆了一呆，忽然感覺到一股很沉重的壓力，放在了肩上。

無極門是江湖上正大門戶，如若帶著聲名狼藉的綠荷、黃梅、紅牡丹，在江湖上走動，必然是一件轟動江湖的奇怪事情，對無極門的名譽影響，必然很大。

這時，他才想到了師父的遠見，臨死之前，准他脫離無極門。

這對他有著很大的幫助，可以使他便宜行事，不受無極門規的約束。

要非如此，他就不能通權達變，答應綠荷等三姊妹，把她們收留到身邊，而很快地找出小師弟的下落了。

世上有很多事，實在很難預料，但有權便宜行事，可以掌握先機。

綠荷笑一笑，道：「公子，你在想什麼？」
楚小楓道：「沒有……」
綠荷接道：「公子，是不是有什麼為難之處？」
楚小楓道：「唉！實不相瞞，在下正想應該如何給我師母說個明白。」
綠荷道：「公子，不用為難，不論什麼事，都不用為難，你師母問你時，你就說，你收的丫頭。」
楚小楓道：「姑娘如此體諒在下，倒叫在下有些慚愧了。」
綠荷道：「不，我們會帶給你一些麻煩，那是沒有法子的事，我們過去的名聲太壞了，但我會盡力把帶給你的麻煩，減到最低限度。」
楚小楓道：「三位姑娘，我楚某人答應三位的事情，一定會辦到，三位姑娘不用擔心，現在咱們走吧。」
紅牡丹道：「公子，你要不要試試看，能不能解開這位宗公子的穴道？」
楚小楓道：「就這樣帶他出去吧。」
紅牡丹道：「為什麼？」
楚小楓道：「因為，我要先讓師娘看到他，然後，再設法解開他的穴道。」
紅牡丹道：「好，就依公子之意。」
綠荷道：「二妹、三妹，咱們換衣服，帶上兵刃，從此刻起，要恢復江湖三枝花的名字。」

楚小楓一笑，道：「三位，最好，先別太明顯，外面穿件衣服，把你們身上的標識遮起來。」

綠荷笑一笑，道：「好！我們一切都遵照公子吩咐。」

三個人，更換了衣服，外面各罩了一件長衫。

綠荷是綠色，黃梅是黃色，紅牡丹是紅色。

三個女人，全都梳著高髻，穿著三色不同的衣服，看起來實在扎眼得很。

扎眼歸扎眼，但楚小楓還是得先帶她們出去。

三姊妹全都是用的寶劍。

綠荷打開了通往外面的門，日光照射進來。

紅牡丹和黃梅，當先向外衝了出來。

楚小楓抱起了宗一志，走在了中間。

綠荷斷後。

步出鐵門，但見日光耀眼，花香撲鼻。

只聽黃梅大聲喝道：「站著，什麼人？」

另一個人的聲音，傳了過來，道：「小楓師弟。」

來人正是董川。

董川輕輕吁一口氣，快步行了過來，接道：「七師弟，你懷中抱的什麼人？」

楚小楓道：「大師兄，是一志師弟。」

董川的聲音有些顫抖，道：「是一志師弟，你已找到他了？」

楚小楓道：「是！多虧這三位姑娘幫忙。」

董川打量了綠荷一眼，道：「就是這三位姑娘麼？」

楚小楓道：「對！就是她們三位。」

董川不認識綠荷等三姊妹，急急一抱拳，道：「多謝三位姑娘。」

綠荷笑一笑，道：「不！不用謝我們。」

董川道：「你們救了我們的小師弟，那是我師父留下的唯一骨肉，你們救了他，我們整個無極門，人人都會感激你們。」

綠荷笑一笑，道：「大駕是？」

楚小楓急急接道：「這是我的大師兄，也是現在無極門的掌門人。」

綠荷一撩長裾，突然拜伏於地，道：「綠荷拜見掌門人。」

黃梅、紅牡丹眼看著綠荷跪了下去，也跟著跪了下去。

董川有些驚慌失措地道：「三位姑娘，快些請起來。」

綠荷道：「咱們第一次見掌門人，自然是應該大禮參拜了。」

董川道：「三位姑娘，無極門應該感激三位才對。」

綠荷道：「不敢當！不敢當！我們都是楚公子的人……應該為無極門效力。」

董川臉色一變，道：「你們已是楚公子的人了，這該是什麼意思？……小楓，你……」

楚小楓接道：「大師兄，為了救小師弟，不得不通權達變，所以，答應她們……」

董川嘆息一聲，接道：「不要說了，小楓，你不受門規約束，我這個掌門師兄，也管不了你，不過，做什麼事，總要有一個規範，你一下子就娶了三房……」

楚小楓急道：「師兄，你誤會了。」

綠荷道：「掌門人，我們都是楚公子的丫頭。」

董川道：「丫頭，這個，怎麼可以？」

黃梅道：「有什麼不可以，是我們自願追隨楚公子做丫頭的。」

董川道：「哦！」

楚小楓道：「大師兄，她們都是萬花園中人，但她們幫我救出了一志師弟，也告訴我很多秘密，萬花園中，絕對不會再容下她們了，所以，我要帶著她們，保護她們。」

董川道：「那是應該的，走！咱們見師娘去，她見到一志師弟，不知該如何高興了。」

楚小楓道：「師娘現在何處？」

董川道：「在那座小廟，為你失蹤事，似是極為痛苦，我看到她偷偷地拭去了幾次眼淚。」

楚小楓鼻孔一酸，眼淚差一點流了下來，但他卻強自忍了下去，瞪著眼，沒有讓眼淚流下來，道：「走！見師娘去。」大步向前行去。

綠荷、黃梅、紅牡丹緊追楚小楓身後。董川走在最後。

小廟相距不遠，很快到達廟前。

只見白梅、白鳳、陳長青、神出，鬼沒、成中岳等，都守候在小廟前面。

母子之間，也許真有一種靈犀相通的感覺，白鳳絕對無法看清楚，楚小楓懷抱之中的人是誰，但她卻快步迎了上去，道：「小楓，你抱的是一志？」

楚小楓屈膝了下去，道：「弟子很慚愧……」

白鳳接道：「小楓，你……你慚愧什麼？」

楚小楓道：「弟子未能將一志師弟完好帶回來。」

白鳳臉色一變，但她仍然伸手扶起了小楓，道：「快起來，告訴我，一志是不是死了？」

楚小楓搖搖頭，道：「一志師弟好像被人用一種獨門手法，點了穴道，也許是被人灌了什麼藥物，弟子拿不準，不敢擅自動手。」

同時，白梅、陳長青等，都圍了過來。

這時，白鳳已然接過了宗一志，平放在地上。

白梅望了楚小楓一眼，目光滿是奇異的嘉許，他這個老江湖，也實在想不通，小楓是怎麼這樣輕輕易易的，就把宗一志救了出來。

蹲下身子，翻開了宗一志的眼睛，瞧了一眼，道：「不像是藥物所毒。」

白鳳道：「不是藥物所毒，那是被人點了穴道啦。」

白梅道：「拿不準，看來，得試試才知道。」

陳長青雙手齊出，在宗一志身上摸了陣，道：「不是一般的點穴手法。」

白梅道：「如是一種獨門手法，而我們之中，又無人能夠解得這種手法，那豈不是一場

很大的麻煩麼？」

陳長青道：「這個要靠運氣了。」

白梅道：「世上的獨門點穴手法，種類繁多，不解其內情的，只怕很難下手。」

陳長青道：「白兄，我看這件事，咱們得從長計議。」

白梅道：「你叫化子的意思是……」

陳長青嘆息一聲，接道：「實不相瞞，老叫化已經試過了，我所懂五種解穴手法，都不適用，如若咱們強行施展，只怕會激起變故。」

白梅道：「唉！我明白，一下子逼住了他的血氣，可能會身受內傷。」

陳長青道：「如不能及時疏導，很可能會要了一個人的性命。」

白鳳道：「陳長輩，但一志現在此地，你們總不能撒手不管啊！」

白梅道：「鳳兒，誰說不管了，我們不正在研究解穴之法麼？」

陳長青道：「如論點穴一道，敝幫主涉及最博，他也許可以解得……」

目光一掠楚小楓，接道：「小楓，你怎麼不試試呢？」

楚小楓道：「茲事體大，晚輩不敢下手。」

陳長青道：「小楓，試試吧……小心一些，發覺不對立刻停手。」

白鳳望望小楓，道：「小楓，你有幾分把握？」

楚小楓道：「一分把握也沒有。」

白鳳道：「那不太危險了麼？」

楚小楓道：「這也是弟子把一志師弟如此帶回來的原因。」

白鳳道：「這該怎麼辦呢？」

楚小楓道：「師娘，你帶著一志師弟，去見見幫主，求他慈悲。」

陳長青道：「小楓，我覺著你不妨試試，救人如救火，來不及再拖延了。」

楚小楓心中暗道：「他要我出手一試，大概心中有他們的看法了，像這樣乾耗下去，倒不如冒險一試……」

心中念轉，欠身應道：「晚輩願盡力一試，不過，還要兩位老前輩，以數十年的經驗，給晚輩一些指點。」

陳長青道：「小楓，不論你用什麼手法，但都不可以特別猛烈，試行漸進，須知解穴手法，比點穴，尤難十倍。」

楚小楓道：「晚輩受教。」

緩緩蹲了下去，雙手在宗一志的身上，移動了一陣，抬起頭來，望著白鳳，頂門上，滾落下一片汗珠兒。

白鳳黯然一嘆，一閉雙目，兩行淚水，滾下雙腮，肅然說道：「小楓，你只管出手，如果實在救不活他，那也是他命該如此。」

楚小楓舉手拭一下臉上的汗水，道：「師娘，弟子找到了一點徵象，一志師弟是三陰絕脈受制，一旦解穴手法有錯，不死也得殘廢。」

白鳳道：「三陰絕脈？」

楚小楓道：「是。」

陳長青道：「小楓，且慢下手。」

楚小楓剛剛拭去頭上的汗水，此刻又出了一頭大汗，道：「老前輩有什麼指教？」

陳長青道：「老叫化聽說過，三陰絕脈被點，是點穴手法中最難的一種，解救手法，也是困難無匹，你要特別的小心。」

楚小楓道：「謝老前輩指點，弟子知道。」

白鳳道：「小楓，你出手吧。」

楚小楓應了一聲，突然運指如風，連點九指。

這九指，似乎是用盡了他平生的氣力，整個臉，變成了一片蒼白，人也像變傻了一樣，瞪著一對大眼睛，望著宗一志出神。

事實上，場中所有的人，都望著宗一志出神。

場中靜得落針可聞。

綠荷、黃梅、紅牡丹，都被這冷肅的氣氛感染，只有堂堂正正的人，才有這種發自內心的真情。

這冷肅的氣氛，足足有一刻工夫之久，宗一志突然活動了一下雙臂，坐了起來。

楚小楓突然一閉雙目，兩行淚水奪眶而出，叫了一聲：「師娘」，對著白鳳跪了下去。

白鳳很激動，伸手扶起了楚小楓，道：「孩子，苦了你啦。」

楚小楓道：「弟子，好緊張，好害怕，如若我錯了，我會陪著師弟一起死。」

白鳳道：「小楓，你盡了心就是，死活都是他的命，孩子，你成功了。」

這時，宗一志已經站起了身子，回顧了一眼，突然叫了一聲：「娘。」

撲入了白鳳的懷中，淚如泉湧。

他吃了多大的苦，忍受了多大的委屈，一個十幾歲的孩子，不論他有多麼的堅強，都無法承受住這份痛苦。

白鳳輕輕吁了一口氣，道：「孩子，哭吧，盡情地哭吧！哭個痛痛快快！」

這一來，宗一志倒是不好意思哭了，擦擦眼淚，道：「娘！我還好好地活著嗎？」

白鳳道：「你還好好地活著，快去拜謝你七師兄，他為你，賭上了自己一條命。」

宗一志哦了一聲，回頭對楚小楓拜了下去，楚小楓也急急拜倒，道：「一志，自己兄弟，這叫我怎麼敢當。」

白梅道：「孩子們，都起來。」

楚小楓站起身子，才對白鳳說道：「師娘，救一志師弟出險的，是這三位姑娘，弟子斗膽做了主，答應保護她們的安全。」

白鳳道：「那是應該的。」

楚小楓道：「弟子已稟報了掌門師兄，收留了她們。」

白鳳沒有立刻答覆，回顧了綠荷等一眼，道：「你們要入無極門？」

綠荷道：「不是。」

白鳳道：「你們救了宗家唯一的骨肉，在私人立場，我會盡量滿足你們所有的條件，你們說吧。」

綠荷道：「我們只求前輩答應，讓我們追隨楚公子左右……」

白鳳怔了一怔，接道：「你們三個？」

綠荷道：「是！」

白鳳愣住了，半晌說不出話。

白梅一皺眉頭，道：「你們是楚小楓的什麼人？」

綠荷道：「咱們……姊妹在江湖上聲譽不好，所以，不敢要求什麼，只要楚公子答應把我們帶在身邊，就行了。」

白梅道：「是這麼回事？」

白鳳道：「那你們三個，要求什麼呢？」

綠荷道：「隨便什麼都好，楚公子吩咐我們做的事，我們就全力以赴。」

白鳳眼光轉到楚小楓的身上，道：「小楓，你準備要她們做什麼？」

楚小楓道：「我當時，一心只想救出一志師弟，沒有想過別的事情。」

這答覆很奧妙，白鳳立刻啞口無言。

楚小楓輕輕吁一口氣，道：「師娘，小楓只答應她們留在身側，做什麼，確未說到。」

白梅道：「哦！」

楚小楓感覺到這是一個麻煩，必須要澄清一下才行，回顧了綠荷等三人一眼，道：「三位姑娘，你們有什麼條件，可以提出來了。」

綠荷道：「沒有條件，我們只有一個請求，常年追隨在公子身側，做從人、女婢。」

白鳳道：「小楓，這件事，我看你自己去決定了，但你答應了保護人家的安全，這一點，我們一定要做到。」

楚小楓道：「弟子明白。」

白鳳道：「爹！現在，咱們是不是可以走了？」

楚小楓抬頭望了天色一眼，道：「黃昏時分，萬花園中人，要對咱們發動一次大規模的攻擊。」

陳長青道：「咱們救出了宗一志，我相信，這萬花園中，必有監視之人，這些事情，他們已知道得很清楚，為什麼還不發動，一定要等到黃昏的時分才肯出手？」

楚小楓道：「聽說他們要等一個人來。」

陳長青道：「等什麼樣子一個人？」

楚小楓道：「這個，小楓不知……」

回顧了綠荷一眼，道：「姑娘，那個人是什麼人？」

綠荷道：「也許是宋老二，但婢子不敢肯定。」

這一聲婢子，大致已肯定了她們的身分。

陳長青道：「只等一個人？」

綠荷道：「婢子聽到的消息是如此。」

陳長青道：「一個人，就算是武功再高強，也未必就能對付我們。」

綠荷道：「是不是還有別的人來，婢子就不清楚了。」

陳長青沉吟不語。

白梅低聲道：「老叫化子，你想想看，這是怎麼回事？」

陳長青道：「他們預定對付咱們的時間未到，就算咱們救回了宗一志，也不亂章法，這個組合實在可怕得很。」

放低了聲音，白梅緩緩說道：「陳兄，想想看，咱們是不是應該留在這裡等他們發動？」

陳長青道：「老叫化也很為難，他們布置的攻擊，一定是十分凌厲，咱們留下來，很可能會吃虧，但如是咱們不留在這裡，又怕錯過了這個機會了。」

楚小楓道：「陳前輩，晚輩有一己愚見，不知可否適用？」

陳長青道：「好！你說。」

楚小楓道：「晚輩覺著，咱們不一定要聽他們的擺布。」

董川接道：「一志師弟，必須休息，咱們就算要和他們見個高低，也不用留在萬花園中。」

陳長青道：「對！咱們走！」

一行人離開了萬花園。

出人意外的是，一切都那麼平靜，沒有發生一點事故，也沒有人喝問一聲。

白梅回顧了身後的萬花園一眼，苦笑一下，道：「誰又想得到呢？這樣一座名園，竟然是匪穴，花色耀目中，步步殺機。」

陳長青笑一笑，道：「白兄，老叫化想到了一件事，不知白兄的看法如何？」

白梅道：「什麼事？」

陳長青道：「他們在等一個人，那個人定然不在萬花園中。」

白梅道：「陳兄，可是要想法子截他麼？」

陳長青道：「對，咱們在外面截擊他，也好見識一下，他們等的是什麼人物？」

白梅道：「這辦法不錯，在這場紛爭之中，咱們也該爭取一點主動了。」

陳長青道：「對！老叫化子也是這個打算，不過，一志需要早些休息，我看你們護送一志回去，這地方留老叫化子和排教中人對付。」

白鳳道：「排教中人，也來了麼？」

陳長青道：「來了，不過，人數不多，一共只有四個人，但卻都是排教中的高手。」

白鳳道：「陳前輩見過他們？」

陳長青道：「他們已跟敝幫有過聯絡，因為敝幫先出動人手，他們不便來人太多，所以，只派了四位護法高手到此，需用他們時，招呼一聲，他們立刻趕到。」

白鳳道：「如此勞動貴幫、排教，實叫未亡人不安得很。」

陳長青道：「鳳姪女，別如此說，這都是敝幫和排教的心意，唉！尤其是排教，已經換了兩任教主，竟然還這麼顧念舊情，倒是極為難得。」

楚小楓突然回頭望了綠荷一眼，道：「大姑娘！」

綠荷一欠身，道：「婢子在。」

楚小楓道：「這萬花園中有沒有通往外面的地道？」

綠荷道：「好像沒有。」

楚小楓回顧了董川一眼，道：「掌門師兄，小弟留下來，也好……」

董川接道：「我也留下來。」

白梅沉吟了一陣，道：「這樣吧！鳳兒帶一志先回去，老夫和成中岳也留下來，無極門的事，總不能完全交給丐幫、排教。」

董川回顧了白鳳一眼，道：「師娘的意思呢？」

白鳳道：「我也應該留下的……」

宗一志接道：「娘！我沒有受傷，事實上，我也可以留下來。」

白梅道：「一志不要再逞強，你七師兄，雖然解了你的穴道，你也確然沒有受傷，但你身體還太虛弱，必須要好好地調養。」

宗一志心中也明白，身體雖未受傷，但體能卻是無法支持，必須要好好地調養一段時間，才能復原，在這裡，只不過是拖累別人。

白梅輕輕吁一口氣，道：「鳳兒，帶一志先走吧！」

白鳳未再多言，點點頭，帶著宗一志而去。

待兩人背影消失，楚小楓才低聲說道：「陳前輩，晚輩護送師娘，老前輩也該調整一下

人手，封鎖四面的道路，以便監視來人。」

董川低聲道：「師弟，我們一起去。」

白梅輕輕嘆息一聲，道：「小楓，你很謹慎。」

陳長青道：「白兄，沿途我都布下了丐幫弟子，我看不用勞動小楓了。」

白梅道：「這也是他們一片心意，由他們去吧……」

抬頭看看天色，接道：「而且，眼下時光還早，就算他們送入襄陽城再回來，也還來得及。」

陳長青未再阻攔。

楚小楓低聲道：「陳前輩，這三位姑娘，都是真心跳出污泥，不管她們過去如何，現在，她們一個個心如明月，老前輩有什麼垂詢之事，儘管問她們。」

陳長青道：「囉嗦！你小子快去快回，別再阻撓事情。」

楚小楓轉眼望了董川一眼，放步向前奔去。

董川緊隨身後而去。

兩人和白鳳保持了十丈的距離，一直護送白鳳進入了襄陽城中，看到她們母子進了丐幫在襄陽的臨時宅院之中，才轉回萬花園。

這時，已是夕陽無限好，只是近黃昏的時刻。

白梅心中明白，如若這萬花園中，藏有黑豹劍士，楚小楓和董川的離開，實在是很大的失策，尤其是楚小楓的劍法、武功，似是黑豹劍士的剋星。

自然，這些話，他不能說出來，只有暗暗地擔心。
幸好，董川和楚小楓及時回來了。
暗暗地鬆一口氣，白梅緩緩說道：「他們到家了？」
楚小楓道：「是！晚輩眼看師母、師弟進了宅院，才趕回來。」
白梅道：「好！好！」
董川一抱拳，道：「陳前輩，還沒有等到那個人麼？」
陳長青道：「還未見動靜。」
董川道：「小楚，問問綠荷姑娘這是怎麼回事？」
還未待楚小楓開口，綠荷已躬身應道：「婢子回掌門人的話，婢子只知道他們要在黃昏時分，發動攻擊，一舉把諸位全部搏殺，至於他們如何發動，那就非婢子所知了。」
董川道：「他們要等一個什麼樣子的人，你知道麼？」
綠荷道：「婢子不知。」
董川輕輕吁一口氣，道：「咱們倘若離開萬花園，也許他們會改變……」
話還未說完，忽聽一聲尖厲的竹哨聲，傳了過來。
陳長青精神一振，道：「來了，時間配合得好準，走！咱們迎上去。」當先向前走去。
白梅、楚小楓、董川、成中岳、神出、鬼沒、綠荷等緊隨身後追去。
夕陽反照中，只見一個身著黑袍，白髯垂胸的老者，卓然而立。
四個丐幫弟子，已然亮出了兵刃，攔住了黑袍老者的去路。

陳長青微微一怔，道：「怎麼，你們亮兵刃幹什麼？」

四個丐幫弟子，齊齊欠身，道：「這位老丈，武功高強，一揮手間，把我們四個人擊退了八步之遠，所以，弟子們亮了兵刃。」

陳長青道：「哦！是這麼回事！」

黑衣老人道：「你們是丐幫中人？」

陳長青道：「叫化的衣服，明眼人一看就知，閣下又何用多問。」

黑衣老人冷漠地說道：「老夫和貴幫無怨無仇，你們為什麼要攔截我？」

陳長青道：「老叫化子走了半輩子江湖，成名的人物，就算不認識也該有個耳聞，但閣下……」

黑衣老人接道：「老夫不是江湖人，也很少在江湖上走動。」

陳長青回顧了白梅一眼，道：「白兄，你的眼面寬，見識比老叫化子多，認不認識這位兄台？」

白梅搖搖頭，道：「不認識。」

陳長青道：「那麼，老兄自己報出名號吧？」

黑衣老人冷笑一聲，說道：「老夫久聞丐幫之名，忠義相傳，是江湖上有名的大幫、大派，想不到竟然是這麼一個蠻不講理的組合，真是聞名不如見面，好叫老夫失望。」

陳長青回顧了白梅一眼，緩緩說道：「白兄，這位兄台當真是深藏不露，老叫化子如非心中有數，看樣子，真要被他唬過去了……」

語聲一頓，接道：「天近黃昏，名園已然關閉，閣下星夜來此，又為什麼？」
黑衣老人冷冷說道：「丐幫幾時在江湖上佔了地盤？」
陳長青笑一笑，道：「老兄，你還沒有過足癮頭麼？」
黑衣人哈哈一笑，道：「看來，貴幫硬是要找老夫的麻煩了？」
陳長青道：「萬花園中準備對我們發動一次攻擊，但卻因為閣下來得晚了一步，使貴組合安排的一場攻擊，付諸流水，只怕閣下這一次耽誤，會受到貴組合的嚴厲責罰了。」
黑衣老人臉色一變，冷冷說道：「你在胡說八道些什麼？」
陳長青道：「閣下一揮手間，擊退了四個丐幫弟子，這份深厚的功力，實足驚人，為什麼卻不敢承認……」
黑衣老人怒聲接道：「你要老夫承認什麼？」
陳長青道：「承認你真實的身分。」
黑衣老人道：「欲加之罪，何患無詞，丐幫中人如此胡鬧，實叫老夫有些意外。」
楚小楓忍不住接口說道：「老丈不認識我們，但不知是否認識她們三個？」
黑衣老人道：「你說什麼人？」
楚小楓道：「綠荷、黃梅、紅牡丹。」
黑衣老人道：「她們在哪裡？」
話出口，便知道錯了，可惜已經無法改口。
楚小楓微微一笑，高聲說道：「你們既然要跟著我，早晚要和人見面，還有什麼畏懼呢？出來！」

原來，綠荷、黃梅、紅牡丹三個人，都已經躲了起來，楚小楓這一大聲呼喝，三個人只好行了出來。敢情三個人躲在了一株大樹之後。

綠荷緩步行了出來，黃梅、紅牡丹，緊隨在她身後。

黑衣人兩道冷電一般的目光，凝注在綠荷等三女身上，瞧了一陣，道：「這三個丫頭麼？老夫怎麼會認識？」

楚小楓道：「綠荷，人家不認識你們，你們可認識他麼？」

綠荷道：「就算他燒成了一堆灰，我們也認識。」

楚小楓道：「哦！他是什麼人？」

綠荷道：「景二公子。」

楚小楓點點頭，道：「果然不出我所料，閣下是萬花園的主持人？」

黑衣人道：「你胡說什麼，老夫從未見過你們。」

綠荷道：「二公子，別說你只是易了容，就算扮作一個女人，我們也一樣認得出來。」

黃梅道：「二公子太大意，忘記了把左手中指那點小黑痣給掩起來，中指上長痣，天下只怕很難再找出第二個人。」

黑衣老人身上的衣服，無風自動，顯然，內心中忿怒已極。

綠荷、黃梅、紅牡丹，都不禁駭然後退，三人和景二公子長年相處，心中明白，這是他怒極的表示。等到他出手一擊，必將是石破天驚。

楚小楓突然向前行了兩步，攔在綠荷等的身前，緩緩說道：「二公子，是亮兵刃呢？還是要拳掌相對？」

黑衣人竟然忍下了，微微一笑，道：「你們認錯了人，我不是景二公子。」

楚小楓道：「你不是？」

黑衣老人冷冷笑道：「景二公子年輕得很，怎會是老夫這個樣子？」

楚小楓道：「江湖上的易容術，十分高明，改換形貌，並不是一件太困難的事。」

黑衣老人冷冷說道：「你認定了老夫就是景二公子麼？」

楚小楓道：「我相信她們三姊妹不會看錯。」

綠荷高聲說道：「景二公子，你一向敢作敢當，為什麼現在竟然畏首畏尾，不敢承認你的身分？」

黑衣老人突然哈哈一笑，道：「看來，你們是一定要見景二公子了？」

突然伸手拔去了臉上的鬍子，摘下人皮面具，緩緩說道：「不錯，在下是景二公子。」

那是一張很英俊的臉，兩道炯炯逼人的目光，凝注在陳長青的臉上，道：「你叫陳長青，對不對？」

陳長青道：「不錯啊！景二公子，想不到老叫化竟然會有這麼大的名氣。」

景二公子道：「陳長青，這不是你的名氣大，你不用自我陶醉，老實說，丐幫中一個長老，還不放在景二公子的心上。」

十八 景二公子

陳長青道：「景二公子，你口氣很狂，不過，老叫化走了大半輩子江湖，還沒有聽過你的大名。」

景二公子道：「真正的高手，他不會在江湖上揚名立萬，也不會在人前太露鋒芒，他們做的事，都是不著痕跡的大事。」

陳長青笑一笑，道：「我還是有些不明白，閣下做了些什麼大事？」

景二公子淡淡一笑，道：「陳長青，我不想告訴你太多的事情，拿你本身做一個說明，應該是最好的例子。」

陳長青道：「你請說吧！」

景二公子道：「比如說，你在江湖上有很大的名氣，但你實質上，卻未必真有什麼過人之能……」

陳長青接道：「這要試試才能知道了。」

景二公子道：「真正務實的人，不太講究虛名。」

陳長青道：「哦！」

景二公子道：「我相信，你自負的不是滿腹才情，也不是錦繡文章，只不過，自以為有一身精湛武功罷了。」

陳長青道：「老叫化子不敢自負是江湖高人，但是名無倖至，自己覺著這幾手莊稼把式，還過得去。」

景二公子道：「如若我在十招之內擊敗你，你還有什麼可以炫耀的本事？」

陳長青道：「你是說，十招之內，可以取老叫化子之命了？」

景二公子道：「我會不會取你之命，要看你陳長青的誓言了。」

陳長青道：「老叫化不太明白。」

景二公子哈哈一笑，道：「我很少出手，但出手一向不留活口，只是，我不想有這麼多在場之人，看到我殺人。你陳長老如能立下個誓言，十招落敗之後，可以自絕一死，我可能就不會取你之命。」

楚小楓接道：「勝敗乃兵家常事，用不著賭什麼誓約。」

景二公子道：「江湖三朵花，一向是水性楊花，大概是因為你，她們才背叛了我……」

楚小楓接道：「人就該有人性，你並沒有把她們當人看，她們早有背離之心，等待著機會，現在，她們等到了。」

景二公子目光轉注到綠荷的身上，道：「是這樣麼？」

綠荷道：「不錯，咱們三姊妹，跟了你很多年，你哪裡把我們當人看了。」

像人，自然不能怪我不把你們當人看了……」

景二公子笑一笑，道：「問題在你們自己，你們自己想想看，你們的所作所為，哪一點

哈哈一笑，接道：「天行健，君子以自強不息，物必自腐而後蟲蛀之，你們三姊妹，肆淫江湖，不知道害了多少人，二公子沒有殺你們，已經是對你們很仁慈了。」

綠荷臉色鐵青，冷冷說道：「我們三姊妹不是好人，我們自己也明白，但這話，你不配說，我們下賤、淫蕩，那你景二公子呢？也不比我們高明，你糟蹋了多少女孩子，你數得清麼？你騙了她們的身體不說，還騙了她們的心！」

景二公子笑一笑，道：「景某人行事，有如姜太公釣魚，願者上鉤，你們三姊妹，都是上了鉤的魚兒，心中應該明白，我沒有說過花言巧語，沒有對你們有過任何許諾。」

綠荷嘆息一聲，道：「表面上確是如此，你沒有對我們有過任何的許諾，但你的舉動，卻表達了出來。」

景二公子笑道：「這些解說，也許只有你們姊妹三個相信，我相信別人不會聽，也不會相信，但你們背叛了我，那可是律有明文的死罪。」

綠荷道：「咱們如若不是早就看破了生死，也不敢離開萬花園了。」

景二公子道：「那好，你們三個就早一些死吧！如是等我動手對付你們，那就叫你們求生不能，求死不得。」

綠荷、黃梅、紅牡丹，臉上都泛起恐懼之色，顯然，對景二公子的恐嚇，極是害怕。

楚小楓笑一笑，道：「朋友，專門欺侮幾個女孩子，實在算不得什麼本領……」

景二公子接道：「聽閣下的口氣，似乎是想把這件事攔下來了」

楚小楓道：「區區不才，確有此意。」

景二公子道：「那也好，你就先接二公子三招如何？」

楚小楓回顧了陳長青一眼，道：「老前輩，這一陣先讓晚輩如何？」

陳長青笑道：「好吧。」

楚小楓道：「晚輩功力淺薄，如是敗在這位景二公子的手中，前輩再接手不遲。」

陳長青點點頭。

景二公子兩道冷電一般的目光，投注在楚小楓的臉上，神情肅然，緩緩說道：「閣下如此口氣，似乎是頗有自信，能接我三招麼？」

楚小楓道：「試試看！也許連一招也接不下。」

景二公子道：「你是丐幫中人麼？」

楚小楓道：「不是，在下是無極門中弟子。」

語聲一頓，接道：「還有一件事，在下要奉告二公子。」

景二公子道：「好！你請說。」

楚小楓道：「在下一位小師弟，因在萬花園地道之中，已經被咱們救走了。」

景二公子點點頭，道：「這個，我知道。」

目光一掠綠荷，接道：「想來，這是你們三姊妹的傑作了。」

綠荷道：「是！咱們投效楚公子，寸功未立，救出宗公子，不過是聊表誠心。」

景二公子道：「好！你們立了這一功，但將付出性命的代價。」

楚小楓道：「景兄，你好像除了說要人性命之外，似乎是別無良策，這置人於死，在下已經聽過不少次了。」

景二公子道：「現在，咱們就以行動表現。」

緩緩揚起右手，接道：「我說過，接我三招，如若能接下，你就可以生離此地。」

這人的口氣太大，大到楚小楓也有些被他唬住。

白梅低聲說道：「陳兄，這小子口氣如此之狂，只怕不是虛言恫嚇……」

只見景二公子右手一揮，輕飄飄的一掌，按向楚小楓的前胸，掌勢輕靈，快速異常。

只見他一舉手間，掌勢已然到了前胸，好快的一掌。

楚小楓雖然早有準備，但仍然駭了一跳。

這一掌太快了。

楚小楓吸氣疾退，仍被指尖掃中了前胸的衣服。

帶著強勁內力的指尖，有如利刃一般，劃破了楚小楓前胸的衣服。

楚小楓呆了一呆，道：「好快的掌法。」

景二公子似乎是也有些意外，輕輕吁一口氣，道：「你居然避開了我這一掌？」

楚小楓道：「閣下可是認為這一掌，一定能夠傷我麼？」

景二公子道：「應該我這一掌，就傷了你，但卻沒想到你竟避開了我這一擊。」

楚小楓道：「下兩招，閣下還有機會。」

景二公子看他氣定神閑，心中暗暗震動，忖道：「這小子，倒沉得住氣，適才，我那閃電快掌，竟然未傷到他。」

楚小楓也在暗暗忖道：「這人掌勢之快，生平僅見，從未想到過，一個人的掌法，竟有如此之快。」

兩個人心中都有了很大的戒備，也更提高了警覺。

景二公子冷笑一聲，道：「你小心了，接我第二掌。」

右手揚起，緩緩推出，第一掌，快如閃電，第二掌，卻緩慢異常。

但楚小楓的感覺，卻是完全不同了，只覺他那一掌，籠罩了全身上下，七處大穴，任何一處，都是他攻擊之處。

一時之間，竟然無法判斷，他究竟要攻向何處？

就在他一怔神間，那緩慢的掌勢，突然疾如流星一般，又攻向楚小楓的前胸。

楚小楓飄身而起，向後退開了五尺。

掌勢沒有擊中楚小楓，但楚小楓的前胸之上，卻有著數處疼痛之感。

那由慢變快的一擊，竟然使得楚小楓幾乎傷在掌下。

雖然是幾乎傷在掌下，但他仍然沒有受傷。

景二公子的臉色變了，雙目凝注在楚小楓的身上瞧了一陣，道：「你又躲過了一擊。」

楚小楓道：「在下幸未受傷。」

景二公子道：「很奇怪，你為什麼不還手？」

楚小楓道：「聽景二公子的口氣，使在下動了好奇之心。」

景二公子道：「還有一招，你要特別小心了。」

楚小楓笑一笑，道：「景二公子，在下已經決心要試試閣下三招，不過，我隨時可能出手反擊，閣下也要小心一些。」

景二公子道：「無極門中弟子，竟能接下我景某人兩招，老實說，景某人不太相信。」

楚小楓淡淡一笑，道：「那是閣下的見識太少，青萍劍法，深奧博大，也不是局外人所能瞭解。」

景二公子哈哈一笑，道：「無極門的青萍劍法，共有一百零八招，一招三變，三百一十八式，在武林各派之中，算不上什麼絕技奇招。」

楚小楓吃了一驚，暗暗忖道：「他對無極門中的青萍劍法，怎會如此瞭解？」

儘管內心震動，但表面上卻保持了相當的鎮靜，淡淡一笑，道：「閣下評論，只不過是皮毛之論，一個門戶的隱秘，一個劍派的真正絕招，豈是局外人能夠知道的。」

兩個人沒有動手，但對答的緊張，比起兩人動手搏殺，更為重要，對兩人而言，不但是各逞辯才，而且是各逞心機。

景二公子道：「難道青萍劍法，還有什麼特殊的變化不成。」

楚小楓道：「景二公子，想必閣下統領的萬花園與黑豹劍士有關。」

景二公子道：「你要在下承認嗎？」

楚小楓道：「你可以不承認，不過，事實已很明顯，閣下不肯承認，咱們也不用談下去

了。」

景二公子道：「談下去，咱們又能談些什麼呢？」

楚小楓道：「告訴你青萍劍法的精萃所在。」

景二公子道：「其實，告訴你也不要緊，散布在襄陽的黑豹劍士，確有一部分是在下領導。」

楚小楓道：「他們劍法奇厲，招招都是奪魂取命的招式，但他們有不少死於無極門青萍劍下。」

景二公子笑一笑，道：「我想不出青萍劍法中有哪一招劍法，能夠殺死黑豹劍士。」

楚小楓冷冷說道：「我說閣下不瞭解青萍劍法的精要，那也不是無極門外任何人，可以知道的內情了。」

景二公子的臉色變了，冷冷說道：「他們真是死在青萍劍下？」

楚小楓道：「閣下可是不相信？」

景二公子望了陳長青一眼，道：「我還以為他們死在丐幫的圍襲之下呢？丐幫如若想殺死黑豹劍士，至少，要付出十倍以上的代價。」

陳長青道：「丐幫不敢掠美，他們確實死在無極門的劍下。」

景二公子神情肅然，緩緩說道：「這麼說來，倒是在下低估無極門了。」

楚小楓道：「你現在，正面對著無極門中弟子，而且，閣下已經出手了兩招，無極門有多大的份量，閣下也應該明白了。」

這是一場彼此的心戰，雙方都在壓迫對方，想在氣勢上，先佔優勢。

景二公子雙目凝注在楚小楓的臉上瞧了一陣，道：「想不到無極門中，還有這些隱秘。」

突然飛身而起，一掌拍了過去。

這一招，快速、詭異兼而有之。

楚小楓也未再一味閃避，竟然飛身而起，揮掌迎去。

像兩個流星一般，兩個人的身軀在空中一錯而過。

蓬然一聲，兩人在空中對了一掌，腳落實地，兩個人卻互相換了方位。

楚小楓笑一笑，道：「閣下這三招威力，在下倒是瞧不出有什麼驚人之處。」

景二公子道：「無極門有你這麼一個人才，而我們未能事先把你殺了，這是我們很大一個疏忽。」

楚小楓笑一笑，道：「區區現在就在此地，閣下盡有下手機會，何用遺憾呢？」

景二公子道：「我還是不太相信，無極門能培養出你這樣的人才。」

楚小楓道：「這話怎麼一個說法呢？」

景二公子道：「除了少林一派，技藝博雜，叫人無法完全瞭解之外，對其他門派的武功，我們都知道的很清楚，貴門那點技藝實在算不得什麼。」

楚小楓道：「敝門的武功，不敢和少林寺的技藝相提並論，不過，咱們的武功，專以對付貴組合的黑豹劍士，卻是最有神效。」

景二公子道：「我想不出青萍劍法中，有什麼劍招，能對付黑豹劍士，除非貴派真的保留下了不傳之秘。」

楚小楓道：「先師氣度恢宏，從不藏私，無極門中弟子，有一半都學過這種劍法。」

景二公子道：「好吧！等一會兒，我會想辦法召來幾個黑豹劍士試試。」

楚小楓道：「好！召他們來吧！閣下可以當面看看。」

景二公子笑一笑，道：「你已經接下了我三招，看在你的份上，放你們大家去吧。」

楚小楓道：「你放我走？還是你想走？」

這時，成中岳、董川都已經行了過來，攔住了景二公子的去路。

景二公子冷笑一聲，道：「怎麼，你們準備攔阻我？」

楚小楓道：「景二公子，你說了半天的狠話，也攻出了三招，沒有嚇住我們，也沒有傷害到我們，如今，輕輕一句話，就把我們打發走，是不是太便宜了？」

景二公子道：「那閣下的意思是……」

楚小楓接道：「在下很想領教二公子幾招劍法，不知可肯賜教？」

景二公子道：「劍法？」

楚小楓道：「對！在下領教了二公子的掌法，所以，在下希望見識一下公子的劍法。」

景二公子道：「在下很少用兵刃，如若你一定要我出手，在下就用空手接你幾劍。」

楚小楓道：「好！像你景二公子這樣的人，一向狂妄慣了，區區也不願和你多費唇舌，你只要能以空手接下無極門的劍法，儘管出手試試，一旦覺出不敵時，只要你二公子招呼一

聲，在下可以等你亮兵刃。」

景二公子道：「楚小楓，今日一會，使在下感覺到，你是個很有豪氣的人。」

楚小楓道：「好說，好說，在下也見識了二公子的過人機智。」

這句話說得很含蓄，但景二公子是聰明人，用不著多解說。

景二公子哈哈一笑，道：「楚小楓，你先擊敗了二公子，再誇口不遲。」

楚小楓左手領動劍訣，道：「二公子小心了。」

忽然刺出一劍，景二公子一閃避開。

楚小楓迅快地展開了劍法，果然是用的青萍劍法。

景二公子似乎是真的很熟悉青萍劍法，很輕鬆地避開了楚小楓的攻勢。

一百零八招青萍劍法，很快用完了。

楚小楓停住了劍勢，道：「閣下果然知曉了青萍劍法之秘。」

景二公子笑一笑，道：「青萍劍法不過如此，並無新奇之處。不過，在下很奇怪！」

楚小楓道：「奇怪什麼？」

景二公子道：「青萍劍法雖只有一百零八招，但變化繁複，至少可以變出數百招來，為什麼，閣下只施展出一百零八招來。」

楚小楓道：「你見識過的青萍劍法，只有這些……」

景二公子接道：「難道青萍劍法，還有別的招術不成？」

楚小楓道：「對！還有最精銳的青萍劍法，在下立刻要閣下見識一下了。」

景二公子道：「那是說，青萍劍法中，還有奇招了？」
楚小楓道：「不錯，還有三招奇學，那才是青萍劍法中的精銳三招。」
景二公子道：「那三招奇學，也就是對付黑豹劍士的劍法？」
楚小楓道：「對！在下還可以告訴你，青萍劍法的精萃之學，只有三招，只要閣下能夠接下三招。」
景二公子笑一笑，道：「我相信那一定是很精萃的武功，在下倒也希望見識一下。」
楚小楓道：「好！閣下是不是可以亮出兵刃？」
景二公子道：「如若只有三招，景某人大概還用不著亮兵刃了。」
楚小楓道：「那請閣下小心了。」
景二公子道：「但請出手。」
楚小楓手中長劍一抖，突然閃起了一片劍芒。
景二公子雖然目光如電，但也看不清楚對方劍勢來路，不禁駭然後退五尺。
楚小楓冷笑一聲，道：「二公子，青萍劍法之絕招，在下連一招還未出手。」
景二公子道：「哼！你用的不是青萍劍法！」
楚小楓道：「青萍劍法，傳自無極門，如若在下不是用的青萍劍法，又用的什麼劍法？」
景二公子道：「這個很難說了，也許閣下不是無極門弟子。」
楚小楓道：「這地方的無極門弟子，又非在下一人，二公子可以再選擇一個出手試

試。」

景二公子道：「在下也正有此意。」

楚小楓道：「二公子，我們可以答應，不過，有條件！」

景二公子道：「什麼條件？」

楚小楓道：「如若閣下選了別的人，仍然敗在劍下，那又如何？」

景二公子道：「這是不可能的事！」

楚小楓道：「只怕萬一，萬一二公子失敗了呢？」

景二公子道：「我不相信青萍劍法中還有什麼三絕招，所以，我也不相信無極門中弟子，能夠勝得了我，宗一志施展出全套青萍劍法，而且，我故意激怒他，使他全力出手，但我還能在三招內奪下他手中的劍，也隨時可點中他的穴道，我試過很多次，全部一樣。」

楚小楓笑一笑，道：「二公子，你為什麼不試試呢？」

景二公子口中說話，雙目卻一直在打量楚小楓，看他神態輕鬆，說得認真，心中實有些半信半疑，沉吟了一陣，道：「無極門中，都是哪些弟子，請他們出來。」

董川、成中岳，緩緩行了出來，道：「咱們都是無極門中人。」

望望董川手中的青萍劍，景二公子緩緩說道：「你使用宗領剛留下的青萍劍，想來，定然是承續他衣缽的人了。」

董川道：「董川身受師父重恩，接任了無極門的掌門。」

景二公子道：「那很好，如若青萍劍法中還有不為人知的三招絕學，閣下應該是造詣最

深了。」

董川道：「在下立刻就可以證明。」

景二公子道：「好！我就選中你了，你出劍吧！」

楚小楓道：「二公子，你還沒答應咱們的條件。」

景二公子冷笑一聲，道：「我不會答應你們任何條件！」

楚小楓臉色一寒，道：「談不好條件，你就沒有選擇對手的自由……」

景二公子接道：「聽閣下的口氣，你是又要出手了。」

楚小楓道：「咱們可以圍攻，劍下也不必留情。」

景二公子對楚小楓所亮出的一劍，的確是心中有些畏懼。他胸羅廣博，天下各門各派的劍法，無不精熟，但卻從沒有見過那一劍。

心中念轉，口中卻冷冷說道：「無極門也算是一個大門戶，如是聯手合攻區區一人，就不怕江湖上的朋友們恥笑麼？」

楚小楓道：「那要看是對什麼人了！像對付你們這等不擇手段的殺人凶手，實是用不著講什麼武林規矩……」

語聲一頓，道：「大師兄，寶劍出匣不留情，殺了他，也好為世除害，替師父報仇。」

董川拔出長劍，長劍平胸。

景二公子心中一動，道：「慢著！」

董川道：「二公子請亮兵刃吧！」

景二公子道：「在下忽然動了好奇之心，希望聽聽你們什麼條件？」

什麼條件，董川也不知道，他還無法完全瞭解，楚小楓想些什麼？

當下輕輕咳了一聲，道：「七師弟，告訴他。」

楚小楓微微一笑，道：「小弟遵命。」

目光轉到景二公子的身上，接道：「二公子，條件很簡單，二公子一旦敗於劍法之下，咱們只要你二公子說出內情。」

景二公子道：「什麼內情？」

楚小楓道：「為什麼夜襲無極門，貴組合的首腦人物是誰？」

景二公子搖搖頭，接道：「第一個問題，在下可以奉告，但第二個問題，在下無法答覆。」

楚小楓道：「為什麼？」

景二公子道：「領導這個組合的人，就算在下也說不出他的身分。」

董川冷冷說道：「胡說八道。」

楚小楓嘆息一聲，道：「也許是真的，大師兄，出手吧！」

景二公子突然雙肩一晃，快如飄風一般，直欺向楚小楓的身側。

董川揮劍一擋，竟然未能攔住。

好快的身法，白梅、陳長青都看得呆住了。

景二公子去得快，退得更快，只見人影一閃，又退回原處。

只是，景二公子已經有了一些不同。

但見他左肩上衣服破裂，鮮血汩汩而出。

楚小楓淡淡一笑，道：「這就是青萍劍法三絕招的一招，二公子覺得如何？」

景二公子道：「不錯，很高明的劍法！」

楚小楓道：「二公子是否相信了，這是青萍劍法中的一招？」

景二公子很固執，搖搖頭，道：「在下還是不太相信，這是青萍劍法中的招術。」

董川道：「那麼，閣下為什麼不試試在下呢？」

景二公子笑一笑，道：「我當然要試試，不過，這一次，我會小心一些。」

景二公子終於亮出兵刃。

那是一把金劍，長不過一尺五寸的金劍。

這是一把很奇怪的劍，兩面都不見鋒刃，只有劍尖處有些銳利。

楚小楓回顧了綠荷等一眼，道：「三位姑娘，景二公子用的是不是這把金劍？」

綠荷道：「我們從來沒有見過他用兵刃，這是第一次見他亮出兵刃。」

楚小楓哦了一聲，道：「大師兄，小心一些，這把金劍上，只怕是有些古怪。」

景二公子道：「不錯，這把劍上，是有些古怪，你們要當心一些，至於什麼古怪，那就恕難奉告了。」

董川冷冷說道：「不用客氣，閣下金劍之中，如是有什麼奇特之處，儘管施展出來。」

景二公子嗯了一聲，右手一揮，劃出了一道金光。

董川迅速揮出了長劍。

一連兩聲金鐵交鳴，兩條人影一錯飛開。

兩個人交手的速度太快了，快得人沒有法子看清楚交手的情形。只能看到交手的結果。

景二公子又受了一處傷，傷勢仍是在左臂上。

董川很完好，身上未見傷痕。

別人沒有什麼，楚小楓卻看得暗暗震動，忖道：「這個人對自己保護的很嚴密，除了左側有些空隙之外，似乎全身都封閉的十分慎密。」

景二公子望望左臂上的傷勢，點點頭，道：「好劍法，是我景某人生中所遇最高的劍法。」

董川道：「我們只是證明，青萍劍法中還有博大深奧的劍勢，無極門在江湖上佔一席之地，自有原因。」

景二公子沉吟了一陣，道：「也許我們真的估計錯了。」

楚小楓道：「你們不但估計錯了，而且，錯的很厲害。」

景二公子道：「哦？」

楚小楓道：「你們錯估了無極門，也同樣能夠估計錯別的門戶，一個門戶，只要他們能夠立足江湖，那就有他們生存的原因，也許，他們的聲勢不夠大，但他們生存的條件，卻不容忽視。」

景二公子點點頭，道：「受教，受教。」

楚小楓緩緩向前行了兩步，越過董川，接道：「景二公子，除了讓你見識一下無極門的劍法之外，我們還想證明一件事。」

景二公子道：「哦！」

楚小楓道：「那就是我們有殺死你的能力。」

景二公子道：「這個……」

楚小楓接道：「我知道，你還是不太相信，因為，我們連出兩劍，都只傷了你的左臂……」

景二公子接道：「更重要的是，傷得還不太重。」

楚小楓道：「景二公子，別忘我們青萍劍法有三招奇學，你接下的只是第一招，兩次同樣的招術，同樣地傷了你的左臂……」

景二公子接道：「我相信，不論任何無極門中人，再用這一招劍法，都無法再傷到我。」

楚小楓道：「二公子的造詣之高，也使咱們敬佩得很，不過，二公子應該明白，青萍劍法中，有三招絕學，咱們已經在二公子面前露了一招，二公子可以賭，咱們餘下的兩招，能不能殺了你。」

景二公子道：「殺了我倒是未必，不過，可能傷了我。」

楚小楓道：「問題在傷了你之後，你是否還有抗拒能力，那時間，也許不要什麼奇異的

武學，就可以取你之命了。」

景二公子道：「那要看我的傷勢如何？如若你們只是斷了我一條臂，或是砍了我一條腿，我相信還有撈本的機會。」

楚小楓道：「所以，你要賭？」

景二公子回顧了一眼，突然輕輕嘆息一聲。

楚小楓道：「你後悔自己沒有帶人來，是嗎？」

景二公子苦笑道：「這對我是個很大的教訓。」

楚小楓道：「二公子，在下似是已經說完了該說的每一句話。」

景二公子道：「我明白。」

楚小楓道：「貴組合對付別人的手段，一向不留活口……」

景二公子臉色一變，接道：「你們也準備……」

楚小楓接道：「景二公子如是信不過楚某人，可由在下的掌門師兄擔保。」

董川道：「敝師弟如若答應放你，無極門擔保你平安入園。」

景二公子點點頭，道：「楚小楓，你說說看。」

楚小楓道：「回答在下三件事，一，你們是個什麼樣的組合？用心何在？二，領導人物是誰？三，為什麼夜襲無極門？」

景二公子道：「我只能回答兩句話，夜襲無極門，一來是小試牛刀，二來，要立威江湖，其他的恕難作答，你們出手吧！」

董川一領劍訣，道：「好！你們血洗了無極門，在下先殺你報仇……」

景二公子冷冷接道：「你最好用出你們三絕劍，否則，你只有出手一招的機會。」

楚小楓低聲道：「大師兄，小弟斗膽請命，放他入園去吧。」

景二公子聽得一愣。

董川也聽得怔了一怔，道：「放了他，為什麼？」

楚小楓道：「掌門師兄恩典。」

董川沉吟了一陣，閃到一側，道：「去吧！」

景二公子一抱拳，道：「楚小楓，青山不改，後會有期，這份交情，景某人記下了。」

轉身行入了萬花園中。

董川道：「小楓，這一次，我真的不明白了，咱們有機會留下他，但你卻放了他。」

忽然間，一陣金風破空之聲，數十支長箭，掠頂而過。

長箭高過幾人頭頂三尺以上。

任何人都能覺出，這一排箭，是故意射向高空。

楚小楓道：「這就是他的報答，夜色迷濛，咱們又都在長箭威勢距離之內，這一排弩箭，至少，要使咱們有人受傷。」

董川道：「七師弟，但三師弟等的仇……」

楚小楓接道：「殺一個景公子，也不算替他們報了仇，再說，也可能使這一條線索斷去，無極門只不過是首當其衝，他們的目的，不只是無極門。」

陳長青道：「小楓說得不錯，目下情勢未明，殺一個景二公子，也無補益，無極門三絕劍招，也許可以替咱們爭取不少時間。」

楚小楓道：「為了自保顏面，我相信，景二公子會據理力爭。」

陳長青道：「小楓，現在應該如何？」

楚小楓道：「如若能和排教中的人接上線，最好一起撤走。」

一面舉步前行，一面施展傳音之術，接道：「對方太隱秘，咱們也要隱入暗中，才能挖出他們的根，老前輩，這件事，你必須要助我一臂之力，壓制他們一下，晚輩好好推想一下，咱們應該如何應付。」

陳長青道：「壓制一下，壓制什麼？」

楚小楓道：「目下咱們已經證明了這座萬花園中，是一座圖謀江湖、危害武林的組合，但它似乎只是一座分舵罷了，如若貴幫和排教挾強大實力，毀去這座分舵，並非難事，但這一來，可能蛇藏豹隱，他們就很久不會露面了。」

陳長青道：「小楓，你的意思可是說，要我想法子阻止丐幫和排教出手對付萬花園？」

楚小楓點點頭，轉身而行，一面低聲說道：「晚輩正是此意。」

陳長青道：「好吧！丐幫的事好辦，但排教中人，肯不肯聽我的話，很難說，老叫化只能試試。」

楚小楓道：「老前輩必須辦到。」

陳長青道：「老叫化盡力而為。」

白梅嘆息一聲，道：「老叫化，年頭是越來越不對了，以往，這些為惡江湖之人，至少還講究黑道規矩、義氣，所謂盜亦有道，現在可好，他們完全變了質，有如毒蛇一般，藏於陰暗之中，擇人而食。」

陳長青苦笑一下，道：「老叫化也想過這個道理，他們隱秘得越來越深，不外乎躲一個人罷了。」

楚小楓道：「什麼人？」

陳長青道：「春秋筆！」

白梅道：「不錯，這支筆，鐵面無私，這些年來，揭露了不少偽善之徒的面具，使人覺著奇怪的是，竟然還有人敢如此隱身為惡。」

楚小楓道：「這就叫道高一尺，魔高一丈，春秋筆太凌厲了，所以，那些為奸作惡之徒，都不得不避忌他，他們深隱於暗中，用嚴密的組織，為非作歹……」

白梅接道：「小楓，你這一提，倒使我想起一件事。」

楚小楓道：「什麼事？」

白梅道：「他們為什麼要選無極門，這中間，定有原因。」

董川道：「無極門雖然不是大門戶，但我們很興旺，事實上，再給我們十年時間，不但小楓師弟的成就無可限量，就是董某和一志師弟，也都會有些成就。」

白梅搖搖頭，道：「這不是重要的原因……」

語聲一頓，接道：「老叫化子，你說，他們最怕、最恨的是什麼人？」

陳長青道：「春秋筆。」

白梅道：「對！他們最怕、最恨的人，是春秋筆，第一個要殺的人，自然是春秋筆。」

陳長青怔了一怔，道：「怎麼？你說，宗領剛和春秋筆，有什麼關連不成？」

白梅道：「我只是這樣懷疑，領剛做事，向有決斷，老實說，他究竟做些什麼事，我也很少知道，不過，我記得三年前，迎月山莊中有個傳說……」

董川接道：「老前輩，可是說那一次，春秋筆，要到迎月山莊的事。」

白梅道：「不知道那傳說由何而起，說是春秋筆要到迎月山莊。」

董川道：「他去了沒有？」

白梅道：「你不知道？」

董川道：「好像是沒有去！」

白梅道：「誰知道，春秋筆是否去過迎月山莊？」

董川道：「沒人知道，以後那傳說，就銷聲匿跡了。」

楚小楓心頭震動了一下，忖道：「馬夫老陸。」

白梅道：「老叫化子，你看這件事是不是和春秋筆有關係？」

陳長青沉吟了一陣，道：「春秋筆，究竟是一個人，還是很多人？」

白梅道：「這個，你問我，我去問誰，普天之下，知道春秋筆的，大概，就是屬於春秋筆那幾個人了。」

楚小楓道：「老爺子的口氣，可是說那春秋筆，不是一個人了？」

白梅道：「一個人，絕對不會有那麼大的能力，一支筆，也無法記述那麼多事情。」

楚小楓道：「老前輩說得是，一支筆絕對記不了這麼多的事，一個人，絕對無法查清楚這麼多事情來。」

白梅苦笑一下，道：「小楓，這只不過是我老人家的猜測，事實上，春秋筆所做的任何一件事，都無法猜測。」

楚小楓笑一笑，道：「老爺子，我們只是在猜測，用不著對任何人負什麼責任。」

白梅道：「這個，我也知道，但妄斷春秋筆的事情，那可是一件很大的笑話，這些年來，武林中人人都知道春秋筆，但卻沒一個人瞭解春秋筆，更何況，去評論春秋筆。」

楚小楓回顧了成中岳一眼，道：「師叔，對春秋筆的事，師叔聽說過什麼沒有？」

成中岳沉吟了一陣，道：「好像有這麼一件事情，有幾天，大師兄戒齋沐浴，不沾葷腥，告訴我有一位貴賓將來，那是武林中第一位奇人……」

董川接道：「以後呢？」

成中岳道：「以後，師兄就未再提過那件事，那位貴賓是否到過了迎月山莊，只怕除了師兄之外，別人再不會知道內情了。」

陳長青道：「這麼說來，春秋筆，確有到貴門的意思了。」

成中岳道：「唉！在下就知道這些事了。」

陳長青道：「如若春秋筆這個人，確然到過迎月山莊，那就有一點問題了。」

白梅道：「那是說，他們夜襲迎月山莊，是為了春秋筆。」

人？」

陳長青道：「奇怪的是，春秋筆怎麼會和宗領剛認識呢？」

白梅道：「春秋筆一向不和別人來往，怎麼會和無極門聯絡呢？」

楚小楓突然嘆息一聲，道：「陳老前輩，江湖上盛傳春秋筆這個人，他究竟是怎麼一個人？」

陳長青道：「這個，你是問什麼內情？」

楚小楓道：「在下之意，是想知道，那位春秋筆是一位老人，還是一位年輕人？」

白梅道：「根本，我們就無法知道他是一個人，還是幾個人。」

楚小楓道：「老爺子，那位春秋筆，可能已到過了咱們迎月山莊。」

白梅嘆息一陣，道：「我也這麼想。只是他去的十分隱秘，除了領剛之外，別的人都不知道。」

董川道：「難道師母也不知道麼？」

白梅道：「很可能，你師父是正直君子，一言既出，駟馬難追，我相信他答應的事，一定會恪守諾言。」

楚小楓道：「老前輩的意思是說，春秋筆雖然到過了迎月山莊，但除了先師之外，還沒有人知道。」

白梅道：「這個，只是老夫的推測之言。」

楚小楓輕輕吁一口氣，道：「看來不會錯了。」

白梅突然停下了腳步，雙目凝注在楚小楓的臉上，瞧了一陣道：「孩子，你……」

楚小楓急急接道：「老前輩，不要懷疑什麼，晚輩的意思，只是……」

只是了半天，只是不出個所以然來。

白梅接道：「只是覺著奇怪，春秋筆為什麼要見你師父，對嗎？」

楚小楓道：「晚輩正是此意。」

白梅道：「這件事，因領剛之死，已經是死無對證，不用再說下去了。」

陳長青道：「這個，這個……」

白梅接道：「老叫化子，你不要疑神疑鬼的，春秋筆是何等神秘之人，他要見領剛，也許只是想求證一件什麼事。」

陳長青道：「照常理而言，宗門主，至少會和你白兄商量一下才是。」

白梅道：「唉！老叫化，老夫心願已了，眼看著半子之靠的女婿，已然名成業就，何況，我已年近古稀，實在也用不著再在江湖上走動了，所以，我決心退隱，才搬離迎月山莊。」

陳長青沉吟不語。

群豪回到襄陽，各自分頭安歇。

丐幫的人手，愈來愈多，守夜值更的事，自然用不著楚小楓等再行費心。

天到初更時分，白梅突然行入楚小楓的臥室。

楚小楓剛剛坐息過一陣，親自奉上了一杯清茶，道：「老爺子，你……」

白梅低聲接道：「孩子，咱們去見丐幫幫主，這是一位忠厚長老，但他閱歷之深，舉世第一，你答話之時，可要謹慎一些。」

楚小楓道：「答話謹慎一些，是什麼意思？是當言者言，還是言無不盡。」

白梅道：「不許說謊，不能回答的事，寧可告訴他不能回答。」

楚小楓道：「弟子明白了。」

白梅道：「好！咱們現在就走！」

兩人行出室門，陳長青早已在門口等候。

他雖是丐幫長老，但他對幫主卻十分的敬重，先行報名之後，才推門而入。

白梅、楚小楓緊隨在陳長青身後，緩步行了進去。

黃幫主坐在大廳中，雪髯垂胸，白眉掩目，身前高燃著一盒檀香。

香煙裊裊中，更見寶相莊嚴。

陳長青躬身說道：「弟子奉命請來了楚小楓和白梅，恭候訓示。」

黃幫主緩緩睜開雙目，點點頭，道：「兩位請坐。」

白梅、楚小楓依言坐下。

黃幫主道：「長青，你出去，我要和白兄、小楓好好地談談。」

陳長青應了一聲，躬身而退。

連陳長青都被摒退，要談的事情，顯然十分重要。

黃幫主兩道目光凝注在楚小楓的身上，道：「孩子，能不能告訴我，你學的武功真正來

處？唉！不是老叫化妄作斷言，那些劍招、手法，絕非無極門所有。」

在這位武林中一致敬慕，德高望重的老幫主之前，楚小楓只好說道：「老前輩！晚輩為誓言束縛，有些事，不便坦然說出，只能奉告，這些武功，都是從一本書上所得。」

黃老幫主道：「什麼人贈給你這本書呢，能不能說？」

楚小楓道：「不能！這正是晚輩誓言束縛之處！」

黃幫主道：「唉！孩子，你自己說吧！揀那些能說的告訴我。」

楚小楓道：「贈給晚輩奇書的人，就在迎月山莊之中。」

黃老幫主點點頭，道：「這就是了，孩子。你接受這本書時，他跟你提什麼條件沒有？」

楚小楓道：「沒有！」

黃老幫主道：「那本書是否還要交還給他？」

楚小楓道：「不用交還，不過，那位老前輩告訴過晚輩，看完之後，把它毀去。」

黃老幫主道：「你毀去了？」

楚小楓道：「是！已毀去了。」

黃老幫主道：「可還記得？」

楚小楓道：「記得，一字不漏記得十分清楚！」

黃老幫主道：「這就好，不過，最好還是把它記述下來，藏於一處隱秘所在，不要被別人取去。」

楚小楓道：「不會，晚輩的記憶力很好，再說，書上記述的武功，晚輩都已經開始習練。」

黃老幫主道：「嗯！難道你不會忘記麼？」

楚小楓道：「最安全的地方，莫過於晚輩的胸腹之中。」

黃老幫主道：「那好極了，希望你能把它們練得純熟。」

楚小楓道：「晚輩受教。」

黃老幫主回顧了白梅一眼，道：「白兄……」

白梅急急說道：「白梅不敢，白梅不敢，老幫主有什麼吩咐？」

黃老幫主拂髯一笑，道：「小楓有些話不便說，咱們可以好好地談談了。」

白梅道：「老幫主垂詢，白梅知無不言。」

楚小楓微微一笑，道：「我只答應了那位老前輩不能說出去，可沒有答應他別的。」

白梅點點頭，笑道：「老幫主想問什麼？」

黃老幫主道：「你說，那贈書之人，是何許人物？」

白梅道：「老幫主可是懷疑他是春秋筆！」

黃老幫主道：「老叫化確有這個想法！」

白梅道：「這麼說來，那人早已到了迎月山莊，而且，住了很久，只不過，沒有人知道他的身分罷了。」

口中對黃老幫主說，兩道目光卻投注在楚小楓的身上。

楚小楓點點頭。

黃老幫主道：「白老弟，那人隱身之法，一定十分技巧，他如不主動找人，只怕別人很難發覺他的身分！」

楚小楓又點點頭。

白梅道：「老幫主，照區區猜想，他隱身無極門，是希望查明宗領剛的行為如何，春秋筆例來不捲入江湖恩怨搏殺之中，所以，他雖然早已知曉無極門陷入了危急之境，宗領剛的為人行事，又能使他滿意，但卻無法插手相助，所以，選擇了一個人，贈以奇書，準備由他挽救無極門的危難，可惜，天意難違，在劫者難逃，他雖然很急，卻無法挽救這一次大劫。」

黃老幫主目睹楚小楓沉思不語，點頭一笑，道：「大概是如此了……」語聲一頓，接道：「唉！只不知道，他是否也在那一次劫難中遇害？」

白梅道：「這個，這個……」

楚小楓搖搖頭。

白梅接道：「看樣子好像是逃出去了！」

黃老幫主道：「他能逃出去，必是先走了幾日……」

楚小楓又搖搖頭。

白梅道：「想是還留在哪裡？」

楚小楓又搖搖頭。

白梅道：「黃幫主，只怕他也死了。」

楚小楓沉吟不語。
白梅道：「難道他早死了幾日不成？」
楚小楓忽然點點頭。
黃老幫主道：「可是在迎月山莊被襲之前，他剛好死去？」
楚小楓望望黃老幫主和白梅，默默無言。
黃老幫主道：「他是真的死了呢？還是借著死亡之名，避開了這場是非？」
白梅道：「他可以避開死亡的，為什麼要死？」
黃老幫主道：「那會引起人家的懷疑，春秋筆絕不能留下可疑痕跡！」
白梅點點頭，道：「幫主明鑒。」
黃老幫主道：「我想，不論他以何種身分，出現於何時何地？最好的掩蓋辦法，就是死亡。」
白梅道：「世界再沒有任何一件事，比死亡更容易使人遺忘了。」
黃老幫主道：「對！這就是他永不受人懷疑的原因！」
白梅道：「這麼看來，他是一個人了。」
黃老幫主道：「很難說啊！沒有人認識他，也沒有人確知他的身分，以老叫化的想法，不論他出現於何時何地，只怕都不會是很引人注意的身分！」
白梅道：「老幫主，咱們是否應該查證一下，他是不是真的死了呢？」
黃老幫主道：「不止是應該，而是一定要查！」

白梅道：「查！可是如何一個查法呢？」

黃老幫主道：「這就要有人幫我們了，以宗門主的為人而言，一個無極門中的人，不幸死去了之後，必然會予以厚葬。」

白梅道：「這個當然。」

黃老幫主道：「這就是線索。」

白梅道：「咱們開棺查看！」

黃老幫主道：「問題是他現在何處？他埋骨何方？」

這一次，楚小楓沒有點頭，也沒有搖頭。

黃老幫主卻輕輕吁一口氣，道：「白梅老弟，我想，他埋骨之處，距離迎月山莊，一定不會太遠。」

白梅、黃老幫主，兩個人都轉向了楚小楓望去。

楚小楓仍然是靜坐未動。

白梅輕輕咳了一聲，道：「那人埋骨之處，定然十分難找。」

黃老幫主道：「只怕埋葬他的人，都已經不幸遇難，所以，沒有人知道那個地方了。」

楚小楓神情肅然，仍是不言不動。

白梅皺皺眉頭，重重地咳了一聲，道：「老幫主，好像是有些麻煩了。」

黃老幫主道：「有些事，也不能太過勉強。」

楚小楓抬頭望了兩人一眼，苦笑一下。

黃老幫主道：「白老弟，我想這件事，可能會有很多人知道，咱們何不找人問問？」

楚小楓這一次有了反應，又搖搖頭。

黃老幫主微微一笑，道：「白兄弟，這件事，不宜讓太多的人知道。」

楚小楓又點點頭。

黃老幫主道：「白兄弟，我看，咱們都慢慢地想想這件事，或許，能想出來一個可行的辦法？」

楚小楓緩緩站起身子，道：「晚輩想告辭了。」

黃老幫主道：「好！你先走一步吧！累了一天，也該好好地休息一下！」

楚小楓轉過身子，緩步而去。

望著楚小楓的背影，白梅輕輕吁一口氣，道：「老幫主，孩子年紀輕，不懂事，有得罪的地方，還望老幫主不要見怪。」

黃老幫主道：「白兄弟，我看得出，他的心情很沉重！」

白梅道：「年輕人遵守信諾，無虧大節，是好事，老朽也不便深責於他。」

黃老幫主道：「我明白，這是咱們為難他，如何還能責備他！」

白梅道：「老幫主論事之明，實叫老朽佩服。」

黃老幫主笑一笑，道：「白老弟，聽小楓的口氣，似乎是春秋筆確已到了迎月山莊，那一本無名劍譜，亦是春秋筆所贈。」

白梅接道：「老朽奇怪的是，春秋筆一向不捲入江湖恩怨之中，他們怎麼會贈給楚小楓

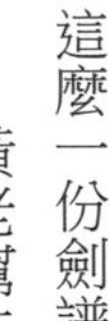
這麼一份劍譜?」

黃老幫主神情肅然地說道:「白老弟,這件事,不外兩個原因,一個春秋筆已經選定了承繼之人,楚小楓可能入選……」

白梅哦了一聲,接道:「這個,豈不是和春秋筆處事方法,有些不同麼?春秋筆一向行蹤隱秘。」

黃老幫主道:「這件事,你如是早一些問我,我也可能答覆不出,但現在,老叫化子已想出他的內情了。」

白梅道:「願聞高見。」

黃老幫主道:「執掌春秋筆的人,首要公正,但更重要的是,必須有一身出神入化的武功,淡泊名利的胸襟,然後,才能夠執掌春秋筆,這些人,不能從小培養,必須就現在的俠義人中,選擇一位。宗門主崛起江湖,表現的有聲有色,可能已被列入了接掌春秋筆的主要人選,所以,才有春秋筆到無極門的消息……」

話到此處,突然住口不言。

白梅嘆息一聲,道:「領剛公正有餘,只是武功還不足以接掌春秋筆,老幫主不用心存顧慮,有事但管請說。」

黃老幫主道:「就老叫化子的推斷,春秋筆去過了無極門,可能是經過了一番考查,發覺宗門主是江湖中人,執掌春秋筆的條件不合,但他看上了楚小楓,自然,楚小楓也只是初步的入選人。至於,製造春秋筆息隱一事,死亡是最妙的安排。」

白梅點點頭，道：「不錯，小楓的才華、機智，都是上上人選，但老朽的看法，他似乎不是那種嚴肅之人，擔任春秋筆，未必合適。」

黃老幫主道：「這個麼？老叫化，也有相同的看法，楚小楓似是屬於那種飄逸瀟灑的人，他能執大義，但可能不拘小節，從收服綠荷、黃梅、紅牡丹三個女人，就證明了他是一個講求實效的人，但也是最上乘的辦法，除此之外，想救出宗一志，可能要有數十名高手的死亡，還未必能夠如願，自然，這方法，也只有楚小楓能用，換了一個人，就不具備收服這三個妖女的條件。」

白梅道：「唉！老幫主，我也在為這件事發愁，小楓把三個小妖女收在身邊，終非了事，這件事應該如何？還望老幫主能夠指點一個應付之法？」

黃老幫主道：「這件事，咱們不用操心，我雖然不懂星卜之學，但數十年的閱人經驗，使我對人的看法，大致不會有錯。」

白梅道：「綠荷、黃梅、紅牡丹，是江湖上出名的淫娃、蕩婦，無極門如何能夠收留，雖然領剛在臨死之前，留有遺言，允准小楓便宜行事，不受無極門的規戒約束，但他如若帶著這幾個蕩婦、淫娃，在江湖上走動，那算什麼名堂？……」

白梅頓了一頓，微微一笑，接道：「再說他年輕氣盛，血氣方剛，心性還未完全穩定，萬一受到這三個丫頭的誘惑，那豈不是造成一件大大遺憾的事。」

黃老幫主笑一笑，道：「白老弟，既然他可以不受無極門的門規約束，你又為什麼替他擔心呢？」

白梅道：「老幫主，你好像對這件事，一點也不關心！」

黃老幫主道：「關心又能如何？事實上，他的做事方法，已經有了很大的成就，白老弟，如若現在還沒有救出宗一志，無極門會不會接受三女的要求？」

白梅道：「這個，這個……」

黃老幫主笑道：「我相信無極門會答應的，那時候，無極門會揹上這一個沉重的負擔。」

白梅道：「但楚小楓答應了，我們自然也無法拒絕。」

黃老幫主道：「至少，你們在心理上，不會有太沉重的負擔。」

白梅道：「老幫主的意思是……」

黃老幫主道：「老朽之意是，楚小楓如若能執大義，小節微疵，不用計較了……」

神情轉變得十分嚴肅，緩緩說道：「白老弟，自從春秋筆出現武林，確然揭發了不少假冒偽善之人，數十年來的武林平靜，都是春秋筆之賜，但道高一尺，魔高一丈，春秋筆揭發了隱惡，卻也把那些凶惡之徒，給逼到了更為隱秘的地方，老朽已聽長青說過萬花園的情形，像這樣龐大的勢力，豈是一朝一夕所能建立起來，而且，江湖上數十年平靜如水，也不可能忽然間，冒出了這麼一大批高手出來，只是他們的舉止太過神秘，行蹤詭異，叫人無法測出他們的來路。」

白梅道：「說得也是，那景二公子不但武功高，而且十分博雜，一身所學，似是源出一派……」

黃幫主接道：「這就是破綻……」

緩緩站起身子，接道：「白老弟，你可以去了，茲事體大，只怕不是三言兩語，能夠說得清楚，咱們也不能妄加揣測，夜色已深，白老弟，也該回去休息了。」

事情太過重大，白梅也無法再談下去，站起身子，長揖告退。

他沒有立刻回到臥室休息，卻轉到楚小楓的臥室之中。

室中燈光明亮，楚小楓雙手支頭，正在對燈凝思。

聽到步履之聲，楚小楓才抬頭望去，顯然，他的心思很沉重，想得全神貫注。

白梅揮揮手，道：「孩子，你還沒有睡麼？」

楚小楓親自替白梅倒了一杯香茗，低聲說道：「晚輩正在想幾件事。」

白梅道：「想什麼？」

楚小楓道：「唉！晚輩少不更事，答應把綠荷、黃梅、紅牡丹帶出萬花園，現在，卻不知如何處置她們？」

白梅已得黃老幫主的開導，心中倒是開朗了很多，笑一笑，道：「怎麼？你沒有想好如何安排她們，就答應了下來。」

楚小楓道：「晚輩當時只求救出一志師弟，就算她們條件提得再苛一些，我也會答應，沒有想到……」

白梅接道：「沒有想到後果，會帶來如許麻煩？」

楚小楓道：「晚輩目前，就遇到這些困難。」

白梅道：「你明白一點說吧，是些什麼樣子的困難？」
楚小楓道：「晚輩有很多事要辦，但卻不知把三個丫頭，留在何處？」
白梅道：「董掌門人不是已經答應了，把她們收入無極門下麼？」
楚小楓道：「晚輩想過一陣，覺著實在不妥。」
白梅心中忖道：「這孩子究竟是讀過萬卷書的人，心智反應，比別的人強得多了。」
口中卻故意問道：「哪裡不妥了？」
楚小楓道：「她們三個人，都是常年在江湖上走動的人，而且聲譽不好，如若把她們留在無極門中，只怕她們會故態復萌，唉！董掌門太威嚴，很難和她們相處，而且，她們的花招多，一旦情急，只怕做起事來，就不擇手段了，我擔心她們會鬧出事情。」
白梅道：「說得也是，這三個丫頭，是江湖上出了名的淫惡人物，你那位方方正正的掌門師兄，確也應付不了她們。」
楚小楓道：「所以，晚輩擔心得很。」
白梅道：「小楓，我看得出來，連老叫化子陳長青在內，她們三個丫頭片子，內心中也只佩服你一個，所以，只有你才能帶著她們，三個人武功不錯，人也夠機智，你帶在身邊，也是幾個好幫手，如是日後能夠變化了氣質，說不定會變成很有用的人。」
楚小楓道：「唉！老爺子，晚輩也這樣想過了，但我辦事，最好是一個人行動，帶著她們，實在是一個累贅。」
白梅笑道：「這就麻煩了，你答應了人家，總不能撒手不管吧？」

楚小楓微一沉吟，道：「老爺子，小楓倒是替她們想到了兩個去處，不過，還要老爺子鼎力幫忙。」

白梅道：「我能幫上忙？你倒說說看。」

楚小楓道：「丐幫組織龐大，不在乎多幾名弟子，而且，規法森嚴，她們也不敢以身試法。」

白梅道：「法子是不錯，只可惜她們是女人，丐幫從來不收女弟子。」

楚小楓道：「排教呢？」

白梅道：「排教，我老頭子沒有辦法。」

楚小楓怔了一怔，道：「老爺子，你老人家……」

白梅搖搖手，道：「小楓，少給我高帽子戴，老爺子我不戴這個。」

楚小楓苦笑一下，道：「難道老爺子你真的不管麼？」

白梅道：「管？怎麼一個管法，像這樣的事，我可是沒有插手的本領……」

語聲一頓，接道：「其實呢，解鈴還需繫鈴人，你既然把三個丫頭給召來了，就該自己想法子解決，先要她們跟在你的身側吧。」

楚小楓長嘆一聲，道：「如是想不出別的辦法，那只好如此了。」

白梅道：「你能想通就好……」

輕輕咳了一聲，接道：「小楓，你的話都說完了，現在，我老人家要說幾句了。」

楚小楓道：「晚輩洗耳恭聽。」

白梅道：「不論迎月山莊死了什麼樣的一個人，只要他死在夜間遭襲之前，我想一定會有很多的人知道。」

楚小楓點點頭。

白梅道：「這本來是一件不怎麼引人注意的事，但如是一傳出去，那就立刻沸騰江湖。」

楚小楓道：「老爺子說得是。」

白梅道：「這中間的利害得失，你想想看，如是找別人問，會不會……」

楚小楓嘆息一聲，接道：「這中間有很多可疑，晚輩決定去看個明白！」

白梅道：「你去？」

楚小楓道：「是！正如你老爺子所說，這件事，不宜有太多的人知道。」

白梅道：「要不要告訴黃老幫主一聲呢？」

楚小楓道：「這件事，由老爺子決定吧！」

白梅道：「好！小楓，你準備幾時動身？」

楚小楓道：「明天晚輩就去。」

白梅沉吟了一陣，道：「小楓，大白天，方便麼？」

楚小楓道：「晚輩天黑之前趕到，初更時分動手，唉！幸好晚輩已得先師遺命，不受無極門的門規約束，如果我還是無極門中弟子，就要受門規約束了。」

白梅道：「這就是領剛生前的思慮周到，也是對你的信任，讓你能放手施為。」

楚小楓道：「晚輩很感激先師的苦心，既然給了我這個機會，晚輩只有盡力而為了。」

白梅笑一笑，道：「小楓，你休息一會兒，明天，還有事情。」

第二天，楚小楓召來了綠荷、黃梅、紅牡丹，緩緩說道：「你們現在要決定一件事情。」

綠荷怔了一怔，道：「什麼事？」

楚小楓道：「你們現在，是否決定跟著我？」

綠荷道：「我們自然是跟著楚公子了。」

楚小楓道：「跟著我，不過，事先我要和你們約法三章！」

綠荷道：「什麼約法？」

楚小楓道：「第一，你們要洗心革面，不能再做出見不得天日的事！」

綠荷道：「這個，我們一定遵從！」

楚小楓道：「第二，我是一個很喜歡找事的人，你們跟著我，會吃很多的苦。」

綠荷道：「我們跟著公子，死而無怨。」

楚小楓道：「第三件事，也是你們很難做到的……」

綠荷接道：「什麼事，公子請說。」

楚小楓道：「守份，你們跟著我，只是個丫頭的身分，希望你們能守著丫頭的本份，不得有任何逾越。」

黃梅笑一笑，道：「這一點，我們明白，我們跟著公子，侍候公子，照顧你吃飯穿

衣。」

楚小楓道：「除此之外，你們不許隨便殺人。」

綠荷道：「是！」

楚小楓笑一笑，道：「其實，你們用不著跟著我吃苦，我可以安排你們去一個地方。」

紅牡丹道：「公子不想要我們了？」

楚小楓道：「那倒不是，我是覺著，你們可以選擇。」

綠荷道：「不用了，我們已經選擇了公子，生死相隨，決不改變。」

楚小楓道：「好吧！我在家時，用過丫頭，我是個很會用丫頭的人。」

綠荷道：「那很好，我們三姊妹做過很多的事情，但卻從沒有做過丫頭，所以，我們很希望能做個真正的丫頭試試看。」

楚小楓笑一笑，說道：「你們先別太高興，等你們做過我的丫頭之後，你們就會發覺，我這人，是多難伺候，我吃起東西來，嘴有多刁。」

綠荷道：「公子，這些事，你不用擔心，我們三姊妹，都學過幾天做菜的手藝，只要肯用心，燒幾樣菜，還不算太壞。」

楚小楓心中暗暗忖道：「這三個丫頭，看來是跟定我了。」

心中念轉，口中說道：「你們不用拜入無極門了，跟著我個人就是。」

紅牡丹格格一笑，道：「婢子們離開那裡時，就是打算追隨公子，想不到，竟然是如願以償了。」

楚小楓道：「今天，我要暫時離開襄陽，去辦一件事……」
綠荷接道：「帶不帶我們同行？」
楚小楓道：「就是不方便帶你們，所以，你們要留在這裡。」
綠荷道：「行，但不知公子幾時回來？」
楚小楓道：「快則連夜趕回來，遲則第二天中午之前。」
綠荷道：「只去一天麼？」
楚小楓道：「對，這地方，是丐幫的臨時總舵，安全無慮，你們住這裡，可要多多小心一些……」
綠荷接道：「小心什麼？這地方安全無慮，為什麼還要小心？」
楚小楓道：「小心你們自己的行為，別要鬧出什麼笑話來！」
綠荷臉一紅，道：「公子放心，我們絕對不會叫公子丟人，由此刻起，我們一個個都會變成端莊賢淑的女子。」
楚小楓道：「但願如此……」
語聲一頓，又接道：「你們去準備吧！今天我要吃頓很豐富的午餐，然後出門辦事。」
三女相互一笑，退了出去。
果然，三個人一齊下了廚房。
做飯的廚師，眼看三個如花似玉一般的姑娘闖了進來，生火的生火，洗菜的洗菜，三不管，就動起手來。

別看三個人是江湖上出名的淫娃、蕩婦，但做菜的手藝，真還不壞。

天近中午時分，被她們做出了八個很精緻的美肴。

可苦了廚房的買菜師父，三女挑的都是最精微的地方，比如白菜，她只要一點菜心，燒一盤，剝了幾十顆大白菜。

楚小楓遍嘗了八味美肴，笑一笑，道：「三位的手藝，還不錯。」

綠荷道：「很久沒有下廚房了，生疏一些，公子……」

楚小楓揮揮手，道：「我只是說，還不錯，並不是很好，單是吃這一件事上，你們還得多下工夫。」

黃梅道：「公子，廚下材料不足，如若我們自己能去選購，也許還會再好一些。」

楚小楓道：「大家住在一處，此事不足為訓，我只是試試你們的手藝罷了，人生在世，要做的事情很多，要下工夫的事情也很多，拿做一頓美味可口的菜肴而言，就不是一件很輕鬆的事，我只舉此一端，其他的事，你們自己可以想想了……」

綠荷嘆息一聲，接道：「婢子們明白公子的意思了，你是叫我們學習做人，做一個正正當當的女人。」

楚小楓笑一笑，道：「你們明白就好了。」

綠荷道：「公子，我們練武，算不算正經事呢？」

紅牡丹道：「當然是正經事了，我們今後要追隨公子，在江湖上走動，難免有和人動手的機會，如果咱們武功不濟，不但不能替公子分憂解愁，而且，還會拖累於他。」

綠荷道：「公子，三妹的話很有道理，但我們如是沒有人指點，只怕很難再有進境。」

楚小楓道：「你們想要我指點你們幾招武功？」

綠荷道：「對！婢子們正是這個意思。」

楚小楓道：「好！你們想學什麼武功？」

綠荷道：「婢子們最好學一點合搏之術，把我們三個人的武功，能夠合而為一，一次發揮出來。」

楚小楓道：「好！等我辦事回來之後，你們每人都演練一下，給我瞧瞧，我再想想看，傳一種什麼樣子的武功，使你們能夠配合起來。」

綠荷道：「多謝公子。」

紅牡丹卻低頭說道：「公子，這一次，我們不能追隨公子，你要好好保重。」

言語之間，充滿著關懷情意。

楚小楓道：「嗯！」

紅牡丹道：「婢子們會替公子準備酒菜，等你回來。」

楚小楓笑一笑，道：「我知道了。」

推筷而起，接道：「我去了，如何潔身自愛，能使人刮目相看，要你們自己多用心思了。」大步行了出去。

一頂低垂的長簷氈帽，掩去了楚小楓的本來面目，直奔迎月山莊。

他走得雖然很急，但卻一直注意著路上變化。

幸好，還未發現可疑之人。

楚小楓沒有直接回到迎月山莊，但卻爬上了一棵大樹，仔細看了那長住十年的地方。

原來風景如畫，充滿著歡笑的府第，目下卻是一片蒼涼。

只不過短短的時間，庭院中已長出了不少的雜草，殘垣、斷壁，落葉滿地。

他是個膽大心細的人，充滿著智慧，雖然很想去庭院中憑弔一番，但他明白，那可能招惹來很多麻煩，所以，他忍了下去。

他明白自己來此的用心，是求證一件更重要的事情。

悄然溜下了大樹，找到了馬夫老陸的埋骨新墳。

新墳上也長出了不少青草，墳前簡單的石碑，卻早已不知去向。

這正是夕陽無限好的時刻，偶爾可見一、二歸農和樵夫，荷鋤、肩柴而歸。

選一個僻靜的地方，楚小楓坐了下來，望著遠天出神。

對楚小楓而言，這是一個很困難的決定，因為要證實老陸的生死，就必須掘墳開棺。

歸巢暮鴉的幾聲鳴叫，帶來了夜幕。

天！黑了下來，夜間郊野，寧靜中帶著幾分荒涼的恐怖。

天色已經是初更過後的時分了，楚小楓，還無法決定是否應該掘墳啟棺，查看一下那墳墓中的老陸，是真死、還是假亡。

一聲鳥鳴，傳了過來。劃破了夜色的靜寂，也驚醒了楚小楓的沉思。

他緩緩移動腳步，行到了那墳墓前面，跪了下去，恭恭敬敬，叩了三個頭，沉聲祈禱道：「老前輩，請恕晚輩無狀，驚動你老人家的屍骨，此事重大，晚輩必須查明，唉！老前輩，晚輩思之再三，覺著你老人家留在這墓中的機會不大，所以，才敢放手求證。」

說完了一番祈禱的話，動手挖開了新墳。

這本是黃土堆成的新墳，很快地看到了棺木。

那是一口白木薄棺，楚小楓記憶猶新，看到了那口棺木後，已確信自己沒有找錯地方。

揭開棺蓋，果然是未見人影。

星光閃爍下，棺木中放著一方白絹，折疊得十分整齊。

楚小楓伸手取過，展開看去，只見上面寫有四句似偈似詩的話，道：

我由別處至。
仍回別處去。
世間本無我。
何苦求證來。

楚小楓內功精深，目力過人，那白絹上雖是狂草，但仍看得明明白白。

忽然間，傳過來一聲嘆息，道：「楚公子，那留書上說些什麼？」

十九　幫主傳武

這語聲，並未出楚小楓的意外，所以，他一點也不驚訝，緩緩回過身子。

只見黃老幫主長髯飄風，卓立在一丈開外。身後，緊隨著白梅。

行前幾步，緩緩把手中的白絹，遞了過去，道：「兩位老前輩才到麼？」

白梅道：「我們來一會兒了。」

黃老幫主道：「我們見少俠沉思難決，不便驚擾。」

楚小楓道：「屍體已然不見，只有這一幅留書。」

黃老幫主點點頭，道：「他好像早已料到你會來求證了。」

楚小楓沒有答話，回過去，合上棺蓋，掩上黃土。

白梅道：「這麼看來，馬夫老陸，很可能就是春秋筆的化身了。」

黃老幫主道：「老弟，目下，咱們還沒有確切證據，不可驟下斷語。」

白梅道：「老幫主說得是。」

黃老幫主道：「楚公子，我們今天知道了一件事，混入迎月山莊中的馬夫老陸，不是個

簡單的人物。」

白梅道：「老幫主，如若那馬夫老陸，不是春秋筆，他又是什麼人呢？」

黃老幫主道：「武林中六十年來成名之人，老叫化子十見其九，只有兩個人未曾見過。」

白梅道：「請教老幫主。」

黃老幫主道：「一個是萬知子，一個是春秋筆。」

白梅似是有意讓楚小楓借今宵之機會，多知曉一些江湖中的事務，一面示意楚小楓用心受教，一面欠身問道：「幫主的淵博，放眼江湖，無出其右，對萬知子和春秋筆，這兩個人物，必然早已經有所創見了。」

黃老幫主笑一笑，道：「二十年來，老叫化子，就沒有說過這麼多話了，今夜之中，倒是被你引起談興。」

白梅道：「老幫主望重江湖，貴幫中弟子，對幫主，更是敬重萬分，有些事，實在是不敢勞動大駕，請恕晚輩多口。」

黃老幫主笑一笑，阻止了白梅，接道：「老叫化子胸腹之中，確也有很多的話要說，也許這是我最後一次多話的機會了。」

白梅急道：「老幫主何出此言，你老萬壽無疆，內功精深，活過二百歲，大概不難。」

黃老幫主笑一笑，道：「生老病死，天數早定，仙道之說，其無憑證，縱然，確有其事，也不是我這等凡夫俗子，能夠參悟，我今已近百歲，放眼人間，能登此壽者，實已不多，

上天待我，已然很厚，我如再不知足，那豈不是上干天和了麼？」

不讓白梅接口，黃幫主又說了下去，道：「春秋筆是何許人，江湖上雖然迄無定論，不過，老叫化的看法，他們都是江湖上精英人物，也許，他們之中，早已有些和老叫化見過面了。」

白梅道：「這麼說來，老幫主已知他們的身分了。」

黃幫主凝目沉思片刻，道：「今天，我們在此之言，只能出我之口，入兩位之耳，千萬不可傳揚出去。」

白梅、楚小楓齊聲接道：「這個，但請幫主放心，我們聽過之後，只會默記心中，決不會傳出口去的。」

黃幫主道：「老叫化也不要求你們絕對守口如瓶，只是此事重大，一語錯出，立刻可能招來殺身之禍，說不定還會牽連出滔天的風波大劫，我是丐幫幫主的身分，更是不能輕言，你們聽入耳內，記入心中，何時該說出口，那就要你們掌握個中的機巧了。」

白梅心中明白了，這些話，他本來要說的，但是關係太大，他又是丐幫幫主的身分，不便說出口去，恐怕為丐幫招來了麻煩，所以，他忍了下去。

想清楚個中曲折，白梅慎重地點點頭，道：「我明白，老幫主請說吧。」

黃幫主點點頭，道：「老叫化子無法肯定指明，哪一個人是春秋筆，但我心中卻有一個規範，就在三、五人之內。」

楚小楓道：「這麼說來，春秋筆不見得很神秘了？」

黃幫主道：「並非是不神秘，只是它有一種脈絡可尋，如論神秘，倒是萬知子，比起春秋筆，更神秘十倍了。」

楚小楓道：「萬知子，又是什麼人呢？」

黃幫主道：「這個人，江湖上，大概是真的無人知曉了。」

白梅道：「他手著兵器譜，也只不過表現出了他的淵博，難道，這個人還會對我們有什麼危險不成？」

黃幫主緩緩說道：「萬知兵器譜，流入江湖都是斷簡、殘篇，白老弟見識過麼？」

白梅道：「在下見過，但那是流行最廣的一篇，論劍篇。」

黃老幫主道：「你看過了那論劍篇，有什麼感覺？」

白梅道：「在下覺著他論列甚詳，雖然說不上是一篇武功秘錄，但它在論劍招變化中，卻有不少獨特的見地。」

黃老幫主道：「萬知兵器譜，在江湖上，究竟有多少篇，恐怕沒有人知道……」

白梅接道：「江湖傳言有三十六篇，十八篇論列一十八般兵刃，十七篇論列外門兵刃，但最重要的一篇，卻是兵器排名，那才是兵器譜的精華。」

黃幫主拂髯一笑，道：「白老弟，誰見過那篇排名的兵器譜，老叫化子費了十幾年的工夫，才收集到了九篇，江南四篇，江北四篇，嶺南一篇，大約，三十六篇的傳說，只有九篇傳入江湖，大概也就是這九篇啦，老叫化實在想不出，還有什麼人會比我收集得更多。」

白梅接道：「這個……」

黃老幫主道：「白老弟，你也許有些不相信我的話……」

白梅道：「老幫主一言九鼎，天下有誰不信。」

黃幫主道：「白老弟，事實是事實，這不是一個人的權威能改變的，我留心二十年，追查十餘載，以丐幫人手之眾，分布之廣，收集了萬知兵器譜，一百一十七篇，經我親自核對之後，都是九篇重複的內容，這十年來，老叫化子一直仍然注意著這件事，但卻沒有發現九篇以外之物。」

白梅道：「這麼說……」

黃幫主目光轉注到楚小楓的臉上，接道：「春秋筆不是一個人，萬知子也可能不是一個人。」

楚小楓道：「老前輩，這麼說來，春秋筆和萬知子，只是兩個代號？」

黃幫主道：「只是兩個代號，老叫化子親眼看到了春秋筆出現江湖，也看著萬知子的兵器譜，在江湖上流傳。」

楚小楓道：「老前輩意思是……」

黃老幫主道：「我看到春秋筆的作用，但還沒有看出萬知兵器譜的作用，這個人，賣弄才情，造出了萬知兵器譜，用心還無法瞭解。」

楚小楓道：「老前輩，這麼說，萬知兵器譜、武林春秋筆，都是一個很大的疑點了。」

黃老幫主道：「至少，春秋筆的用心，已經暴露了出來，萬知兵器譜的用心何在，還沒有人知曉，而且，這個人的聰明才智，決不在春秋筆之下，萬知兵器譜，已在江湖造成了一種

神秘感，任何門派收集到一篇，都把它珍若拱璧地藏起來。」

白梅道：「老幫主，在下聽說少林派也在收集萬知兵器譜，但不知他們收集的篇數，是否已經超過貴幫？」

黃老幫主道：「沒有，我問過少林掌門，他們只收集到八篇。」

白梅道：「收集到八篇？」

黃幫主道：「流傳於嶺南的一篇，數量不多，很不容易收集到。」

白梅道：「對！少林雖然勢大，但論人手眾多，他就不及貴幫多多了。」

黃老幫主道：「我決定把收到的九篇兵器譜，交給楚公子。」

楚小楓怔了一怔，道：「老前輩，你……」

黃老幫主接道：「孩子，我不是對你有所偏愛，也不是加給你一種責任，我只是覺著你也許有能力，揭開這中間的隱秘。」

楚小楓道：「這責任太重大了。」

黃老幫主笑道：「孩子，你可是有些害怕了。」

楚小楓道：「晚輩只是覺著擔子太重，恐難勝任。」

黃老幫主淡淡一笑，道：「楚公子，老叫化子也不能讓你平白地挑起這副擔子。」

白梅道：「老前輩的意思是……」

黃老幫主道：「老叫化子還保留了幾招武功，準備傳給這位楚公子。」

白梅道：「老幫主，這個，只怕不太好吧？」

黃幫主道：「白老弟，你放心，老叫化子傳給楚公子的武功，和丐幫完全沒有關係。」

白梅嘆息一聲，道：「小楓，還不快些謝過老幫主。」

黃老幫主道：「不用謝了，說起來，老叫化子還要謝謝楚公子呢。」

楚小楓起身抱拳一禮，道：「晚輩先謝過老前輩，傳藝之恩。」

黃老幫主道：「不用如此，其實，這三招武功，老叫化子也只是記其口訣，練過一陣，但這一生中，卻從未用過。」

楚小楓道：「哦！」

黃老幫主道：「我也不知道它的威力如何，而且，這三招武功，各不相屬；一招來自西域，一招傳自南海，第三招，聽說是源出少林寺，不過，老叫化卻也沒有見少林寺弟子用過這招武功。」

楚小楓道：「老幫主，這三招武功，來自西域、南海及少林，想必是絕世之學，以晚輩資質，只怕很難學得精純。」

黃老幫主道：「小楓，這三招武功，我已經留了二十年，所以沒有傳人，那是因為沒有找到適當的人選，今天，找上了你。」

楚小楓道：「老前輩……」

黃老幫主道：「小楓，不用推辭了，這三招武功，今日，如若老朽不傳給你，那就可能永遠失傳了。」

楚小楓道：「這個……」

白梅接道：「孩子，不用多問了，快些學吧！」然後，轉身而去。

黃老幫主沒有開口招呼白梅，自然，楚小楓也不好開口。

費了近一個時辰的工夫，楚小楓才算把三招學熟。

黃老幫主笑一笑，道：「孩子，不錯，你沒有讓老叫化子失望。」

楚小楓道：「晚輩太蠢，費了老幫主如許時光，才學會三招。」

黃老幫主笑一笑，道：「孩子，倒是大出我的意料之外了！」

楚小楓道：「晚輩惶愧。」

黃老幫主望了望天色，道：「我原想到天亮之前，你能學會，就已經不錯，沒想到，你只花了一個時辰……」

提高了聲音，道：「白老弟，可以回來了。」

白梅緩緩行了過來，笑道：「在下睡了一覺。」

黃老幫主神色肅然，道：「你們兩個聽著，今宵之事，不許傳揚出去……」

目光轉到楚小楓的身上，接道：「我也不是你的師父，這三招武功，也非我所有，也非丐幫中傳統武功。」

不待楚小楓開口，又道：「所以，你不用感激我，也不須說什麼傳藝即為師之言，由此刻起，老叫化子，已經忘記了這件事，也希望你們都能忘記。」

楚小楓道：「這又為什麼？」

黃老幫主道：「我只是這樣告訴你們，沒有什麼理由。」

白梅道：「小楓，答應下來，照老幫主的話做。」

楚小楓道：「好！晚輩從命。」

黃老幫主拂髯一笑，又從懷中摸出一卷白絹，遞了過去，道：「小楓，這也交給你吧。」

楚小楓道：「這又是什麼？」

黃老幫主道：「萬知子的兵器譜，一共九篇，你回去仔細看看。」

楚小楓道：「老前輩，你的厚賜太多了，晚輩如何受得起？」

黃老幫主站起身子，撢了撢身上的塵土，道：就是這些了，咱們可以回去了。」

白梅道：「老幫主，那春秋筆是何許人？能不能透露一些給晚輩們，增廣見聞？」

黃老幫主道：「關於這件事，老叫化在沒有把握之前，不便妄言，說出來徒亂人意，咱們走吧！」舉步向前行去。

白梅回顧了楚小楓一眼，道：「孩子，回去之後，看完九篇兵器譜，就一把火燒掉。」

楚小楓道：「晚輩受教。」

回到襄陽，也不過天色剛亮。

楚小楓直回到自己臥室。

還未推門，木門已呀然而開。

只見綠荷、黃梅、紅牡丹當門而立。

楚小楓怔了一怔，道：「你們昨天就住在這裡？」

黃梅道：「是！住在這裡。」

楚小楓道：「你們睡在什麼地方？」

綠荷道：「我們不敢睡公子的床，只好在地上打坐一夜。」

楚小楓大步行入臥室，只見被褥整齊，果然不似有人睡過的樣子。

紅牡丹道：「廚下早已替公子備下了酒菜，要不要婢子去取來，公子來點酒菜再睡。」

楚小楓道：「好！你去拿來。」

眼看楚小楓有了笑容，綠荷緩步行了過去，道：「公子，你好像很累呀！」

楚小楓道：「嗯！」

綠荷道：「公子，你好像一宵未眠？」

楚小楓道：「有一點倦意。」

綠荷道：「我替公子捶捶背。」

楚小楓出身官宦之家，自小就有丫頭照顧，對這等事倒是司空見慣。

綠荷舉起雙手，捶了下去。

黃梅行了上去，道：「公子，我替你捶腿！」

兩個丫頭，對按摩一道，似是很有心得，落掌、下指，不輕不重，給人一種十分舒適的感覺。

楚小楓頓然有著一種倦意上襲的感覺。

片刻之後，紅牡丹送上了酒菜。

楚小楓食用了一些，笑道：「你們去吧，我要睡一會兒了。」

綠荷道：「我們服侍公子睡下。」

三個一起動手，寬衣的寬衣，拉被的拉被，楚小楓硬被她們三個人給放到床上。

三女倒也能自持分寸，替楚小楓蓋上了被子之後，悄然退了出去。

不知道過了多少時間，楚小楓被一陣爭吵之聲驚醒。

只聽紅牡丹的聲音說道：「陳老前輩務請原諒，公子剛剛睡著，婢子實在不便叫他。」

陳長青道：「去叫他，我有很重要的事情找他。」

紅牡丹道：「不行，老前輩可以打婢子一頓，我不能去叫公子。」

陳長青道：「喝！你們倒是忠心得很啊！」

紅牡丹道：「老前輩原諒。」

楚小楓一躍而起，匆匆穿好衣服，衝到門口。

陳長青已然轉身行去。

楚小楓急急叫道：「陳老前輩。」

陳長青回頭笑道：「你醒啦？」

楚小楓道：「唉！丫頭們無禮，陳前輩不要見怪才好。」

陳長青道：「她對你保護得很周密，老叫化子實在替你高興，收了這麼好的三個護衛。」

楚小楓道：「紅牡丹，還不快來領罪。」

紅牡丹應了一聲，大步行了過來，道：「婢子領罪。」

竟然對著陳長青盈盈跪了下去。

陳長青道：「姑娘快快請起。」

紅牡丹道：「沒有公子之命，婢子不敢起來。」

楚小楓道：「起來吧！我和陳老前輩有事商談，你們走遠一點。」

紅牡丹道：「好！，婢子給兩位奉上香茗就走。」

陳長青笑一笑，道：「楚公子，萬花園行蹤已露，不知公子作什麼打算？」

楚小楓道：「這等事，請和敝掌門人商量，或是和我師娘商量，弟子如何能夠作得了主？」

陳長青道：「這個，老叫化子早已經想到了，我已經和宗夫人談過……」

楚小楓道：「哦！我師娘怎麼說？」

陳長青道：「宗夫人要先和你商量一下，敝幫將配合你們行動。」

楚小楓道：「老前輩言重了，這一次行動，將以貴幫為主。」

陳長青道：「如論人手的多寡，自然是丐幫的人手最多，不過，萬花園中的主要力量，可能是黑豹劍士，對付黑豹劍士，要靠貴門中的劍法了。」

楚小楓道：「我們可以先商量出一個計劃，但如何決定，還要我們掌門師兄裁決，或是由我師娘決定。」

陳長青道：「好！你說個辦法出來。」

楚小楓道：「萬花園中，有什麼舉動？」

陳長青道：「奇怪的是，敝幫布守在四周監視的人，一直沒有發現什麼異徵，除非他們有一條地道通到五里之外，因為，萬花園周圍五里之內，都在我們的監視之下。」

楚小楓道：「排教有沒有什麼消息？」

陳長青道：「排教，派人來說過，他們的主要人手，今夜三更時分，可以趕到，為了對無極門宗掌門人，表示感謝之意，他們願意擔當一些更重要的工作。」

楚小楓道：「貴幫和排教，如此對待無極門，小楓是感謝萬分。」

語聲一頓，接道：「老前輩，貴幫主有沒有什麼指示？」

陳長青道：「敝幫主，近來很少過問幫中事情，已經把這件事交給老叫化子擔當了。」

楚小楓道：「明天，萬花園是否開放？」

陳長青道：「好像是要開放，他們對外面的說法是，園中有兩隻猛虎出了柵，怕傷了遊客，所以暫行關閉兩天。」

楚小楓道：「陳前輩，如若萬花園開放了，遊人千萬，不論他們有多少人，都可以混出來了。」

陳長青道：「我也是這麼一個想法，所以，要有什麼行動，咱們要快些決定，敝幫中人，可以勸阻遊客，不讓他們入園。」

楚小楓道：「如若勸阻遊客，進入萬花園，這件事，一來太容易，二來只怕會引起他們

的注意。」

陳長青道：「小楓，你可是認為萬花園中人，仍然全無警覺麼？」

楚小楓道：「這個晚輩也想得到，他們可能早就知道了，說不定，他們早已派了人在暗中監視了咱們。」

陳長青點點頭，道：「嗯！這個組合不但很神秘，而且很怪異，這兩天來，萬花園發生了很大的變化，但他們一直沒有把消息傳出去。」

楚小楓心中暗道：「這說法，太過武斷了，他們就算把消息傳出去，只怕也被咱們忽略了。」

心中念轉，口中卻說道：「也許他們有一套特別的通訊之法。」

陳長青笑一笑，道：「小楓，你覺著我的話有什麼不妥之處，乾脆說明白，用不著轉彎抹角。」

楚小楓道：「老前輩，晚輩覺著，眼下最重要的一件事，就是咱們進了萬花園後，如何能夠逼得他們出來。」

陳長青道：「不錯，用什麼辦法，才能把他們逼出來，是一個難題。」

楚小楓道：「因此，我只要想法子，找到他們所有的地道入口之處，用火煙，逼他們出來，在那地道中，他們可能早已經準備了食用之物，但有一種東西，他們無法準備……」

陳長青道：「什麼東西？」

楚小楓道：「空氣，能有空氣進入的地方，也就可能進入火煙。」

陳長青一掌拍在大腿上，道：「對！就是這個辦法，老叫化怎麼就想不出，火煙再加上一點椒粉，他們不出來也不行。」

楚小楓道：「這作法，未免有傷天理，是不是太狠了一些？」

陳長青道：「這也是沒有法子的事，而且，江湖上難免要用以殺止殺的手段，就這麼辦了，我這就吩咐他們準備。」

楚小楓道：「老前輩，還有一件事，我想也很困難。」

陳長青道：「哦！說說看。」

楚小楓道：「除非咱們能找出他們十之八九的地道入口，否則，就是用煙燻他們，也收效不大。」

陳長青道：「這個不用你擔心，我已經想出辦法了。」

楚小楓道：「哦！願聞高見。」

陳長青道：「我準備派出大批人手，全面搜尋。」

楚小楓道：「只怕他們掩蔽得很好，不容易搜尋出來。」

陳長青道：「這個，我也想過了，如是我們找不出來，那就只有一個辦法，放火燒了萬花園。」

楚小楓道：「這辦法不錯，他們也會有些害怕，不過，他們要是堅決地不肯出來，就算燒了萬花園，也無法逼他們出來。」

陳長青笑道：「再不出來，我就準備引湘江之水，把此地給完全淹了。」

楚小楓道：「淹了此地？」

陳長青道：「引用湘江之水，自然要費一番手腳，但排教中人，願意幫助我，引湘江之水，淹沒此地。」

楚小楓道：「淹沒之後呢？」

陳長青道：「把此地變成一個水湖。」

楚小楓道：「好！到那裡先把這件事告訴他們，唉！只可惜，那萬花園，花了不少的時間闢出花畦、美景，卻要化做飛灰了。」

陳長青笑道：「那些花樹、美景，只不過是用來掩護這些惡人的巢穴罷了。」

楚小楓道：「好！咱們就用這兩個辦法，還要老前輩去和在下的掌門師兄談了。」

陳長青道：「好！我去和他們說，咱們準備幾時動身？」

楚小楓道：「說好了立刻動身。」

陳長青站起身子，道：「好！咱們就這樣決定，老叫化告辭了。」

送走了陳長青，楚小楓立刻招來綠荷、黃梅、紅牡丹，道：「剛才，丐幫的陳長青，和我談了一件事。」

綠荷道：「什麼事？和我們三姊妹有關麼？」

楚小楓道：「和我有關……」

綠荷接道：「那就是了，和公子有關的事，自然也和我們有關了。」

楚小楓道：「這要你們自己決定，你們可以選擇。」

紅牡丹道：「公子，可不可以先告訴我們是什麼事？」

楚小楓道：「丐幫決定，今天要攻擊萬花園。」

紅牡丹道：「要我們一起去？」

楚小楓道：「你們自己決定吧。」

綠荷嘆息一聲，道：「公子要去，我們自然要去。」

楚小楓道：「好！你們既然選擇了去，那就和你們的生死有關了。」

綠荷道：「公子可否說明白一些？」

楚小楓道：「這一次再入萬花園，不惜施展各種手段，要逼他們出來，大家做個了斷。」

綠荷道：「公子，準備用什麼方法？」

楚小楓道：「火攻……」

綠荷笑一笑，道：「他們不怕，那地下複道，有很好的隔絕設備，他們不怕火攻。」

楚小楓笑一笑，道：「不怕火，但他們怕不怕煙燻呢？」

綠荷道：「煙燻，這是誰想的辦法？」

楚小楓微微一笑，道：「你猜這是誰想的辦法呢？」

綠荷道：「一定公子你了。」

楚小楓道：「不錯，是我。」

綠荷道：「這是個好辦法。」

楚小楓道：「問題在如何找出它的全部出入口道，煙燻才能發揮效用。」

綠荷沉吟了一陣，道：「其實，用不著找出太多的出入口，找到三、五個，想法子把濃煙灌進去，然後，別的出入孔道，自然透出煙氣……」

楚小楓笑一笑，接道：「對！我怎麼沒有想到這一點？」

綠荷道：「公子是眼光遠大的人，不會注意到小地方……」

楚小楓微微一笑，接道：「倒是被你這個丫頭抓住把柄了。」

綠荷、黃梅、紅牡丹相視一笑，主僕之間，又多了一層相互的諒解。

楚小楓輕輕咳了一聲，道：「綠荷，無極門中有很森嚴的戒律，所以，無極門中弟子，一個個都很嚴肅……」

綠荷接道：「至少，公子就不會太嚴肅，讓我們說話，允許我們自我的存在。」

楚小楓笑道：「別拿我當作無極門中所有的人看待，我是唯一的例外。」

綠荷道：「哦！」

楚小楓笑道：「你們跟著我時，可以稍微隨便一點，見著別的人，一定要有規有矩，謹慎小心。」

綠荷道：「公子的意思是……」

楚小楓笑道：「綠荷，難道你真的不明白？」

綠荷道：「公子的意思，是要我們都變成淑女一樣了。」

楚小楓道：「對！都變成淑女一般。」

綠荷道：「可是我們是丫頭啊！」

楚小楓道：「丫頭的規矩更多。」

紅牡丹笑一笑，道：「公子的意思是說，要我們見著別人時，裝得規規矩矩，和公子在一起，沒有外人時，可以隨便一些。」

楚小楓道：「不要曲解我的意思，我的意思不是讓你們裝，而是很認真，至於我們單獨相處，可以隨便一些，但也不能胡鬧。」

黃梅點點頭，道：「我們明白，公子放心，我們決不會給你丟人。」

楚小楓輕輕吁一口氣，道：「這我就放心了，你們也去休息一下，準備準備，你們心中明白，這件事，對你們的關係很大，所以，你們的十八般武藝，有多少，就搬多少去。」

綠荷道：「聽公子的口氣，好像我們三姊妹，很善暗器一樣了。」

楚小楓道：「對！你們要會用暗器，就多帶一些暗器，必要的時候，就請盡量地施展。」

綠荷點點頭，道：「公子，本來，重入萬花園，我心中有些害怕，現在，我忽然覺著不怕了。」

楚小楓道：「為什麼？」

綠荷道：「說不出來，好像公子給了我們很大的勇氣。」

黃梅道：「也許公子把我們帶出了萬花園後，使我們發覺了自己的價值。」

綠荷道：「辨明了是非。」

紅牡丹道：「勘破了生死玄關，死並不可怕，但要死得很安心。」

楚小楓道：「聽你們這一番話，我心中寬慰了很多！你們休息去吧！」

綠荷等告退而出。

第二天，楚小楓剛剛起床，綠荷、黃梅、紅牡丹，已然並排站在了大廳上。

三個人換上了勁裝，身上各自掛了一個革囊。

綠荷是一身綠，綠得像荷葉。不過，卻少了胸前那朵大荷花。

黃梅一身黃，黃衫、黃褲、黃蠻靴，但也少了胸前那朵黃梅花。

紅牡丹一身紅，紅得像團火，只是胸前少了那朵牡丹花。

三女本來很漂亮，現在，換上了疾服勁裝，顏色雖都很搶眼，但卻沒有雜色。

三女的衣著，露出了玲瓏的身材，淡掃娥眉，薄施脂粉，看上去，實在很動人。

三女分明都經過了一番刻意的修飾，但她們似乎已經揣摩透了楚小楓的心，都打扮很素雅。

楚小楓有些不拘小節，盯著三位姑娘，看了足足有一刻工夫之久，才笑一笑，道：「很漂亮，也很動人。」

綠荷道：「我們三姊妹，要不打扮一下，跟著公子，豈不丟了公子的人。」

楚小楓笑一笑，道：「看你們衣著，雖然顏色仍很嬌艷，但標識都已取下，這證明了，你們已有了一點改過之意。」

綠荷道：「過去，咱們姊妹是江湖上的小妖女，現在，咱們至少在慢慢地往好處變，不

過，公子也別一下子要求我們太多。」

楚小楓道：「這個我知道，只希望每天都看到你們一些改變。」

綠荷輕輕吁一口氣，道：「公子，我們會盡力改變自己。」

楚小楓沒有再行接口。

綠荷輕輕吁一口氣，接道：「公子，我們過去一直玩世不恭，認真了一次，就吃了景二公子的不少苦頭，現在我們內心之中，卻已經枯井不波，所以，你盡可以放心，我們決不會做出使你丟臉的事。」

楚小楓道：「聽完你這幾句話，我實在很放心，我雖然放心了你們，但我不放心別人。」

紅牡丹奇道：「別人，別人是誰啊？」

楚小楓道：「這個，我也不知道，不過，他們一定是男人，那是不會錯了。」

紅牡丹道：「我還是有些不明白。」

綠荷道：「我的傻妹子，公子是說咱們打扮得這麼花枝招展，一旦男人找上來，咱們該怎麼辦？」

紅牡丹道：「那自然有辦法了，咱們殺了他就是。」

綠荷道：「哼！如是能殺了他，公子也不會這般謹慎地告訴咱們了。」

紅牡丹道：「這怎麼行，他們調戲婦女，死有餘辜。」

綠荷道：「說起來是不錯，不過，事情絕不會這麼簡單。」

紅牡丹道：「那要怎麼辦，我就想不出來別的法子，總不能要咱們跪在地上求他們，請他們幫個忙吧？」

楚小楓微微一笑，道：「你們不要再討論下去了，你們每人都只說對了一半。」

綠荷道：「公子高才，自不是婢子們能夠猜中玄機。」

楚小楓笑道：「少灌米湯，我不吃這個……」

語聲一頓，接道：「如是外來的登徒子，你們自然可以教訓他一頓，但如對方不是外來的人呢？」

紅牡丹道：「如是你公子，咱們自然不會反抗，你要幹什麼都行。」

楚小楓一皺眉頭，道：「我自信還有一點定力，我也沒有把自己算進去……」

紅牡丹道：「本來也不用算嘛！」

楚小楓道：「問題是別人，無極門人，我的師兄弟，或是丐幫中人……」

紅牡丹接道：「丐幫是正大門戶，想來，絕不會有觸犯色戒的人，至於你們無極門下，那就很難說了。」

楚小楓微微一笑，道：「你是說無極門中的戒規不嚴？」

紅牡丹道：「這我就不知道了，你們無極門在江湖上不算是大門戶，弟子不多，所以，我們很少聽到無極門的傳說。」

楚小楓道：「就人數而言，我們雖然算不上大門戶，但如論門規之嚴，我們絕不在丐幫之下。」

紅牡丹道：「你這麼一說，我們更不用怕了，丐幫和你們無極門，都有著很嚴厲的門規約束他們，想想看，還有什麼值得顧慮的地方？」楚小楓道：「話不是這麼說，須知，他們雖有很嚴厲的門現約束，但你們三個，像盛放的春花一樣，到處散布芬芳，難免會引起他們的誤會。」

紅牡丹道：「誤會，什麼誤會？」

楚小楓道：「這就很難說明白了，譬如你們的一顰一笑，都可能使男人動心。」

紅牡丹道：「那容易，咱們不笑就是。」

楚小楓道：「這件事，不是三、五句話可以說得清楚，總之，你們要學得穩重大方，使別人不動邪念頭。」

綠荷道：「容我們慢慢的學吧！」

這時，陳長青已緩步行了過來，道：「楚少俠，可以動身了吧？」

楚小楓道：「晚輩正在候駕。」

陳長青道：「咱們走吧！」

楚小楓道：「敝掌門師兄呢？」

陳長青道：「他們第三批去，咱們先走一步。」

楚小楓道：「貴幫可是走了一批人？」

陳長青道：「是！敝幫第一批的人手，已於昨夜三更出動。」

楚小楓未再多問，點點頭，向前行去。

距離萬花園還有百丈左右，已見到丐幫弟子，守在各方的要道之上。

這一次，他們似乎是明目張膽，已經不避行蹤。

除了丐幫的弟子之外，楚小楓還發覺了不少身著藍色勁裝的人。

回顧了陳長青一眼，低聲說道：「老前輩，那些人，可是排教弟子？」

陳長青道：「對！這一次，排教也出動了不少的人。」

楚小楓道：「為無極門中事，勞動貴幫和排教中人出動，弟子實在有些心中不安。」

陳長青道：「初到襄陽，也許是為了敝幫和貴門的交情，但現在，卻不是如此，萬花園這個神秘的組合，對江湖上的威脅很大，丐幫和排教，也可能是他們先要下手的對象，現在，我們只能說是自保了……」

楚小楓接道：「老前輩這話說得太謙虛了……」

陳長青道：「老叫化說的是由衷之言，不但，我們丐幫有這個感覺，就是排教中人，大概也有這種感覺。」

楚小楓點點頭，道：「這件事情發生的實在很怪，春秋筆、兵器譜，再加上這個默默無聞的神秘組合，想來，實在是有些複雜萬端。」

陳長青道：「武林春秋筆，是近年中武林第一奇人，受盡了武林的敬仰，怎麼會和武林中的劫運，連在一起呢？」

楚小楓道：「晚輩覺得春秋筆這個人，一直在不停偵察武林中和隱秘，而且，把它公開

在世人面前……」

陳長青接道：「這方法不錯啊！武林中最難防備的大奸巨惡，就是外貌偽善的人；他們表面上，可能是殷商巨賈，也可能是一方大豪，也可能是一個默默無聞的人，但他們卻一直在暗中為惡，叫人無法看得到他們，也無法找到他們，才是最可怕的惡人，但春秋筆揭發了他們，使他們的偽裝被揭穿。」

楚小楓道：「老前輩，見過那個春秋筆出現的情形麼？」

陳長青道：「見過，那真是武林中從未有過的盛會，春秋筆公諸武林的春秋記事冊，揭發了很多的事，有些人，受不了這種名譽上的損傷，當場自絕，也有些急得當場發瘋，實在是叫人觸目驚心！」

楚小楓輕輕吁了一口氣，道：「老前輩，這情勢在場之人，會覺得很刺激，但對那些人，是不是太過冷酷了一些呢？」

陳長青哈哈一笑，道：「就仁恕之道而言，也許是有些過分，但如就丐幫而言，老叫化是主張除惡務盡，旁草盡除，良禾才能生長。」

楚小楓道：「老前輩，在下之意是說，春秋筆如若能在除惡之中，再加上一點仁行，那就有些不同的了。」

陳長青道：「楚公子，世界上沒有十全十美的事，也沒有十全十美的人，像春秋筆這樣的人，算不上十全十美，至少，也是九全九美了。」

楚小楓嘆息一聲，未再多言。這時，群豪已經行近了萬花園。

完全出人意外的是，景二公子單人一劍，站在園門口處。

楚小楓搶前一步，道：「景二公子，咱們又見面了。」

景二公子目光一掠綠荷、黃梅、紅牡丹，淡淡說道：「萬花園中有很多高手……」

陳長青道：「咱們來的人也不少。」

景二公子冷冷說道：「老叫化，聽我把話說完之後，你再接口不遲。」

陳長青點點頭，道：「好！你請說，我們不在乎拖延一點時間。」

景二公子目光轉到楚小楓的身上，道：「三個水性楊花丫頭，變了心，想來，定然告訴你不少的隱秘。」

楚小楓道：「嗯！」

景二公子皺皺眉頭，道：「單看閣下這一股穩重之氣，在下知道已經遇上了勁敵。」

楚小楓道：「二公子誇獎了。」

景二公子道：「你知道萬花園地下，建了不少複雜的地道。」

楚小楓道：「我知道了。」

景二公子道：「閣下準備下手？」

楚小楓道：「逼他們出來，決一死戰。」

景二公子道：「用什麼辦法？」

楚小楓道：「萬花園中，有不少的花木，在下就地取材，用煙火燻他們出來。」

景二公子道：「好辦法。」

楚小楓道：「試試看吧，反正，我們的時間很多，耗上個三、五天，也不要緊。」

景二公子笑一笑，道：「我看，不用費那樣大的事了。」

楚小楓道：「怎麼？閣下準備迎戰了？」

景二公子笑一笑，道：「聽過閣下的辦法，咱們似乎已別無選擇了，只好放手一搏了，反正萬花園中，地勢寬闊，正好放手一戰，楚公子、陳長老請入園吧。」

楚小楓微微一笑，道：「怎麼，難道一定要在萬花園中動手麼？」

景二公子道：「公子，如是不入萬花園，咱們不會迎戰。」

楚小楓道：「這倒也是，二公子暫請回園，叫他們布陣等候，在下等還是商議一下。」

景二公子應了一聲，轉身而去。

楚小楓回顧了陳長青一眼，道：「老前輩閱歷豐富，對此事有何高見？」

陳長青道：「他們如若堅守不出，咱們不入萬花園，雙方豈不成了僵持之局？」

二十　斷劍搏殺

楚小楓道：「老前輩，這一個組合，不但充滿著神秘，而且處事寡絕，我想他們必已早有惡毒的準備。」

陳長青道：「什麼準備？」

楚小楓道：「舉例而言，他們可能在這萬花園中埋伏了火藥、桐油……」

陳長青接道：「引起爆燃，這不連他們的人也要活活坑斃於此。」

楚小楓道：「晚輩的看法，他們不會在乎這一點人手的損失，但對我們而言，那就大大的不利了，無極門中的人，全數坑斃於此，貴幫和排教，也將損失大部分精銳。」

陳長青道：「這真是很惡毒的辦法，小楓，這不是舉例，這簡直大有可能。」

楚小楓道：「實在大有可能。」

綠荷在旁接口道：「不是可能，而是確有其事了。」

楚小楓道：「你知道？」

綠荷道：「小婢本來不知道，因為我從來沒有想過，自己日夜都住在火藥、桐油之上，

現在想來，當真是可怕極了。」

楚小楓道：「綠荷！這不是理由，必須要有事實根據。」

綠荷道：「萬花園中，有很多地方，戒備火燭、違者立時處死，現在想來，任何一個門派，也沒有這麼嚴的規矩，這樣的戒備，他們究竟是在怕什麼？」

楚小楓道：「怕點燃了地下火藥、桐油的引線。」

綠荷道：「對！」

楚小楓道：「所以，他們想要咱們進入萬花園中決鬥。」

綠荷道：「一旦動上手，不論勝負，都將埋骨園中。」

楚小楓道：「這才是他們真正的用心。」

陳長青接口道：「這件事，景二公子知道麼？」

楚小楓道：「他應該知道。」

陳長青道：「難道他不怕？」

楚小楓道：「他可能早已想好了藏身之處。」

陳長青道：「既是如此，咱們就不進萬花園。」

楚小楓道：「不進萬花園，又如何能夠犁庭掃穴呢？」

陳長青道：「這危險太大，咱們總不能冒這個險吧？」

楚小楓道：「這個險，自然是不能冒，但也不能形成對峙之局。」

陳長青說道：「小楓，你好像已經胸有成竹？」

楚小楓道：「試試看吧！現在，我還沒有完全的把握。」

這時，白梅、白鳳、董川、成中岳、宗一志，聯袂而至。

白梅首先問道：「老叫化子，事情怎麼樣了？」

陳長青道：「很棘手！」

白梅道：「能不能說明些？」

陳長青說明了楚小楓的推斷之後，接道：「其實，告訴你也一樣沒有法子。」

白梅道：「這真是惡毒辦法，同歸於盡，叫人如何一個防法？」

楚小楓道：「辦法倒有一個，只是太過歹毒了一些。」

白梅道：「兵不厭詐，你說說看？」

楚小楓道：「咱們由萬花園後面放火，逼他們由前面出來。」

白梅道：「好辦法。」

陳長青道：「對！逼出他們，他們就非用武功不可了。」

語聲一頓，接口又說道：「其實，他們放手一戰，實也無法預知勝負，又何必多此一舉呢？」

白梅道：「也許，他們早已把重要人物，重要的東西，移出此地。」

楚小楓道：「自然，這也很有可能。」

白梅道：「老叫化，咱們說幹就幹，你就叫他們出手吧！」

陳長青接口道：「好！我這就下令他們出手。」

立刻發出了暗記，而且，故意提高聲音，道：「施用火攻。」

丐幫弟子，果然不少，一聲令下，數支火箭及火珠，已經拋入了萬花園中。」

景二公子匆匆奔了過來，臉上一片怒色，道：「楚小楓，你這是什麼意思？」

楚小楓微微一笑，道：「這意思還不明白麼？咱們不願意進入萬花園中。」

景二公子道：「為什麼？」

楚小楓道：「因為，咱們不想中計上當。」

景二公子道：「咱們約好了在萬花園中一決勝負，你們怎可以變卦失約！」

楚小楓道：「話是不錯，不過，咱們想了一想，覺得閣下如若在萬花園中，埋伏下什麼暗算，豈不是要我們大上其當。」

景二公子道：「哼！以小人之心，度君子之腹。」

楚小楓道：「這話，閣下也能說出口，倒是不得不叫在下佩服了。」

景二公子道：「此言何意？」

楚小楓道：「咱們彼此之間，敵對相處，你們萬花園中可能設下了很多埋伏，咱們希望能夠作一個公平的了斷。」

景二公子道：「公平的了斷？也不能在萬花園外動手。」

楚小楓道：「不能在萬花園外動手，為什麼？」

景二公子道：「咱們總不能驚動路人。」

楚小楓笑一笑，道：「彼此拚命一戰，各憑武功，以分生死，連命都不要，還怕什麼驚

動路人？」

景二公子冷冷說道：「這麼說來，諸位是不敢進萬花園了。」

楚小楓道：「彼此之間，以武功分出生死，談不上敢不敢進入萬花園中，在下等願進入萬花園，也不過想要公平。」

景二公子道：「楚小楓，爭辯之詞，隨口可言，這些話，不說也罷。」

楚小楓道：「景兄，我看，咱們兩個人，先分生死如何？」

景二公子道：「閣下想先和我打一場？」

楚小楓道：「對！咱們兩個先分出生死！」

景二公子道：「楚小楓，你好像有把握一定勝利，是麼？」

楚小楓道：「那倒不是，在下只是覺著，咱們之間，似乎是已經到非打一場，很難解決的境界。」

景二公子道：「好吧！咱們就在這萬花園中，一決生死吧！」

楚小楓道：「好！不過，未動手前，在下有兩句話，先要告訴閣下。」

景二公子道：「我洗耳恭聽。」

楚小楓道：「我們很快會在後山、左右，放起一把火，他們如是現在不自動出來，那就永遠別出來了。」

景二公子臉色一變，道：「怎麼？你們要在後山放火？」

楚小楓道：「在下先行奉告，總算還不失光明氣度。」

景二公子淡淡一笑，道：「不過，楚少兄也別想得太如意，就算放上一把火，也未必能把我們全燒出來。」

楚小楓道：「試試看吧，反正，目下，咱們仍是個勝負未分之局。」

景二公子右手握在腰間的劍柄之上，冷冷說道：「楚小楓，你也亮劍吧！」

楚小楓心中一動，暗道：「我已告訴他放火之事，他竟一點也不焦急，難道他們真有辦法，避開這場大火麼？」

正在心念轉動之際，突覺寒芒一閃，直向頭上劈了下來，楚小楓右手長劍出鞘，揮劍迎了上去。

但聞鏘然一聲，金鐵交鳴，雙劍觸在一起，爆閃出一串火星。

兩把劍，突然間，都從腰中折斷，使兵刃錯開。

但兩手中的斷劍，仍然斬向對方。

這是景二公子早就算計好的辦法。

數天前，兩個人一場搏殺，景二公子已經感覺到，自己在招數變化上，決非對方之敵，所以，他改變了打法，想出了這一個兩敗俱傷的法子。

在雙劍交接之中，他發出了強烈的內力，一下子震斷了兩支長劍。

景二公子估算過雙方的功力，單以內力而論，楚小楓卻強不過他。

但雙劍驟斷，內力收回不及的情景之下，楚小楓再想變招克敵，幾乎是一件完全不可能的事情。

這方法雖然是陰損十分，但必須有一個條件，那就是要用此方法的人，必須也把自己的性命給賠上去。

因為，雙劍所指之處，都是對方的要害。

如若無法及時收住內力，劍勢追襲過去，對方傷於劍下的成份，是十佔其九。

這是一個很精密的估算，景公二子把自己的性命也投了上去。

果然，楚小楓未想到景二公子會在第一招交接之中，就盡出內力，震斷長劍，使雙方同時陷入了死亡的危難之中。

景二公子在雙方劍斷之後，斷劍去勢加速，直刺向楚小楓的前胸。

楚小楓手中之劍，也刺向了景二公子的前胸要害。

陳長青赫然驚叫。

但他已無法搶救了。雙方的劍，都刺中了對方。

景二公子根本就沒有躲避的打算，楚小楓的斷劍刺中了景二公子的前胸要害。

楚小楓卻在千鈞一髮之中，施出了一種很奇奧的步法，忽然間，向旁側閃去。

但仍然晚了一步，斷劍刺中左肩。

景二公子一心想置楚小楓於死地，這一劍，用的力道很大，斷劍直透後肩。

這不過是一瞬間的工夫，陳長青、綠荷、黃梅、紅牡丹，全都奔了過來。

綠荷飛起腳，踢向景二公子的小腹，黃梅、紅牡丹，卻同時出手，扶住了楚小楓。

景二公子左手輕揮，擋開了綠荷踢來的一腳，冷厲地喝道：「你要找死！」

他仍有著鎮懾三婢的餘威，同時，綠荷也被那橫裡擊來的一掌，震得右腿麻木。

這時，景二公子和楚小楓也同時丟開了手中的斷劍。

陳長青橫裡一躍，擋在了楚小楓的身前，冷冷說道：「閣下的手段很下流。」

景二公子前胸上插著一把劍，但仍然挺胸而立，神態中，有一種淒厲的詭異。

他口齒欲動，似是有話要說，但卻沒有回答陳長青的話。

楚小楓緩緩越過陳長青，左肩上，也帶著那柄斷劍，道：「景兄，可是有話要對在下說明。」

景二公子點點頭。

他極力避免開口，用動作代替。

楚小楓道：「好！你請說吧，兄弟洗耳恭聽。」

景二公子開口了，一張嘴，先流出一股鮮血。

那說明了他傷到了心臟要害。

只聽他語詞含混地說道：「你怎麼避開我那一劍的？」

原來，景二公子惜言如金，不願說話，那是因為他說話的機會，已經不太多了。

楚小楓道：「我學過五行大挪移的身法。」

景二公子點點頭，道：「我自覺算得很嚴密了，但仍然低估了你，不錯，五行大挪移……」話未說完，人已倒了下去。

楚小楓輕輕吁一口氣，道：「景二公子，我實無殺你之心，你雖是我的敵人，但卻是一

個很可愛的敵人。」

景二公子已經閉上的雙目，突然睜開，微微笑道：「楚小楓，謝謝你這句話，萬花園，千萬不可進去。」

楚小楓點點頭，道：「多謝指教……」

語聲一頓，接道：「景兄，萬花園中，是不是埋了炸藥？」

景二公子道：「是……」

這一個是字，似乎是用盡了他全身的力氣，是字說出口，七竅湧出鮮血，氣絕而逝。

這一劍，刺中了他心臟要害，就算是大羅金仙，也無法使他復生還魂了。

楚小楓對著景二公子的屍體，抱拳一禮，道：「景兄，這一揖，聊表愧咎。」

右手握住劍柄，拔下左肩的斷劍，一股鮮血，激射而出。

紅牡丹取出金創藥，奔了過來，包紮了楚小楓的左肩傷勢。

陳長青低聲道：「好陰毒的打法，江湖凶險，防不勝防，以後，你要特別小心了……」

看看楚小楓的傷處，接道：「傷到了筋骨沒有？」

楚小楓道：「沒有，只是一點皮肉之傷。」

陳長青點點頭，道：「楚公子，應變得宜，未傷到筋骨，也算是你的運氣了，這一劍的形勢，應該傷到鎖骨的。」

楚小楓笑一笑，道：「拔出了斷劍之後，晚輩才知道運氣實在太好，這一劍未拔出之前，晚輩也覺著這條左臂，十、九已經殘廢了。」

陳長青道：「這大概就叫吉人天相了，本來，這一劍……」

他沒有說下去，笑一笑，突然住口。

這時，排教弟子和丐幫弟子，都已大批趕到，在前面設下了埋伏。

陳長青回顧了白梅一眼，接道：「白兄，看來，無極門還有重振雄風的一日……」

白鳳接道：「這都要拜領老前輩之賜了。」

陳長青道：「哪裡，哪裡，其實，整個武林同道，恐怕都還要沾你們無極門的光了。」

他言有所指，但卻並未盡意。沒有人接口，也沒有人答話。

楚小楓表現太奇突，無極門中，沒有人學過五行大挪移的身法，楚小楓是唯一的例外。

奇怪的是，沒有人去問楚小楓，白鳳沒有問，董川也沒有問。

這時，一陣陣濃煙，從後處升了起來。

奉命放火的丐幫弟子，顯然已經發動。

這時，萬花園中人影閃動，數十個抱著長劍的大漢，快速地奔了出來。

當先一人，身著白衣，冷冷喝著：「都給我站住。」

楚小楓停了下來，綠荷、黃梅、紅牡丹也都停下。

陳長青、白梅等，也都停了下來。

數十個劍手，疾快地圍了上來。

白衣人居中而立，手握劍柄，道：「這個是誰殺的？」

楚小楓道：「我！」

白衣人道：「抬下去。」

兩個劍手奔行過來，抬起了景二公子的屍體，退入萬花園中。

顯然，這些人都是劍手，卻還不知道這萬花園中有很惡毒的埋伏。

白衣人道：「你叫……」

楚小楓接道：「在下楚小楓。」

白衣人道：「你可知道殺人償命這句話麼？」

楚小楓笑一笑，道：「諸位此來可是想替景二公子報仇麼？」

白衣人帶來的劍手，除了兩個人抬景二公子的屍體退入萬花園之外，尚餘二十八個劍手，分隨在那白衣人的身後。

冷厲一笑，白衣人抽出了長劍，緩緩說道：「不錯，咱們正要替二公子報仇。」

楚小楓道：「好！那諸位可以出手了。」

白衣人抬頭看去，只見丐幫弟子不下數十位，已各自舉起手中的兵刃，準備出手。

除了丐幫的弟子之外，還有無極門中人也都亮出了兵刃。

雙方已成了劍拔弩張之局，一場群戰，一觸即發。

楚小楓淡淡一笑，道：「景二公子是我殺的，諸位如若要替景二公子報仇，對我出手就是。」

董川大步行了過來，道：「師弟，你肩傷未癒，休息一下，這幾個人交給師兄了。」

成中岳、宗一志，迅速迎了上來。

楚小楓微微一笑道：「成師叔、大師兄，你們不妨休息片刻，這一陣暫時交給小弟如何？」

董川道：「師弟，你的傷……」

楚小楓道：「這不過是萬花園中的三流殺手，老實說，小弟雖然受了點傷，但自信還能應付他們。」

董川笑一笑，道：「我知道，師弟有此能力，可是為什麼不讓我們出手呢？」

成中岳道：「是啊！小楓，就算你還有餘力，可是，我們都閑著沒有事啊！」

董川道：「師弟……」

楚小楓苦笑一下，道：「掌門人，成師叔，你們教過宗師弟那三招劍法沒有？」

成中岳道：「我已傳給他了，只不知是否已經熟練了。」

宗一志道：「小弟熟練了。」

楚小楓道：「那很好，你們要保護我，對付他們第一流的殺手。」

董川突然間若有所悟，道：「好，就照師弟的意思，我們退後一些。」

當先向後退開，連同丐幫中人，也都向後退去。

白衣人冷眼旁觀，發覺了情形有異，冷冷說道：「楚小楓，你準備好了麼？」

楚小楓緩緩拾起一把斷劍，道：「好了，閣下可以叫他們出手了。」

他血流不已，雖然未傷到筋骨，但傷得亦不太輕。

老實說，在場之人，很多都想不明白，他何以要出手迎敵。

白鳳第一個忍不住，低聲道：「爹，你看小楓為什麼要獨自迎敵，是逞強，還是好勝？」

白梅道：「這孩子一向神出鬼沒，連我也有些想不明白了。」

白鳳道：「爹也不知道？」

白梅道：「嗯！有一點不通。」

白鳳道：「那我就叫住他吧？」

白梅道：「不！不要叫他，這孩子作事，必有深意。」

綠荷、黃梅、紅牡丹，全部亮出了兵刃，守在楚小楓的身側。

楚小楓笑一笑，道：「綠荷，我用不著你們出手。」

綠荷道：「公子，我們……」

楚小楓道：「你們退後三步，等我落敗時，你們再出手不遲。」

三婢互相望了一眼，緩緩向後退開。

楚小楓斷劍平胸，半側身軀，不禁一皺劍眉。

顯然，他的傷勢，還在疼痛。

忽然間，楚小楓側身而上，道：「諸位不出手，在下要出手了。」

白衣人冷笑一聲，長劍斜指，三個勁裝劍手，疾迎上來，多支劍，合圍楚小楓。

楚小楓斷劍護胸，突然一個快速轉身。

但聞一陣金鐵交鳴之聲，傳入耳際，楚小楓忽然間衝出了三個劍手的圍困。

但見他身子連續轉動，人和劍渾為一體，衝入了劍手中。

那是奇怪無比的行動，倏忽之間，已由劍手群中轉了出來，閃到了綠荷等三個婢女之後。

搏殺忽然間靜止下來。

綠荷、黃梅、紅牡丹，都舉起手中的長劍，同時左手，也握住了暗器。

楚小楓忽然間，閃到了三人身後，使三人心中感到了很大的快樂，也使她們覺得責任的重大，無論如何要保護好楚小楓，擋住對方全力的一擊。

哪知事情竟然大出意外，靜寂如死的對峙之中，忽然間有兩個劍手倒了下去。

這些劍手之間，分布的距離，並不太遠，一個人倒下去，就會撞到另外一個人。

但聞一陣蓬蓬之聲，不絕於耳，數十個劍手，眨眼間倒下了一大半。

沒有倒下去的人，仍然靜立著不動。

陳長青、白梅，都看得愣住了。

董川、白鳳、成中岳，更是看得心中震動不已。

他們想不出這是什麼劍法，這完全不是無極門的劍路。

再看楚小楓時，臉色卻一片青白，傷口迸裂，鮮血沿著手臂流了下來。

白鳳緩步行了過來，低聲道：「小楓，你又受了傷。」

楚小楓道：「沒有，只是舊傷迸裂，出了一點血。」

白鳳冷冷說道：「孩子，這本來不必你出手的，你為什麼要出手？」

楚小楓低聲道：「我想試試自己的劍法，這一批殺手，該是他最弱的一批人。」
白鳳的臉色，仍然很嚴肅，緩緩說道：「小楓，你太逞強了，看看你的臉色……」
白梅和董川都行了過來。
白梅搖搖手，阻止白鳳再說下去，低聲道：「小楓，是不是需要坐息一下？」
楚小楓道：「晚輩遵命。」轉身向後行去。
綠荷、黃梅、紅牡丹，緊隨身後。
楚小楓行約百餘步，在一株大樹之下，盤膝坐下，閉上雙目。
他實在很累，適才一擊，消耗去他十之七八的真力。
紅牡丹屈下一條腿，跪在地上，重新替楚小楓的左肩敷藥、裹傷。
白鳳沒有跟過來，白梅卻隨在身後而來。
在群豪之中，白梅對楚小楓瞭解的最深，對他的事情，也瞭解的最多。
白鳳能容下三妖女，追隨在楚小楓的身側不聞不問，也是出於白梅的勸說。
這地方，應該已經很安全，距離萬花園雖然不太遠，但卻有數十名丐幫中第一流高手，守衛其間。
白梅蹲下身子，低聲道：「孩子，有事情交代我麼？」
楚小楓輕啟雙目，微微一笑，道：「老前輩確是晚輩的知音。」
白梅笑道：「孩子，那是因老夫對你的事，知道的多了一些。如若真談到你的知音，丐幫的黃老幫主，才是你的知音人了。」

楚小楓笑道：「這個，晚輩倒是不敢高攀。」

語聲一頓，接道：「老前輩，告訴董掌門師兄，要他們全神貫注，對付黑豹劍士。」

白梅一怔，道：「怎麼，黑豹劍士也在萬花園中？」

楚小楓道：「至少有一部分，如若景二公子是這花園中的首腦，他會召集一部分黑豹劍士來。」

白梅道：「除了無極門中人，很難阻止黑豹劍士奇特的攻勢。」

楚小楓道：「對！一志師弟的劍招，不知道練得怎麼樣了？」

白梅道：「他人一清醒就練，董川也傳授得很用心，但他是否練得很熟，那就很難說了。」

楚小楓道：「希望他練得很熟了，也好多一個人對付黑豹劍士。」

白梅道：「小楓，最重要的是，你的傷勢要快些好……」

楚小楓接道：「其實，晚輩的傷勢，並不要緊，只是師娘要我休息，晚輩不忍拂她之意。」

白梅笑一笑，道：「其實，你傷得不輕，只不過，你還支撐得住。」

楚小楓道：「老前輩，目下重要的事情，第一，是要想法子對付黑豹劍士；第二，當心一把大火會把萬花園中的劍士，全部趕了出來，他們人多勢眾，那一擠，勢必會把萬花園中的高手，全部攆了出來，那時，他們情急拚命，勢必會有一場激烈的搏殺，就算丐幫和排教，人手眾多，只怕也無法擋住他們的衝擊之勢。」

白梅點點頭。

楚小楓道：「迎敵的辦法，是把丐幫和排教的弟子，暫時埋伏起來，等萬花園中人衝出來的時候，共發一陣排箭，施用暗器，殺他們一個措手不及。」

白梅道：「好！我立刻去告訴陳老叫化子，叫他們丐幫和排教中人，好好地安排一下。」

楚小楓道：「我們已掌握了主動，用不著和他們全力硬拚。」

白梅讚許地笑一笑，轉身而去。

楚小楓卻招過三婢，說道：「我傳你們的劍法，練熟了沒有？」

綠荷道：「我們雖然很用心在練習，但卻一直沒有練習得太好。」

楚小楓笑一笑，道：「等一會兒，如若黑豹劍士出現，你們就一齊出手，想法子助丐幫一臂之力。」

綠荷道：「公子，你要我們去對付黑豹劍士麼？」

楚小楓道：「是！」

綠荷道：「公子，黑豹劍士使的招法，很怪異，我們三姊妹無法接下他們一招。」

楚小楓笑一笑，道：「綠荷，你可是很怕死？」

綠荷道：「婢子不是怕死，而是，我們根本沒有法子幫忙，上去，也是白白送了一條命。」

楚小楓道：「你們三個人練的劍法，就是黑豹劍士的剋星。」

綠荷道：「真的？」

楚小楓點點頭，道：「不過，是不是需要你們出手幫忙，眼下還難預料，如若無極門中我那幾位師兄弟，可以對付，就用不著你們出手了，如若他們人手不夠，你們就出手幫忙。」

綠荷道：「到時候，公子儘管下令，我們聽命行事。」

這時，萬花園後，已然冒起了濃煙。

顯然，丐幫弟子，已經放起了火。

出人意外的是，萬花園中，並沒有人衝出來。

只見園中繁花依舊，靜靜地不見人蹤。

火勢蔓延得很快，不大工夫，火勢已然進入了萬花園。

楚小楓雙目圓睜，望著逐漸蔓延開的火勢，心中念頭飛轉，根本就沒有在休息。

忽然間，楚小楓若有所悟，霍地跳了起來，高聲說道：「快些退開。」

陳長青、白梅，疾如流星一般奔了過來，道：「小楓，什麼事？」

楚小楓道：「要他們快些撤走，越快、越遠越好。」

陳長青、白梅都是老江湖了，聞言立刻警覺，高聲說道：「要他們快些撤退。」

兩個人聲音很大，有如警鐘震耳一般。

楚小楓也高聲叫道：「諸位請快些向後撤，萬花園中，埋有火藥。」

埋伏的丐幫弟子，都聽到了陳長青和白梅的喝叫之聲，但卻守在原地未動。

但楚小楓這一聲喝叫，卻如巨雷貫耳一般，立刻間，人影閃動，紛紛向後退去。

綠荷低聲道：「公子，咱們也走吧！」

楚小楓道：「硬撐下去，死了就乏味得很。」轉身向後奔去。

這些人，都是身負武功之人，奔行極快，眨眼間，人已走出百丈之外。

就在些時，萬花園中，突然響起了一陣驚天動地的爆裂之聲。

有如山崩海嘯一般，先是一股水柱，沖天而起，緊接著，花、樹、枝葉，挾帶著無數的砂石，飛了起來。剎那間，砂土彌天，景物消失，全都被砂土給遮了起來。

飛起的砂土，飛濺到數十丈外。

整座的萬花園，似是飛了起來。

緊接著是一片沖天的火焰，距離數丈的丐幫弟子，都感受到了那炙人的熱力。

幸好丐幫和排教的弟子們，撤退得很快，也退得夠遠，如若他們再晚上片刻，只怕有大部分要傷在這火藥、桐油的爆燒之下。

望著那遮雲蔽天的火勢，陳長青低聲說道：「好厲害的埋伏，一爆之下，毀了整座的萬花園。」

白梅道：「除了景二公子，和小楓殺的那一批劍士之外，一個人也未見出來。」

楚小楓道：「毀去了所有的痕跡，厲害呀！厲害。」

白梅道：「小楓，這一爆炸，只怕毀去了咱們所有的線索。」

楚小楓道：「也毀去了所有可能留下的痕跡。」

白梅道：「他們實在夠殘忍，至少有上百名自己人，陷入那烈焰飛砂之中。」

陳長青道：「沒有一、兩個時辰，只怕也無法進去。」

這時，萬花園中，斷樹殘枝，突然燒了起來。整個萬花園，陷入了一片火海之中。

綠荷苦笑一下，道：「二妹，三妹，如非楚公子把咱們帶出來，只怕也都陷身於那一片火海中。」

白梅道：「小楓，現在，咱們應該如何下手？」

楚小楓搖搖頭，道：「一時間，晚輩也想不出該如何。」

陳長青道：「老辦法，咱們在襄陽府中大肆搜查。」

楚小楓道：「只怕很難搜出一點線索，他們毀去了萬花園，也就是這個用意，不要咱們找出點證據，以免循線追索。」

白梅道：「總不能就這樣放開手吧？」

楚小楓道：「自然不能，但他們的暗樁太隱秘，咱們要想找出他們來，不太容易，那就想辦法，要他們來找咱們，那就容易多了。」

白梅道：「可是，用什麼辦法才能要他們找上門呢？」

楚小楓道：「咱們已經決定了要釣魚，那就必須要餌。」

白梅道：「誰做餌呢？」

楚小楓道：「最好是師娘和一志師弟。」

白梅道：「只要她最適當，我就會說服她一口答應。」

楚小楓道：「白老前輩，要他們下令，回到襄陽城中吧！」

陳長青道：「楚少俠，一個組合，對待自己人如此冷酷。實在是，出人意料。」

楚小楓神情肅然地說道：「景二公子如若存心傷害咱們，他有許多的辦法，只要想法子，把咱們誘入萬花園，就可以一舉毀滅了……」

白梅一皺眉，道：「前兩天，咱們都在萬花園中，他們為什麼不曾下手？」

楚小楓道：「我也覺著奇怪……」

陳長青道：「這麼看來，他們並非是只對貴門了。」

綠荷突然接口說道：「公子，我們大部分人，都不知道地下埋的有火藥。」

陳長青道：「楚少俠，難道說真的是景二公子，有意地救了咱們？」

楚小楓道：「這件事，要從兩面去看，景二公子救了咱們，也並非全無可能。」

陳長青道：「還有呢？」

楚小楓道：「那就是，他們還沒有把我們看成最重要的敵人，還不值得發動這個埋伏。」

陳長青道：「回襄陽再說吧，這一個組合，凶殘絕倫，千百年來武林中，有不少組合，但像這樣惡毒的，確也不多。」

丐幫、排教，雲集的弟子，開始撤退。

他們集零為整而來，又化整為零而去。

楚小楓、白梅、陳長青、董川等回到了襄陽城中，陳長青立刻去晉見老幫主，報告經

過。

白鳳卻把無極門中人，召集在一處，研商策略。

董川以無極門掌門人的身分，首先發言，道：「我們好不容易找到了萬花園，卻不料是這麼一個結果，如若黑豹劍士就住在萬花園中，勢必已埋骨其中，咱們只怕無法替那些慘死的師兄弟們報仇了。」

白鳳道：「小楓，你有什麼看法？」

大約是，白梅已經透露了一點情形給她，她先問楚小楓。

楚小楓道：「弟子覺得，萬花園只是那個組合的一個重要分舵，黑豹劍士，也未必全住在那裡面……」

董川接道：「師弟的意思是……」

楚小楓接道：「看今日情形，小弟感覺到，這個組合，志在整個江湖，咱們無極門不過是他們選擇的第一目標而已。」

董川道：「七師弟的意思是……」

楚小楓接道：「唉！大師兄，無極門被殺的數十條人命大仇，固然要報，但最重要的是，要找出幾個臥底的人……」

董川接道：「有臥底人，是誰？」

楚小楓道：「大師兄，不覺著幾個師兄弟生未見人，死不見屍，有些奇怪麼？」

董川點點頭，道：「對！對……不過，他們會不會也在萬花園中遭活埋了？」

楚小楓道：「小弟不敢說，他們不在萬花園中，不過，他們才是罪魁禍首，決不能放過。」

董川道：「欺師滅祖，必得懲處，可是如何找他們呢？」

楚小楓道：「找他們不太容易，想法子要他們來找我們。」

董川道：「有什麼法子呢？」

楚小楓道：「掌門師兄，這個小弟不敢妄言。」

董川道：「自己人，還有什麼不能說的？」

楚小楓道：「萬花園毀於一旦，那個組合中人，對我們無極門，必也恨之入骨，只要咱們使他們覺著有下手的機會，他們可能會有行動。」

董川道：「這法子不錯，我是掌門人，他們會不會對我下手？」

楚小楓道：「他們最恨的人，可能是師母，最想擄到手中的人，可能是一志師弟……」

董川道：「小楓，一志師弟，已然受了不少委屈，剛剛離開對方的掌握，如何還能要他涉險呢？」

楚小楓道：「小弟也是這樣的想法……」

白鳳接道：「你們不用為難，一志雖然脫險不久，但他不能離開江湖，難免要過著刀頭上舐血的生活，也不能因為一次被擒，就此畏縮不出了。」

白梅道：「對！大丈夫生於天地之間，應該振作奮發，不能因一時挫折就失去了勇氣，一志應該多磨練、磨練。」

楚小楓道：「目下江湖情勢，丐幫和排教，都已瞭然內情，這一個組合，並非只對我們無極門。」

董川道：「哦！」

楚小楓道：「所以，這兩個門戶，都會出動精銳，和我們合作。」

成中岳道：「小楓，咱們也不能完全依靠排教和丐幫中人，我們自己要想出一套辦法，嚴密保護他們。」

楚小楓道：「師叔說得是，小姪也是這個想法。」

成中岳道：「這件事，和丐幫商量了沒有？」

楚小楓道：「還沒有和他們提過，小楓覺著，這要師母和一志師弟同意之後，再和他們商量。」

白鳳道：「好吧，你去和丐幫陳長老研商一下，看看如何安排。」

成中岳道：「小楓，先不談丐幫的事，咱們要如何布置？」

楚小楓道：「小姪覺著，師叔、小楓，都要出動。」

成中岳道：「全力以赴，自然不在話下，問題是，咱們如何行動，才能及時支援。」

楚小楓道：「小姪準備扮成一個從人，和師母、師弟，走在一起。」

成中岳道：「我呢？」

楚小楓道：「師叔只怕也得受一點委屈了。」

成中岳道：「好，你說說看，我如何才能守在師嫂和一志身側，不使他們懷疑？」

楚小楓道：「景二公子這個人，師叔見過了，他不過是那組合中，派在外面的一方主事人物，但他的武功才智，都屬一流，所以，敗亡，是他低估了咱們，真正的首腦，自然高明得很，咱們守在師母、師弟身側，也無法瞞過他們……」

成中岳接道：「那不是白費工夫了？」

楚小楓道：「那倒不是，萬花園被毀的仇恨，使他們創傷很深，但真正的詳情，因景二公子一死，他們也無法完全知道，所以，這筆帳，他們應該還記在咱們無極門的頭上。」

白梅點點頭，道：「嗯！不錯，他們不會太重視咱們。」

楚小楓道：「敵人越是低估咱們，咱們成功的機會就越大。」

白梅道：「丐幫和排教，如何和咱們配合呢？」

楚小楓道：「這個，要和陳長老研商了，要他派出一些精明的弟子，暗中保護，最好能約定一些隱秘的傳訊之法，也好互通消息。」

白梅道：「這辦法可行。」

董川道：「小楓師弟，我呢？」

楚小楓道：「掌門師兄，只怕也要受點委屈了。」

董川道：「不要緊，你說吧？」

楚小楓道：「事實上，咱們無極門，只有這幾個人，人人都要擔當大任，唉！但願此地事情，早點辦完，咱們還得找北海騎鯨門下，了斷師父的恩怨，至於詳細計劃，小弟已有腹案，請師叔和掌門師兄指教。」

董川點點頭，道：「好！你說吧。」

楚小楓道：「目下丐幫和排教中人，都已經知道了內情，至少，他們明白了咱們無極門是為武林同道付出了很大的代價，對方並非只是對付我們無極門，我們只是第一個受害的門戶罷了。」

董川道：「這個，陳長老知道麼？」

楚小楓道：「知道了。」

董川道：「小楓，你說說看，就咱們無極門中人手，如何保護師娘和一志師弟。」

楚小楓道：「小弟的想法是，咱們無極門中人全體動員，走在一起。」

董川道：「如何一個走法呢？」

楚小楓道：「凡是什麼行動，咱們可以先到那裡埋成暗樁，由師叔和師母及一志師弟走在一起，再有綠荷、黃梅、紅牡丹，前後相護，這樣大概就差不多了。」

董川道：「你和我，弛援接應。」

楚小楓點點頭，道：「對！」

董川道：「小楓，這布置好像不錯，但如何一個行動法呢？」

楚小楓低聲說出了自己的計劃。

白梅、董川等，都聽得暗暗點頭。

幾人剛剛商量好，陳長青也正好匆匆地趕來，道：「你們都在這裡？……」

白梅接道：「怎麼樣？有什麼重要的事？」

陳長青道：「剛才，老幫主告訴我兩件事……」
白梅接道：「什麼事？」
陳長青目光轉注到楚小楓的身上，道：「這件事，恐怕要麻煩小楓一趟了。」
白梅道：「麻煩小楓一趟，怎麼回事？」
陳長青道：「敝幫剛剛得到了一個消息，一輛豪華的馬車，馳入了襄陽。」
白梅道：「哦！車上坐的什麼人？」
陳長青道：「車上坐了一位姑娘，趕車的是個老媽子。」
白鳳一皺眉頭，道：「老前輩，這和小楓有什麼關係呢？」
陳長青道：「那位姑娘進入襄陽城中，沿途殺傷了十二個人。」
白梅接道：「都是些什麼人？」
陳長青道：「自然是敝幫的人。」
白梅道：「都死了？」
陳長青道：「沒有，所有的人，都是被一種很微小的東西打傷了穴道。」
白梅道：「豆粒打穴神功。」
陳長青道：「就是那一類的功夫，敝幫已派出了四個弟子，趕往攔截……」
白鳳接道：「要小楓去？」
陳長青道：「本來，我要去的，但敝幫主，卻要小楓去一趟。」
白鳳輕輕吁一口氣，道：「陳前輩，為什麼一定要小楓去呢？」

陳長青道：「這個，我就不清楚了，老幫主是這麼吩咐的。」

白梅道：「老幫主既然這麼說了，想必有他的道理……」

語聲一頓，接道：「老叫化子，只有小楓一個人去麼？」

陳長青道：「神出、鬼沒之外，還有兩個本幫精銳弟子。」

白梅道：「都是年輕人？」

陳長青道：「是！」

白梅道：「老幫主的意思是……」

陳長青道：「他老人家這麼吩咐下來，但卻沒有說明為什麼。」

白梅道：「哦！」

回顧了楚小楓一眼，道：「小楓，你自己有什麼意見？」

楚小楓道：「晚輩沒有意見，既然老幫主吩咐下來，我想應該走一趟！」

陳長青回顧了董川一眼，道：「掌門人意下如何？」

董川道：「老幫主差遣，自然是非去不可，小楓，你去一趟吧。」

楚小楓站起身子，道：「陳前輩，貴幫中要去的人，現在何處？」

陳長青道：「他們已準備好了，現在門口處，恭候大駕。」

楚小楓抱拳對白鳳一禮，道：「小楓告退。」轉身出廳而去。

白鳳沒有一言囑咐，只呆呆地望著楚小楓的背影。

陳長青輕輕嘆息一聲，道：「白兄、董掌門，丐幫在襄陽的人手不少，但老幫主卻偏偏

要楚小楓出動，這一點，老叫化也想不出原因何在？」

白梅道：「老幫主神機妙算，非我等可預測，也許他有作用吧。」

白鳳道：「陳前輩，我們能不能派人接應小楓？」

陳長青道：「我看這個不用了，老幫主似乎已經有了準備。」

白鳳道：「那就好，我們也可放心了。」

這句話，說得語意雙關，那就是說，楚小楓交給你們了，要是出了什麼事，由你們丐幫擔待。

陳長青是何等老練的人，如何會聽不懂白鳳的弦外之音。

但老江湖，有老江湖的一套，聽見裝作未聽見，笑一笑，對白梅道：「白兄，那晚上，老幫主和小楓出去了一趟。」

白梅點點頭，道：「是啊！」

他心中明白，陳長青明著是在問自己，事實上，是要把這件事，說給白鳳明白，楚小楓和幫主之間，早有關連，你們局外人，自然不知道內情，用不著操什麼心。

陳長青道：「老幫主和楚少俠，單獨地談了很久，是吧？」

白梅道：「不錯，不錯，他們一老一少，一見如故，談得很是投機。」

白鳳呆了一呆，道：「爹，這件事怎麼我不知道？」

白梅暗忖：「兵凶戰危，對方既然一路上用豆粒打穴放倒丐幫弟子，自然是一位高明絕頂的人物，楚小楓就算有九成機會，也有一成失敗的可能，這就必須得先在無極門中的心理

上，打下一點基礎，使他們情感上、理智上，能答應這件事情。」

心中打定了主意，立刻笑一笑，道：「他們一老一少，談得水乳交融，連我都不許聽，我也不知道他們談的什麼？」

話已經說得很明白，白鳳聽得懂，連董川那樣板板正正的人，也聽得瞭然心頭了。

點點頭，董川說道：「老爺子的意思，可是說，小楓和老幫主之間，早已經有了什麼約定，對嗎？」

白梅道：「這個就不是局外人所能夠清楚了。」

董川道：「如若他們早有了什麼約定，那就是他們兩個人之間的事了。」

陳長青哈哈一笑，道：「對！敝幫幫主和小楓之間的約定，不但貴門中人不知道，就是敝幫，也是無人知曉。」

董川笑一笑，道：「其實，貴幫大批人手，趕到襄陽，還不是為了我們無極門的事，這一點，我們無極門沒有法子報答，別說一個楚小楓了，就是要我們無極門全體出動，我們也不該說個不字。」

陳長青道：「董掌門，朝廷有法，江湖有道，我們丐幫欠過無極門的，丐幫由老幫主起，丐幫中執事人，都把這件事放在心上，可以說我們是來報恩，也可以說我們來為武林正義效命，但我深入了一步，發覺都不是……」

董川道：「那是什麼？」

陳長青道：「自救，無極門遭遇的慘事，只是一個起頭，幸好，這個起頭，被我們很快地發覺了。」
董川道：「哦！」
陳長青道：「敝幫中有很多人在此，老幫主都不差遣，卻要借重楚小楓，這說明了他的重要，你們在幫丐幫的忙，也在幫整個武林同道的忙。」
這一頂高帽子很有力量，壓的董川和白鳳都有些無話可說，覺著心中很難過，但又很舒暢。
還是白梅老練，笑一笑，道：「老叫化子，話是不錯，老幫主很看得起小楓，那是他的光榮，整個無極門都會引以為榮，但他的師母、師兄，總不能說，坐視著事情發展，你們丐幫既然派有接應的人手，無極門似乎是也應該派出幾個人去接應。」
陳長青心中暗道：「究竟還是老薑辣，這件事，無法推倒，不如乾脆答應下來。」
心中念轉，口中說道：「這倒是應該的，我想，貴門要派人出去，也應該稍微改扮一下。」
董川道：「行，目下江湖情形詭異，似乎是不大適宜以真正面目在江湖上走動了。」
白鳳道：「本來，我們也想好了一套防敵辦法，還想找你陳前輩商量商量，但看起來，好像是用不著了。」
陳長青道：「什麼辦法，可否先說給老叫化子聽聽？」
白鳳道：「可以，不過，現在不是時機，這件也是小楓的計劃，等他平安回來，咱們才能詳談。」

陳長青苦笑一下，道：「好！你們準備去幾個人？」

白鳳道：「無極門下只有這幾個人，要去，我們一起去吧！」

陳長青道：「這個，不太好吧！我看至多去兩個人。」

董川道：「我去？」

白梅道：「好，一志也跟去，小楓救了你，你也該為小楓盡點心力。」

董川、宗一志立刻開始改扮。

且說楚小楓，行到大門口處，神出、鬼沒，早已在門口等候。

事情好像很緊急，兩個丐幫弟子也改了裝來，是兩個從人的模樣。

神出、鬼沒，本來長相就不錯，這一改扮，倒也清秀。

兩個人，都佩上了長劍。

楚小楓笑一笑，道：「兩位，怎麼變了樣子啦？」

鬼沒王平笑一笑，道：「這叫虎走千里吃肉，狗走千里吃屎，咱們比起你楚公子，永遠是差了那麼一截。」

楚小楓道：「哦！這怎麼說？」

王平道：「咱們現在是楚公子的從人小廝，你有三個好丫頭，再加上咱們兩個小廝從僕，那才夠公子派頭。」

楚小楓道：「這倒是委屈兩位，還有兩位呢？」

周橫道：「先走了，咱們也該動身了。」

楚小楓道：「好，走吧，咱們邊走邊談。」

王平道：「其實，整個事件，我們也不清楚，聽說是要截攔一輛馬車，老幫主親口吩咐，要我們一切聽公子的話，就像公子真的從人一樣。」

楚小楓道：「兩位知道馬車在哪裡吧？」

王平道：「這倒不用費心，本幫中人，會告訴我們馬車的去處。」

在丐幫弟子的沿途指引之下，三個人很快追上了馬車，那是輛黑色的篷車，低垂的車簾，看不到車中情形。

趕車的是一個灰白頭髮的老嫗，一臉冷肅神色，就像世上所有的人，都欠了她很多錢沒有還她一樣。

那輛馬車在城南數里處的官道上，顯見丐幫戒備的森嚴，距城數十里，都在他們的戒備之下。

雖是大道，但卻行人不多，距篷車還有十幾丈，道旁一棵大樹後，突然閃出一個丐幫弟子，低聲道：「就這一輛，小心那老嫗手中的長鞭，她已經傷了十幾個人。」

楚小楓點點頭，放慢了腳步，緩緩向前行去，眨眼間，篷車已到了身前。

雙方還有三、四丈的距離，馬車陡然間停了下來。

趕車的老嫗陡然沉下臉來，冷冷說道：「小伙子，活的不耐煩了？」

楚小楓道：「不，在下還想長命百歲，不想這麼早死。」

趕車的老嫗，打量了楚小楓一眼，道：「閣下不想死，怎麼會擋在馬車前面？」

楚小楓道：「這條路好像不專是馬車走，人也可以走。」

趕車的灰髮老嫗，冷笑一聲，道：「不錯，這條路人也可以走，不過，不閃避馬車，那就會被馬車撞死的。」

楚小楓道：「哦！不過，在下的看法，這馬車麼，未必會撞得死人。」

灰髮老嫗冷哼一聲，道：「年輕人，你可是想試試？」

楚小楓道：「不錯，我想試試。」

灰髮老嫗道：「小娃兒，你是有意找麻煩了？」

楚小楓道：「老夫人，你一定要這麼想，那也是沒有法子！」

灰髮老婦人，忽然揚起手中長鞭，甩了過去，長鞭劃起一股嘯聲。

楚小楓冷冷一哂，說道：「你怎麼可以出手傷人？」

右手一掄，竟然抓住了長鞭，同時暗運內力，往回一帶！

灰髮老嫗料敵錯誤，身形被帶扔倒！

楚小楓疾快地躍到篷車側面，但見寒芒閃了一閃，三匹拖著篷車的馬，突然向前奔去！

馬跑了，篷車仍然留在原地。

原來，楚小楓那一陣劍光流轉，把三匹馬身上的套繩斬斷，三匹健馬已恢復了自由。

蓬然一聲，馬車前衝，摔倒在地上，楚小楓劍出如風，劍尖指向了那灰髮老嫗！

但那老嫗的動作也很快，楚小楓劍未到，人已飛了起來。

楚小楓劍勢疾轉，一陣波波急響，篷車的車簾，突然落下，他很機警，動作也很快，車簾落下，人也施展出鐵板橋功夫，仰臥下去，緊接連一個倒翻，滾出五尺，才挺身而起，四條綠線，在楚小楓仰臥時，掠面而過！

不知道這是什麼暗器，來時無聲無息。

蓬蓬兩聲，神出、鬼沒二人已倒在地上！

楚小楓人已挺起，轉身就撲向了那灰髮老嫗，他劍招奇厲，那老嫗來不及閃避，楚小楓的劍尖已指向了咽喉。

灰髮老嫗呆了一呆，道：「你……」

楚小楓接道：「我正在火頭上，殺機很濃，你如不想死，最好別動。」

只聽車中傳出一個嬌脆的聲音，道：「放了她！」

楚小楓冷冷說道：「好大的口氣。」

耳際間珮玲叮噹，一個姿容絕世的綠衣少女緩緩行出了車廂。

楚小楓左手疾出如風，點了灰髮老嫗的穴道，冷冷說道：「你聽著，我兩個從人，傷在你的手下，這老婆子也被我獨門點穴手法所傷……」

綠衣少女打量了楚小楓一眼，嫣然一笑，道：「獨門點穴手法所傷，我倒要瞧瞧什麼樣子的獨門手法。」

楚小楓嗯了一聲，道：「姑娘，想試試看能不能解開？」

綠衣少女道：「我想點穴手法，大同小異，獨門兩個字，未免用得太自負了一點。」

楚小楓橫跨一步，攔住綠衣女子的去路，冷冷說道：「姑娘，在下的兩個從人，是傷在什麼暗器之下？」

綠衣女子道：「你會獨門點穴手法，難道就瞧不出他們傷在什麼暗器之下麼？」

楚小楓道：「姑娘，天下暗器，不下數百種，摘葉可以傷人，飛花亦能殺人，在下只可以看出姑娘的暗器，不是一般的金鐵打成。」

綠衣少女道：「聽這幾句話，倒也可證明你有點見識……」

楚小楓突然高聲接道：「姑娘，小心了。」

突然揮劍擊出，但見寒芒一閃，綠衣少女被逼退了兩步。

綠衣少女滿臉訝異之色，道：「好劍法！」

楚小楓道：「過獎。」

長劍一揮，斜裡刺出，劍尖直襲向灰髮老嫗的咽喉。

綠衣少女急道：「住手。」

劍尖停在灰髮老嫗的咽喉處不及一寸。

綠衣少女道：「你要幹什麼？」

楚小楓道：「殺人。」

綠衣少女奇道：「你要殺她？」

楚小楓道：「有何不可，我已經證實了有殺她的能力。」

綠衣少女點點頭，道：「我長了這麼大，一路行經數百里，但一劍能把我逼退的，我還

是第一次遇到，不過，你殺她，對你有什麼好處？」

楚小楓道：「姑娘是不想讓我殺她？」

綠衣少女道：「是！」

楚小楓道：「好！我要我的兩個從人先醒過來。」

綠衣少女忽然間變得很溫柔，點點頭，道：「好！我去救他們。」

轉身行到了神出、鬼沒身前，蹲了下去，足足有一刻工夫之久，才站了起來。

她蹲下之時，背對著楚小楓，所以，楚小楓沒有瞧到她有些什麼動作，但她站起來時，臉上隱隱有著汗水。

楚小楓心頭震動一下，道：「姑娘好像很累。」

綠衣少女吁一口氣，道：「你要不要見識一下，他們傷在什麼暗器之下？」

楚小楓凝神戒備，道：「好！在下正想開開眼界。」

綠衣少女緩緩伸出了左手，尖尖的五指，雪白的手掌中，托著兩個細如花針、長不過五分之物。

楚小楓看得仔細，但卻認不出是什麼東西。

綠衣少女道：「這是什麼暗器？」

楚小楓道：「沒有見過，我認不出來。」

綠衣少女道：「要不要我告訴你？」

楚小楓道：「洗耳恭聽。」

綠衣少女道：「這叫斷魂刺，本身具有很強的麻醉作用，所以，中人之後，立刻暈過去，但卻沒有死，只是，這種物質，經過熱血一燙，立刻收縮，一個時辰之後，化成碎片，在血液中流行，十二個時辰之後，行入心臟，那人才真的死去。」

楚小楓道：「很歹毒！」

綠衣少女道：「雖然歹毒，但人卻一點也不受苦，他們死在不知不覺之中。」

楚小楓道：「用什麼東西來做成這種斷魂刺？」

綠衣少女道：「你永遠看不出來，那是一種很奇異的植物，一種天然的暗器。」

楚小楓回顧了神出、鬼沒一眼，道：「他們還沒有醒過來？」

綠衣少女道：「藥性還沒有全退，不過，很快就要醒過來啦！」

楚小楓道：「武功是否受損？」

綠衣少女道：「不會，這種天然的暗器，只會對人麻醉，醒來後，一切如常。」

楚小楓道：「姑娘，只要他們沒有受到傷害，我就不會傷害這位婦人。」

綠衣少女道：「你可是叫楚小楓？」

楚小楓道：「不錯。」

綠衣少女道：「你殺了景二公子？」

楚小楓道：「對！」

綠衣少女道：「不容易，他的武功不錯，而且，他又是一個很謹慎的人。」

楚小楓道：「問題是，我也很謹慎，而且我的武功也不錯，所以，他就很不幸的死在我的劍下。」

綠衣少女道：「哦！」

楚小楓道：「姑娘是不是想替他報仇？」

綠衣少女道：「我有這個打算，知己知彼，才能百戰百勝，但你卻對我一無所知。」

楚小楓道：「對景二公子，我知道的也不多。」

綠衣少女道：「你很自負？」

楚小楓道：「姑娘誇獎了。」

這時，神出、鬼沒緩緩坐了起來，相互望了一眼，道：「是公子救了我們。」

楚小楓道：「也不能說是我救了你們，這位姑娘若是不肯出手，我只能替你們報仇。」

綠衣少女臉上泛起了怒意，道：「楚小楓，你是說，你能殺了我？」

楚小楓道：「至少，我可以殺了她。」

綠衣少女冷冷說道：「現在你可以閃開了，我要解開她被點的穴道，然後……」

楚小楓接道：「慢著，等我問清楚了詳細情形，再請姑娘表演你的解穴手法。」

綠衣少女道：「你很難纏，也很囉嗦。」

楚小楓目光一掠神出、鬼沒，道：「你們運氣試試看，武功是否受到了損害？」

神出、鬼沒相互望了一眼，很放心地運氣調息，楚小楓仗劍戒備，雙目凝視著綠衣少女。大約有一刻工夫之後，神出、鬼沒，才調息完畢，輕輕咳了一聲，道：「我們很好，武功未失。」

楚小楓閃身讓到一側，道：「姑娘，可以試試你的解穴手法。」

他用的點穴手法，出自馬夫老陸贈的書中，究竟源出何門，連楚小楓也不知道，但楚小楓卻感到那和本門的點穴手法，完全不同。

綠衣少女行了過去，慢慢地蹲下身子，仔細地查看過灰髮老嫗的傷勢，伸手拍了灰髮老嫗三處穴道。

楚小楓雙目凝視，盯著綠衣少女的手，仔細瞧了一陣，道：「姑娘，如是解穴的手法不對，可能會害了她的性命，所以，姑娘還是不要逞強為妙。」

綠衣少女，頭也未回，雙手手指如雨點般落在灰髮老嫗的身上，但見那灰髮老嫗，臉上汗出如雨，似乎在忍受極大的痛苦，綠衣少女改變了手法，指點變成掌拍，不停在那老嫗的身上拍打，楚小楓欲言又止。

忽然間，綠衣少女雙掌齊出，一連三掌，分拍老嫗六處大穴，灰髮老嫗長長吁一口氣，挺身坐了起來。

綠衣少女緩緩站起，回過身子，望了楚小楓一眼，道：「很高明，你點的是她的奇經八脈。」

楚小楓道：「不錯，我點的奇經偏穴，但還是被你解開了。」

綠衣少女道：「費了我不少的工夫，也害得賈姥姥受了不少的痛苦。」

楚小楓道：「這也是沒有法子，姑娘太好強了。」

綠衣少女淡淡一笑，道：「好在賈姥姥根底很好，這一點痛苦她承受得住。」

語聲一頓，接道：「這等點穴手法，好像不是中原的武功？」

楚小楓道：「這和姑娘何關？」

綠衣少女道：「你從哪裡學到這等點穴的手法？」

楚小楓道：「怎麼？這也很有關係嗎？」

綠衣少女道：「關係很大，你用的手法，不是無極門的手法。」

楚小楓心頭震動了一下，忖道：「難道那本書，不是中原武功秘錄麼？」

只聽綠衣少女說道：「楚小楓，你和天山雙怪，有什麼關係？」

楚小楓道：「天山雙怪？」

綠衣少女道：「對。」

楚小楓道：「在下未曾見過。」

綠衣少女道：「你用的點穴手法，就是天山雙怪的獨門手法，如是和他們素不相識，怎會用他們的手法呢？」

楚小楓道：「天下武功，多有雷同之處，就算在下用的點穴手法，和天山雙怪，確有雷同之處，也未必就是天山雙怪所授。」

綠衣少女沉吟了一陣，道：「現在，我相信了一件事，那就是你可能殺了景二公子。」

楚小楓道：「景二公子確是在下所殺，但不知姑娘和景二公子，有什麼關係？」

綠衣少女道：「說出來，那就有一個很可怕的結果了。」

楚小楓道：「哦！」

綠衣少女道：「你如是一定要聽，我倒極願奉告。」

楚小楓道：「要來的事，總歸要來，在下聽不聽，無法改變這個事實，對麼？」

綠衣少女道：「這有一點不同，你不知道，我們也許會錯開今天；知道，立刻就要把事情結算清楚，現在，你還可以選擇。」

楚小楓道：「我想，在下還是選擇一個聽字。」

綠衣少女冷冷說道：「楚小楓，你一定要知道麼？」

楚小楓道：「對！在下一向不太喜歡糊塗的事情，姑娘儘管請說。」

綠衣少女道：「好！你聽清楚，景二公子是我師兄，也是我未來的丈夫，你殺了他，我該不該替他報仇？」

楚小楓點點頭，道：「應該替他報仇。」

綠衣少女道：「那就好，現在，我要替他報仇了。」

請續看《春秋筆》之三

臥龍生精品集 54

春秋筆（二）

作者：臥龍生
發行人：陳曉林
出版所：風雲時代出版股份有限公司
地址：10576台北市民生東路五段178號7樓之3
電話：(02) 2756-0949
傳真：(02) 2765-3799
執行主編：劉宇青
美術設計：許惠芳
行銷企劃：林安莉
業務總監：張瑋鳳
封面原圖：明人入蹕圖（原圖為國立故宮博物館典藏）

出版日期：2019年10月
版權授權：春秋出版社呂秦書
ISBN ：978-986-352-746-6
風雲書網：http://www.eastbooks.com.tw
官方部落格：http://eastbooks.pixnet.net/blog
Facebook：http://www.facebook.com/h7560949
E-mail：h7560949@ms15.hinet.net
劃撥帳號：12043291
戶名：風雲時代出版股份有限公司
風雲發行所：33373桃園市龜山區公西村2鄰復興街304巷96號
電話：(03) 318-1378
傳真：(03) 318-1378
法律顧問：永然法律事務所 李永然律師
北辰著作權事務所 蕭雄淋律師

行政院新聞局局版台業字第3595號 營利事業統一編號22759935

定價：240元

國家圖書館出版品預行編目資料

春秋筆（二）／臥龍生著. --初版. 臺北市：風雲時代，2019.09- 冊；公分

ISBN 978-986-352-746-6 （平裝）

863.57 108012532